2005／劉森堯

劉森堯著

爾雅出版社印行

生命傷痛的撫慰
——《2005／劉森堯》

隱地

有時候是一本書，有時候是一個人，在我們生命裡會產生關鍵性的影響。

十五年前，我讀到劉森堯譯的《布紐爾自傳》，書中，布紐爾有一段話：「超現實主義是一種聲音，在世界各地引起或多或少的迴響，這些人也許互相不認識，但是卻不約而同發出相同的聲音，以非理性的表達方式從事直覺的藝術創作。」透過劉森堯的翻譯，我認識了布紐爾，看來布紐爾是世界上最愛喝咖啡的人，我曾寫了一本書獻給他，書名就是《愛喝咖啡的人》，在文章的開頭，我還引了一句布紐爾的話：「能夠真正維護我們自由的，是想像。」

愛屋及烏，由於對布紐爾的崇敬，連帶的我也開始注意劉森堯。之前，也不時地在中國時報人間副刊上讀過劉森堯寫和譯的文章，但真正成為我注目的名字，還是讀過他譯的《布紐爾自傳》之後。布紐爾的超現實主義，彷彿為我裝了一對翅膀，在寫作的世界裡讓我懂得飛翔。

有一天，劉森堯很超現實的突然出現在我辦公室裡。他可能缺錢用，帶了兩部稿子問我要不要出版，我幾乎像被催眠一般，完全照他希望的，預付稿費給他，不久就為他出版了《天光雲影共徘徊》，三年後又出版了他的散文傑作《母親的書》。

在《天光雲影共徘徊》和《母親的書》出版的三、四年期間，讓我很快樂的，是經常能收到森堯遠從法國寄來的信。他的信都是用鉛筆寫的，一手娟秀典雅的字，讓我著迷。他總是和我談書，談法國的書店以及逛書店的快樂趣事。他也和我談法國文人受到的禮遇，法國顯然是一個愛文學、愛藝術的國家。有一次他和我談起法國有一套作家日記，每年請一位詩人或小說家執筆，日記讓讀者最貼近作家的心靈，在法國，這套日記叢書發揮了極大的影響力。

劉森堯的這些信，給了我行動力，居然二〇〇二年一整年，我真的寫起斷了至少三十年的日記來，我昏天黑地的寫日記。一寫四十萬字，彷彿重新喚醒了我的創作生命，自此一發不可收拾，五年裡出版了八本書，寫作已經變成了我每天的生活習慣，一天裡不寫幾個字感覺生命若有所失。

法國作家的日記叢書延續了若干年，我並未細問森堯，但任何事情祇要開了頭，一年年累積下來就是文化財產。想到自己創辦三十一年的「年度小說選」終於中斷，至今心痛，幸虧爾雅「日記叢書」，從我開始，接龍般的，郭強生之後是亮軒，到如今由劉森堯自己出馬，擺在一起，厚厚的四本已經很登樣。這一套日記系列的書，作家不但寫他自己，也寫我們的時代，所以稱得上是一套「時代之書」，書裏聞得到台灣社會快要腐臭的氣味，但仍有野馬奔騰般的青春力量以及瘋狂和老傳統的溫情。你我都活在同一時代，你會在書裡找到自己的影子。四年加起來將近二千頁的書寫，記載著我們共同的記憶。

書、咖啡、菸、夢和情慾。劉森堯的日記，是一個愛讀書的熟男裸寫他的內心告白。劉森堯也是佛洛依德的信徒，他回想在法國最快樂的時光竟然大都在床上度過，他說：「在床上，一個人可以透過抱著一本書獲得快感，而不必洩精。」

劉森堯視菸如命，甚至，當他離婚後終於二度找到可以論及婚嫁的美麗女友，可是女友看他經常菸不離手，有一天終於忍無可忍，問他菸和她之間，何者重要，偉大的森堯竟然毫不考慮的說：「當然是香菸。」

雖然每回他到我辦公室，趕快為他尋找煙灰缸，但從小在母親和她牌友間被煙燻大的我，其實視菸如仇，且對抽菸的人也有成見，但當我看到劉森堯在日記裡說：「抽菸能刺激思考或緩和不安情緒。」終於接受了他的抽菸哲學。想到他的身世，不免也想到我自己貧困的少年時代。我們都是從一無所有中站起來，如今他只是想抽抽菸，為什麼不可以呢？我自己不也一樣——早也咖啡，晚也咖啡，多喝咖啡同樣對身體不好，我卻仍然喝著咖啡，也無非心想，難道所有的嗜好都要戒掉嗎？所有心裡喜歡的、為了身體健康全要戒掉，活著還有什麼意義呢？

雖然如此說，但我還是希望森堯菸可以抽，卻應自我設限。能少抽一根，就少抽一根吧！

柴米油鹽包圍著人生，仔細想想全是庸碌一場、平庸一生。劉森堯最怕人活得庸碌，所以他經常躲到經典文學和經典電影的世界裡，文學和電影，是劉森堯的最後城堡。透過日記，我發現劉森堯視惡如仇，特別是對一切的迷信都不以為然，這一點我舉雙手贊成，我想起了已過世的何凡先生，他以前在聯合報專欄「玻璃墊上」，數十年如一日的闡述反迷信思想，可惜我們眼前的社會仍然「不問蒼生問鬼神」，打開不長進的電視節目，成天請一些所謂命理師和風水師在宣揚迷信，有的已到了妖言惑眾的地步，真是讓人為之氣結。

比起前面的三部日記——亮軒、郭強生和我的，劉森堯似乎更為無所顧忌，他什麼都寫，連一連串做的巫山春夢，都以限制級和盤托出，此外他罵人也罵得痛快，從作家、政治人物到媒體人，他似乎毫不在乎別人的想法，甚至也常說別人看起來多麼老，劉森堯對老顯然特別敏感，「老年代表永遠離不開衰敗這一事實……老年是上天對人類的最大懲罰！」

人人都在老，森堯，你怕什麼呢，就算是一位雙十年華的絕色大美女，只要你在她身上加添五十歲，她就是老態龍鍾的老嫗，想想，多麼可怕啊，反而一個已經老了的人，明天或明年不過更老一些罷了，而且人一旦老了，失去了性慾，倒也自由了，再不必管自己美不美，吸不吸引人，能否取悅對方，反而一切為自己而活，等於找回了真正的自我。老作家王鼎鈞寫過一部書，書名竟然是《活到老，真好》，他說：「人家說黃金時代是二十歲，你想，二十歲我們懂什麼？懂得茅台和汾酒有什麼分別嗎？懂得劉曉慶和鞏俐有什麼分別嗎？我說到了老年，人對我們已沒有祕密，能通人言獸語……我說年老比年輕好，一如收穫比墾荒好。成年以前的我們是『危機四伏』，門外一步都是不可知。到了壯而行，靈肉衝突、義利衝突、群己衝突，那有安寧。謝天謝地，總算老了，跳出三界，不列五行，再也用不著一夜急白了鬍子，再也用不著『為伊消得人憔悴』。不喜不懼，無雨無晴……」

活到老，有什麼不好呢？

何況，森堯一生愛讀書，就算真的到了老年，有一屋子的書陪伴你，想想，你的前後左右是這些人：寫《追憶似水年華》的普魯斯特，寫《布頓柏魯克世家》和《魔山》的湯瑪斯·曼，寫《錫鼓》的格拉斯，寫《審判》的卡夫卡，寫《偽幣製造者》的紀德，寫《沒有個性的人》的穆吉爾，寫《百年孤寂》的馬奎斯，寫《山之音》的川端康成，寫《查泰萊夫人的情人》的D·H·勞倫斯……都是你喜歡的人，你可以在床上擁著他們的書，你還怕什麼老！

你真正怕的可能是死。你在《母親的書》中有一篇透徹研究死亡的文章〈當我垂死時——談死亡的藝術〉，你還引了達文西的一句名言：「我一直以為我在學習生活，其實不是，我是在學習死亡。」

你說：形體存在的累贅和意識的清明，正是構成我們活著痛苦同時又畏懼死亡的真正根源。

可是你也說：「人若不再畏懼死亡，他還畏懼什麼呢？」

「我還是怕老，不怕死！」突然，我彷彿聽到愛作夢的你來到了我的面前，你在向我抗議！原來你不能忍受的是美少年背對，美少女離去……這才讓我恍然醒悟，你一生追求著美，我們都是愛美的人，而美最脆弱，美在一瞬間就消逝了。

還好，我們的日記讓美留住。所有文學作品，真正的意義是告訴我們：曾經我們擁有美好。當枯竭和平庸出現，文學還會撫慰我們傷痛和心酸的生命。

原載二〇〇六年三月六日聯合報副刊

2005／劉森堯

一月

1月分： 2個男人在小便. <路旁>
說笑. 下毛毛雨.

一日（星期六）

有人問我人生的至大幸福是什麼，住豪宅開名車？銀行帳戶飽滿？或是兩性關係圓滿？我說：晚上睡覺順暢。天呀，我多麼渴望能夠睡覺順利，最好是能夠一覺到天亮，醒來之後身心舒暢，但這樣的寶貴時刻總是很難得，兩三年只發生一次或兩次。經常的狀況是：半夜一定至少醒來一次，有時兩次或三次不等，不是尿急逼醒，就是惡夢驚醒，醒來之後就喝咖啡抽菸。我常自問：我睡覺的品質為什麼這麼差呢？在我現階段看來，睡好覺就是人生之至大幸福。

最近讀書會讀《百年孤寂》，我很仔細再讀了一遍，感覺很棒，距離上回讀這本小說已經有二十年，現在讀的感覺像是第一次接觸。我特別注意到馬奎斯在書中所呈現的有關愛情和死亡的隱喻，真是精彩至極。裡頭描寫年輕人為愛殉情自殺，其隱喻性格延續自《羅密歐與朱麗葉》和《少年維特的煩惱》，是什麼呢？愛的至高境界離不開死亡這層事實。如湯瑪斯·曼在《魔山》中所說，愛是死亡的剋星。我們常說年輕人為愛殉情自殺，是因為欠缺心理輔導，卻忽略了愛的悲劇性格此一事實。前陣子在課堂上為大學生解析《悄悄告訴她》這部影片時，我說明愛的悲劇性格，為愛殉情自殺是一種英雄主義行為，是接受死亡的最佳時刻，我一直在尋覓這樣的機會。沒隔多久，有學生跟校方密告，說我鼓勵學生去殉情自殺。

今天是新年元旦，我請女兒（劉慕德）和她媽媽，以及她媽媽的媽媽和爸爸，還有她媽媽的妹妹在草屯一起吃晚飯。我私下跟女兒透露，這恰好也是我和她媽媽離婚十週年紀念。她說：真的？時間過得真快！（她那時小學一年級，如今高一了）。

女兒很調皮，去年夏天七月裡，我們有一次半夜驅車從台北回中興新村，她看我快睡著，就開始講鬼故事，後來看沒什麼用，改猜謎語。她說：一位裸體女郎張開雙腿躺在馬路上，猜交通術語四個字。我說：禁止進入？她說：不對，標準答案是「前有幹道」。另一道謎語：二十歲年輕人和八十歲老婦人行房，猜四個字成語。我說：男歡女愛？她說：不對，標準答案是「古道熱腸」。最後一道謎語：女人穿透明內褲，猜三國時代一人物名。我大叫：孔明！

二日（星期日）

柏格曼的《秋光奏鳴曲》真是一部百看不厭的精彩傑作。最近在許多校外的電影欣賞討論會場合放映這部影片，我從精神分析的角度去分析探討，頗能得到大家的認同和共鳴，我心裡感到很高興，多少也滿足了我自己心理上的虛榮。

討論會上有一些年紀和我相當的女性朋友問我為何那麼愛抽菸，簡直嗜菸如命，我搬出弗洛依德的理論：抽菸是手淫的替代品。我就說，我因為不手淫，所以只好猛抽菸。我最近在課堂上跟大學生分析抽菸的種種好處，譬如刺激思考或緩和不安情緒，當然也免不了動用到弗洛依德的理論。結果隔不久有同學向校方密告，說我鼓勵他們抽菸並從事手淫活動。

幾年前我結交一個已經論及婚嫁的美麗女友，她看我經常菸不離手，有一天終於忍無可忍，就說：「嘿，Francis，瞧著我的眼睛，說，我和香菸，誰比較重要？說！」我毫不猶疑就說：「不必問，親愛的，當然是香菸！」她當下二話不說，賞了我兩個耳刮子，然後說：「你去死吧！再見！」這位女友後來沒有再回頭，我也從未後悔，只能說：緣起緣滅，沒緣，不要勉強。

三日（星期一）

我已經許久沒見到女兒，最近見了覺她越來越漂亮，雖然學校功課不怎樣，倒是美貌上增加了許多分，我心想這夠了。回想過去有七年在法國，沒在她身上盡到什麼父親的責任，她反而沒抱怨什麼，我覺得她在個性上比較像她外婆：上道。有一次她說我在法國期間，她做的最多的夢就是夢見我拎著一個破皮箱流落巴黎街頭。然後我每次回來要回法國時，上飛機那天，她那晚就會緊張兮兮注意電視新聞報導，看有否飛往法國的飛機失事的消息，要到第二天接到我的電話之後，她的一顆心才能真正鬆懈下來。我覺得她在這方面跟我很像：杞人憂天。當然，這適巧也反映了她對父親的愛。心想，有一個這樣的女兒，功課差一點有什麼關係？

功課不好，背後一定有原因，那就是愛漂亮。讀高中階段留長頭髮並不好看，我曾經出到兩萬元要求她把頭髮剪短，她的反應是：不要，不要，免談！五萬如何？No，No，No！看來愛漂亮而不愛讀書恐怕是遺傳天性：她跟她媽媽真像呀！

四日（星期二）

前陣子曹永洋來信，他在信中提到，讀了托爾斯泰之後，真不知道還有哪一位作家可以叫做偉大，我的想法也是如此。我經常把托爾斯泰的作品，不論是長篇或短篇，稱之為生命之書，因為這些作品總是會帶給我們生命傷痛的撫慰。前陣子木馬文化（劉憶韶小姐）送我一套草嬰從俄文譯的托爾斯泰全集，我尋空陸續整個讀了一遍，真是獲益良多。

君悅大飯店的總經理高徵榮是少見的愛讀書（特別是西洋文學作品）的企業人士，我曾問他：放著正經事不做，讀這些書幹嘛？他回答得真好：天呀，讀這些書才是正經事啊！我的工作只是為了餬口，庸碌一場啊！

所言甚是，人必須混到了中年，感覺來日無多，才真正體會到以前的日子多麼庸碌，文學的慰藉才是真正擺脫庸碌的至佳方法。我們因為愛讀文學而結交成為好朋友，在讀書心得上面互相切磋激勵，真正是以文會友。他最近突然跟我提議：為什麼不寫一本書，專門談你所不喜歡的偉大文學名著，英文書名我也幫你想好了，叫做The Great Literary Works that I Dislike。我心想這倒是個好主意，這些作品可能包括：《紅樓夢》、《李爾王》、《尤利西斯》、《包法利夫人》、《異鄉人》、《麥田捕手》等，可以談到十本以上，高大哥又補上一句：寫了之後準備接受修理。

五日（星期三）

最近讀到羅蘭・巴特的最後遺著《偶發事件》，書中所寫有關一九七九年八月和九月的日記內容，著實令我大吃一驚。巴特絕未想到他隔年會車禍身亡，也不會想到平常所寫片段隨筆和日記內容在他死後會被拿去發表。許多人都知道巴特是同性戀，但大多不知道其詳細內容，唯此書中的日記內容才真正披露了他受挫的同性戀情感生活，他甚至頻頻去咖啡館找年輕妓男尋求發洩，這可不會是我們所認識的頭腦冷靜而飽學多才的巴特呀！

湯瑪斯・曼是我所敬畏的偉大文豪（《魔山》和《布頓柏魯克世家》已經讀過幾遍了？）有一次不期然在他晚年的日記中讀到他所記載對一家大飯店餐廳裡一位年輕男服務生的迷戀，

也著實教我大吃一驚。如此看來，恐怕《魂斷威尼斯》書中所寫必然也是他情感上的自傳，著名短篇〈東尼歐·克羅格〉想必也是。

回頭想到我自己，天呀，我近時是否也有此傾向呢？我心裡告訴自己：沒有。可是，我總是不自覺會對課堂上漂亮的男生（當然也包括漂亮女生）多看幾眼，這是什麼意思呢？人隨著年紀增長，心理上的微妙變化多難逆料啊！我覺得我缺少一個兒子。我遂想到《蒙田論文集》裡頭的一句話：我愈思考與瞭解自己，就越對自己的畸形感到驚訝，就越不懂自己。

六日（星期四）

今天下午在「爾雅書房」上課，談希臘影片——安哲羅普洛斯的《永遠的一天》，不知道已經看過幾遍了，還是覺得好看，這次特別能夠領略片中出神入化的攝影機運動風格，真可叫做唯妙唯肖。這部影片乍看很單純，因為劇情簡單，然而卻到處都是隱喻的意象，因而大大豐富了這部片子的內涵。有人認為影片的調子太過緩慢，甚至太沉重，我則認為這正是這部片子特別吸引人的地方，由於此一特點，電影才一步一步指向生命的核心。

晚間隱地請我和亮軒夫婦在「百鄉」吃晚飯，席間大家相談甚歡。距離上回和亮軒見面，一晃眼竟然二十年過去了，他並没改變多少，六十出頭的年紀看上去比實際年齡年輕許多，眉宇間仍充滿帥氣，要靠很近才能看出臉上的皺紋。前陣子和隱地夫婦在長春戲院看《二手書之戀》首映會，無意間碰見了王曉祥，也是一樣睽違二十年沒見面，但他樣子的變化可真大，要不是隱地介紹，我可真要認不出來對方就是二十幾年前我們這批電影狂熱分子之中最帥的男生。歲月真不肯饒人，我們都在逐漸變老，老年的影子早已埋伏在不遠處正在對著我們頻頻招手，連帶死亡的陰影也一併不斷在閃現了，還有多少日子呢？

七日（星期五）

下午進系辦公室，Angie（王安琪）拿一瓶加拿大製的銀杏給我，她說，用腦的人要多吃這個。我最近幾個月來，睡眠稍有改善，完全依賴她所輸送的 Stilnox，中文叫做助眠藥。Angie是個少見的心胸寬大而不懂什麼叫做記恨的女人，一般女人在金錢上都比較小氣，但她倒是少見用錢大方的女人。我想起去年夏天有一次我們一起在華視錄影英國文學的教學節目，中午時她女兒來探班，我們三個人一起吃中飯，她女兒離席時，她突然問我：「嘿，看到我女兒股溝沒有？」我說：「什麼？」她說：「股溝。」我說：「哦，看到了，沒什麼，年輕人嘛！」她說：「你女兒會這樣穿嗎？」我說：「我女兒在她媽媽殘酷法西斯作風的壓制之下，大概不敢，不過我看遲早。」

我想起 L.S.Y. 也愛穿低腰牛仔褲，有時不期然會看到肚臍露出來。我覺得現在年輕人的穿著都不夠端莊，充滿波西米亞浪人風格，也沒什麼品味可言。

要是 L.S.Y. 不要露出肚臍，我會在她的美貌上再多加幾分，她愛笑極了（前陣子才剛幫她翻譯了一篇一萬多字的有關企業管理的論文，我說，能夠為她做點什麼，是我的至大榮幸，她笑個沒停）。

八日（星期六）

王家衛擅於描寫愛情，他在《花樣年華》一片中提出的命題是：愛情是痛苦的，是折磨人的。他在《2046》一片中更進一步的命題是：愛情是有時間性的，徒然在記憶裡留下懊惱和悔恨。仔細看，這正好也是普魯斯特《追憶似水年華》通篇所要表達的主題。

我特別從「後設」的角度去談《花樣年華》這部影片：片中梁朝偉和張曼玉努力在嘗試演出故事中他們和觀眾始終未看到的，他們各自伴侶的外遇事件，然後他們不知不覺陷入愛情的陷阱，繼而成為真正外遇的主角。

羅蘭・巴特在《戀人絮語》一書中說對了，愛情經常像是一個陷阱，讓人身陷其中，飽受折磨而不克自拔，有的人只好走上自戕絕路。從《花樣年華》到《2046》無非說明了愛情是人的記憶中最為折磨人的主角。但是，愛情為什麼會那麼可歌可泣呢？因為這之間含有濃烈的英雄主義成分，愛情成為死亡的最大剋星，因而愛和死才會經常被拿來相提並論，要不是如此，《羅密歐與朱麗葉》和《少年維特的煩惱》那麼幼稚平凡的愛情故事也就沒什麼好小題大作了。因為這中間有關愛的隱喻極其豐富，那就是與死亡掛勾的愛的悲劇意識。

九日（星期日）

在《達文西密碼》這本小說裡頭，展現了下列幾組英文的字謎遊戲，首先是被謀殺的羅浮宮博物館館長屍體旁邊的兩行字：

O, Draconia Devil（啊，嚴酷的魔鬼）

Oh, lame saint（啊，跛腳的聖人）

這些英文字母重新組合之後所呈現的是：

Leonardo da Vinci（李奧納多・達文西）

The Mona Lisa（蒙娜麗莎）

另外一個地方是，另一組文字指向達文西的另一幅名畫「岩窟中的聖母」（Madonna of the Rocks），這組英文文字的字謎是：

So dark the con of man（男人騙局如此陰暗）

重新組合這些字母就變成：

Madonna of the Rocks（岩窟中的聖母）

這本小說註定要風靡世人，因為裡頭除了通俗偵探情節之外，還加上了解字謎的趣味，還有，「達文西」這個迷人的「中心主題」（leitmotif）。至於其他，就文字風格和鋪敘技巧，和一般通俗偵探小說就沒什麼兩樣了。我想起最近幾年也曾風靡一時的《哈利波特》一書，其吸引人的道理幾如出一轍：沒什麼道理！

十日（星期一）

經常在恍惚間，比如將要入睡或坐在案前打盹之際，最能具體感受到死亡意象的存在：一去不回，永遠化為烏有，不再存在。清醒時刻反而比較不會感受到死亡的壓力，但陰影永遠存在，而且衍生莫名疑懼。

我始終確信對死亡的恐懼一定是一種心理學的問題，並且認為透過某種精神分析的方式，可以達到袪除恐懼的地步。

今天晚上在「$8\frac{1}{2}$非觀點劇場」談《驚魂記》時，我說到我是弗洛依德的忠實信徒：崇尚理性，用理性去克服人生的一切困難，其中包括對死亡的認知和接受。

大家都一致認為，這是我近來有關精神分析與電影這個論題，講得最好的一次，也許吧。

十一日（星期二）

讀《達文西密碼》實在無異於讀以前風行的武俠小說：武林各方高手紛紛出籠，為了搶奪一本武林秘笈，如今這本秘笈落在一位年輕孤女手中（她的唯一親人祖父曾經是擁有這本秘笈的武林高手，現在被暗殺了，但死前已透過某種巧妙方式把這本秘笈交付給了孫女），年輕孤女此時陷入重重危機之中，幸運的是，她在緊要關頭得到一位年輕瀟灑的正直武林高手相助，突破重重危機關卡……有情人終成眷屬，武林終於得到太平。

《達文西密碼》從頭到尾等於就是〇〇七加上武俠小說，甚至中間的橋段也都大同小異，它更為唬人的地方是，搬出了達文西和聖杯傳奇這兩個耀眼的「中心主題」，終於風靡了全球千萬讀者，因為大家已經很久沒體驗這種被耍弄的樂趣了。

《達文西密碼》裡頭所揭露的事實很值得懷疑，我缺乏解碼和有關天主教背景方面的專業知識，無法反駁其中似是而非的辯證，但我確信這中間必定有詐。另一方面看，這本小說通俗平庸的程度確然不亞於以前流行的任何一本武俠小說，情節越往下發展，越是荒誕不經：

男女主角拿到了鑰匙之後，躲開警方追緝，來到巴黎的一家瑞士信託銀行，打開秘密儲物箱拿到所謂通往聖杯之路的「拱心石」，然後又一路被警方和教會殺手追到凡爾賽宮附近一户英國闊佬家裡，最後又搭上英國闊佬的私人飛機逃向英國……警察和各式各樣危機永遠緊貼在他們背後，窮追不捨。這彷彿電視影集《法網恢恢》的翻版，這是大眾的通俗品味啊！

我有點為這兩天來把時間耗在讀這本小說上面而覺懊惱。不過，也許未來可以在課堂上當做談課外話的資料。當然，這本小說中所描寫「主業會」（Opus Dei）的苦修風格至今仍在風行，這件事則令我大開眼界：獨身靈修士必須每天鞭笞自己，出門時還必須在腿上夾上靈修帶藉以刺激肌肉疼痛來提醒不可以有慾望——特別是性的慾望。

在托爾斯泰的眼中看來，性慾乃是人類心中最大的魔鬼，是人活著痛苦的真正來源。托爾斯泰一輩子在努力對抗的，就是這個東西，那麼，奉行單身主義如何呢？單身主義會是一種迷人的人生風格。

十二日（星期三）

江葳最近學期結束要回美國，我和 Angie，還有 Angie 的丈夫林中明以及系上幾位同事，包括德國人 Martin 一起在「真北平」涮羊肉店為他餞行。下午三點多我先開車去接林中明，隨後我們去「糖村」喝咖啡，言談間我們談及《達文西密碼》這本書，他首先就說：這真是一本可笑的爛書，特別是讀過 Le Carré 或 Eco 的《玫瑰的名字》，怎麼樣都無法忍受這樣的小說。我們的意見不謀而合，當下談得極為起勁，最後的結論是，我們應該好好寫篇正直的文章去分析批評這本小說，別忘了順便一起批判大力推薦這本作品的兩位名家：張大春和詹宏志，因為我們懷疑，這兩個人的閱讀品味哪裡去了？

晚上在「真北平」吃這一桌火鍋很愉快，大家相談甚歡，席間江葳特別提醒我：可否以中國古代背景寫一本類似《達文西密碼》這樣的偵探小說，大家都覺得這是絕佳主意，林中明更肯定，不管怎麼樣，一定會寫得比《達文西密碼》好得多——至少就偵探故事這一環而言。

十三日（星期四）

每次一走進「爾雅書房」，總是覺得清爽舒暢：窗明几淨，幾乎是一塵不染。幾個月前，我跟隱地的夫人林貴真說，要是能在這裡舉辦電影欣賞討論會，應該會很不錯。如今經過北一女老師陳美桂和駱靜如的大力推動，這個節目果真順利成行。

今天看意大利導演 Nani Moretti 得坎城影展大獎新片《兒子的房間》，事後引發了激烈討論，因為大家想確定片中的兒子到底是潛水意外死亡，還是自殺。事實上，從片子所傳達的訊息，似乎兩者都可以成立。其實，這部影片的主旨主要還是著重在片中這對夫婦在喪子之後瀕臨精神崩潰的復健過程，這看來很像奇士勞斯基的《藍色情挑》。一樣在描寫人遭逢重大打擊之後，邁向新生的精神治療過程，含有濃厚精神分析味道，而且也說明了人活著的可能真正自由的極限在什麼地方：人只要一息尚存，便不可能自由，因為有牽掛。

晚上驅車回台中前在誠品敦南店買了一本英文書，叫做*All the Secrrts behind the Da Vinci Code*。

睡前躺在床上讀今天林貴真送我的她新近出版的新書《生命，永遠施工中》。

十四日（星期五）

我認真想過，在未來有限的歲月裡，抱持獨身主義，可能會是一條可行的絕佳道路，為什麼這樣想呢？與其有個不如意的伴侶，礙手礙腳，不如獨善其身。我主要是深刻體驗到，最近幾年來的獨身生活多麼令人感到珍惜可貴，而且大體上而言。我比以前快樂。為什麼要去破壞這種獨處的快樂呢？如傅柯所言：自己照顧自己的全然快樂。

中午我作東在「聖華宮」請張靜德、陳淑珠和蕭秋雅吃飯，我們吃自助素食。我贈送給陳和蕭兩本余秋雨的書：《文化苦旅》和《山居筆記》，前陣子送張一套高陽寫的十一冊《慈禧全傳》，他感到高興極了，我跟他說：你是少見的愛讀書而熱衷於心靈生活的軍事教官。

吃過飯後我們去中友的誠品書店遊逛，因為經過我大力推薦之後，陳和蕭急著想讀《弗洛依德傳》這套書，三大冊，一千多頁，書中沒有一頁廢言，實在是理解精神分析的絕佳著作，有關弗洛依德的一切，差不多全寫在裡頭了。

下午走進系辦公室，Angie 丟給我一袋東西。我答應幫她批閱她在台大小說課上的學期報告，兩本小說：《頑童流浪記》和《格列佛遊記》。後者的中文全譯注釋本最近出版上市，我得到譯者單德興的一本贈書，我對他真是佩服極了。以前我一直以為自己是 Swift 專家，可是自從去年聽了他有關 Swift 這本小說的專題演講之後，特別是如今又讀到這本翻譯和注解，我再也不太敢談 Swift 了，因為單德興的研究工作紮實得令人訝異不已。以前我自認是最能理解 Gulliver's Travels 的人，如今才知道，有人在這方面學問做得更好，這讓我警惕：做學問非得虛心不可，切勿自滿和誇耀（我的最大特點是愛吹牛和自我炫耀，好膨脹自己，真是要命。）

下午走出系辦公室在走道上看見 Julia 在和譚靜芳談話，我對譚說：你今天穿得真是隨便（一身運動裝打扮）。當然我的意思不是隨便，而是隨性，Julia 適時糾正了我的說法。臨走時我對譚說：「還好，你怎樣隨便穿都不會影響到你的美貌。」我說的是事實，譚是少見的美麗和氣質及幽默大方等特性都兼具的女性。我敢大膽保證，她是那種隨時可能會動搖並瓦解人的獨身主義想法的那種女性。

晚上睡前讀 Günter Grass 新近出版的訪問錄《啟蒙的冒險》，並讀一點蒙田的論文集中譯本（我覺得應尋找機會仔細讀完法文原版才是）。

十五日（星期六）

我發現台灣出版界最近幾年很蓬勃，相對也出現一個有趣現象，那就是他們喜歡在新出版書的封面上特別註明：×××大力（或熱情）推薦，比如南方朔、詹宏志、張大春、韓良露、唐諾、王浩威……等這幾個名字就經常看到，我不知道這些「讀家」心裡作何感想，但我總覺有趣好笑，更覺不以為然。想必出版社在使用這些著名「讀家」的名字做商業廣告時必定事先已經徵得他們的同意。問題是，我們為什麼要相信他們的推薦呢？他們讀書比別人多，閱讀品味也高人一等嗎？我始終認為，讀書這件事情，只有自己才能為自己決定該讀什麼書，以及不必去讀什麼書。事實上，許多別人「熱情」推薦的書，都不必加以理會的，只有相信自己的需要和品味才是正途。

今天在苗栗文化局的電影欣賞討論會上放映柏格曼流亡德國時期的作品《傀儡生命》，

電影的第一個鏡頭，男主角頭靠在一位妓女身上說：「我好累。」那是柏格曼最精彩的時刻，這個鏡頭鮮明有力，對觀眾而言，充滿了期待，同時也深刻感受到鏡頭美學上所散發的視覺享受。在世界影壇上，很少有人能具有柏格曼的這種魅力。前陣子又拿出 Woody Allen 多年前的《我心深處》來看，和柏格曼相較，才知道後者有多麼平庸。

夜裡又重新拿出草嬰所譯的《托爾斯泰短篇小說精選》隨意翻讀一番，其中有一部分是未完成的稿，大約都是托爾斯泰晚年時急就章之下的應景作品。〈回憶〉這一篇寫得蕪雜零亂，卻可能是最好最動人的一篇，作者栩栩如生刻劃了一位完美的女性。托爾斯泰一歲半時死了母親，後來由一位遠房姑媽將他撫養長大，他在文章裡這樣寫道：「在我記得她的時候，她已經四十出頭了，我從未想到她美還是不美，我就是愛她，愛她的眼睛和她的微笑……她教導我愛心的快樂，其次，她教會我如何平靜享受獨身生活的美……她內心充滿愛，因此她處事總是從容不迫，愛心和從容不迫讓她全身散發著特殊的迷人魅力……」除了托爾斯泰，還有哪位作家能夠用那麼簡單明瞭的文字，立即而直接感應到讀者的心扉呢？他的作品總是禁得起一讀再讀，而每次重讀總是會帶來內心很大的愉悅和安慰。

半夜我拿出王明煌已經借我多時的日本影片《情書》看，看不到半個小時再也無法忍受了。今天下午才剛看過柏格曼的《傀儡生命》，如何能忍受像《情書》這麼平庸乏味的影片呢？

十六日（星期日）

晚上在「$8\frac{1}{2}$非觀點劇場」放映安東尼奧尼拍攝於一九七五年的名片《過客》（The Passenger），片尾那段描寫男主角死亡，長達八分多鐘的長拍鏡頭，總是讓人津津樂道。這次再看有了新發現：男主角是被一個黑人殺手所射殺死亡，然後女主角的身分是軍火販子的太太。這樣的發現真是非同小可，這部影片中的所有困難符碼至此總算豁然開朗了。這是一部描寫一個人如何藉由變換身分去扮演別人並藉此逃避現實世界的故事，整體敘述手法充滿現代主義精神，我始終認為這可能是安東尼奧尼最好的一部影片，也是過去二十五年來世界影壇上少數的偉大傑作之一。

下午我在研究室看書，陳萬琴打電話來，她跟我建議，下回去新店市立圖書館上文學討論課時，不妨考慮要大家讀《生命中不能承受之輕》和《安娜・卡列尼那》這兩本小說。我認為這個建議很好，因為昆德拉在寫他的這本小說時，心中顯然懷著無比的熱誠在向托爾斯泰呈現至高的敬意，他的整本小說到處都是托爾斯泰的影子。

十七日（星期一）

我特別注意到，朝陽科技大學的每一棟大樓都設有吸菸區，我認為這是尊重人性的表現。逢甲大學最近雷厲風行，不但大樓禁菸，連校園內也要一概禁菸，這是什麼意思呢？趕盡殺絕！有一次我跟朱炎老師說，我們往後日子怎麼過？有了，我們可以相偕到隔壁水湳機場的飛機跑道上去抽菸，這下不會有人干預了。

有一次在公共場所，我拿出一根香菸準備點火要抽，一位女士一個箭步跳過來，面露兇光，說：不准抽，扔掉！我說：怎麼了？她說：我已經要窒息了！我說：我還沒開始抽哩！我認為這個女人有精神官能症，她應該去做精神分析治療。

這是一個假藉民主之名而行使法西斯主義的時代，民進黨當政者一直沒察覺自己的法西斯傾向：為了掩蓋自己的無能而忍不住流露出來的霸道作風。真正的法西斯是無法無天的霸道（如希特勒），掩飾過的法西斯是「早發性痴呆」的霸道，現今的台灣政府即屬此類型，那是一種兒童式任性與歇斯底里病症兼具的法西斯風格，看看教育部長杜正勝先生最近有關高中國文課綱所發表的意見就很清楚。還有總統陳水扁先生，他已經得了大頭症，不，應該是被迫害妄想症，還有誇大妄想症。在三一九槍擊案之後，他還能心安理得當台灣的總統，如果說得了精神官能症的人不是他，難道是我不成？他應卸任去治病。

十八日（星期二）

凌晨三點多看王家衛的《春光乍洩》DVD，不久後竟累極睡著，蓋影片不好看也。四點半左右服了半顆 Stilnox 後鑽入被中，立即進入一個怪異夢境：我夢見在高速公路旁，在大雨滂沱中和一風騷浪蕩女郎站著瘋狂交媾，旁邊汽車一輛一輛飛嘯而過，還不時濺起片片水花（很奇怪，感覺已經推送了很久，怎麼還不洩精？）突然一輛 BMW 318i 汽車在我們面前停了下來（我對這一型車很熟悉，因為我想望這台車已經一年多了），一個人探出頭來問我：波爾多怎麼走？（奇怪，波爾多不是在法國嗎？這裡是台灣呀！我想起來了，大約三年多前我曾和法國朋友一起驅車從法國中部前往波爾多，我們開著 BMW 的車，以時速一八〇公里的速度在大雨中飛奔著，半路上還下來在高速公路旁淋著雨小便），不久之後我竟上了他們的 BMW 318i，而且我還坐在駕駛座上，開著開著車子竟變成了 Volvo 640S（這恰巧也是我心中所想望的車型），這時電話聲響，我醒了過來。如果如弗洛依德所說，夢是願望的實現，那麼這個夢就不難解釋：第一，我渴望和浪蕩女子交媾野合，當然最好在野外，比如大雨中的高速公路旁，而且選擇立姿，因為這種姿勢有創意。（在《山之音》裡頭，川端康成筆下六十二歲的主角信吾就經常夢見和來路不明的女郎燕好，毫無疑問這是川端最好的一部作品，百讀不厭）。第二，我想要一部 BMW 或 Volvo 的車已經想瘋了。第三，我渴望重溫幾年前在法國的生活，特別是一次九月裡的波爾多之行，波爾多是一個令人難忘的美麗城市：郊區一望無際的葡萄園，紅酒釀造廠……當然，還有迷人的二手書店……

我從一開始就一口咬定，三一九槍擊案是一齣拙劣的「黑色鬧劇」，是人類政治歷史上絕無僅有的一次獨特演出。今天聯合報的頭條是：真調會肯定三一九為「操作選舉」，換句話說，總統槍擊案是假的。如果這是事實，大家要如何處置陳水扁呢？罷免？如果他有罪責則繩之以法？我看事情恐怕沒那麼簡單，因為這牽涉到可能動搖國本的問題。台灣是地球上少見的一個極為「怪小」的地方，我看遍全世界從未看過任何一個地方或任何一個社會，有像台灣生命力那麼旺盛的，生活風格那麼獨特的，幾乎無人能及，像三一九這種案件在別的地方就不可能發生：如何去主導一個兇手並不存在的暗殺總統的槍擊案件。我們都在期待水落石出，真相大白。一八九八年法國的「德雷佛斯案件」必須等幾年後，犧牲了像左拉這樣一個偉大的作家才真正真相大白。我相信台灣的三一九案件，有一天也會以真面目昭告世人，這將會是決定台灣未來往光明還是往黑暗走的重要關鍵，總之，這一切歷史會有交代。

十九日（星期三）

下午和十幾位北一女老師在「爾雅書房」看《時時刻刻》，許多人已經是第二次看這部片子。這次重看，大家還是覺得好看。言談間我特別推薦大家除了讀《戴洛維夫人》和《燈塔行》之外，尚可讀《奧蘭朵》、《自己的房間》及《普通讀者》等書，當然我還必須強調，吳爾芙的英文文體以優美洗練著稱，如能讀她的英文原著則更為理想。《時時刻刻》片中最動人的時刻：吳爾芙和夫婿在火車站月台上爭吵要不要搬回倫敦。這是一場以愛為基礎的夫妻之間的爭吵，兩人之間有愛，則一切皆可包涵容忍，男女之間，除了互相折磨，便是容忍，做不到這點，最好及早拉倒，另闢他途。

晚上我們一夥人，還包括隱地夫婦，一起到伊通街的「百鄉」共進晚餐，大家相談甚歡，陳萬琴禁不起我的慫恿，講了幾則葷笑話，把大家逗笑得東倒西歪，「百鄉」的美麗老闆娘忍不住過來旁聽，也一樣笑得人仰馬翻。大家都一致同意，已經很久沒這樣痛快笑過了。

半夜回台中前去敦南誠品遊逛一會兒，購英文二書，一本是有關 Bakhtin 的論文集，另一本是海德格《存有與時間》的英譯本，共費去近二千元。

二十日（星期四）

兩年多前 L.T. 離去的時候，我只覺得難過，但並不痛苦，就像五年前四姊死去的時候，我也並未感到特別的悲傷，為什麼呢？四姊從小過繼給人家當養女，她和我的年紀也比較接近，每當她回家玩的時候，都會給我零錢花用，但後來她出嫁之後，我們之間的感情竟逐漸變疏遠了。總覺得她變得傖俗和流氣，不再是我小時候心目中美麗可愛的四姊了，也許她有她自己生活上的問題，她有自己的家庭煩惱要解決，我心裡為什麼要怪她呢？幾年前她突然中風，我去看過她幾次，知道情況並不樂觀，恐怕就是拖延而已。後來我去了法國，不久之後就從弟弟口中聽到四姊走了。我想起唸小學時有一次去她家玩，臨走時她送我去車站搭車，上車時她在匆忙間塞了二十元鈔票到我口袋裡，在回程車上，我不停拿出那兩張鈔票反覆觀看，那真是一筆不小財富哩！當我聽到四姊走了，想到這一幕往事，眼淚不禁奪眶而出。她中風之後，活得很辛苦，早一點走可能會是一種解脫，無法自己料理自己的生活時，活著就是一種累贅，已經毫無意義可言了！

L.T.的離去一點都不意外，那是意料中的事情，我心中在等待這一天的來臨已經很久了，所以當事情發生時我並不驚慌，反而能夠泰然處之。我只是覺得納悶而已：愛情竟然和生命一樣，終究也有終結的時候！

二十一日（星期五）

下午C打電話到研究室給我：Francis，我考完試了，明天和同學去東部旅行。我想了一下說：好極了，晚上去吃頓好的，然後去看場電影。C長得很秀氣，像個漂亮小男生，學期中有一次我看到她在讀《卡拉馬助夫兄弟們》。我問她：讀懂嗎？她說：懂，下一本杜思妥也夫斯基該讀什麼？我說：《罪與罰》、《地下室手記》、《賭徒》或是《窮人》也行。C有一次來「8½非觀點劇場」看電影，我跟他們說，這是我大女兒，他們相信了。

晚上在「上海湯包」吃飯時，我在桌上放了兩千元說：資助你到東部旅行。她拒絕接受，我突然說：嘿，你頭髮太長了，去旅行前該先剪一下，這樣吧，我請你吃飯、看電影，送你一本英文版《達文西密碼》寒假讀，外加請你——剪頭髮。她笑了笑說：好吧。

我們飯後去「小雅」剪頭髮，然後看《國家寶藏》。看電影之前，我們在新光三越的誠品店逛了一會兒，我買一本英文版的《達文西密碼》送給她，我自己買了一本英文版的《從黎明到衰微》（*From Dawn to Decadence*）。

二十二日（星期六）

下午在文化大學教育推廣部演講電影，一共講了三個鐘頭。中途我突然感覺血糖降低，我要他們去隔壁7—11買兩塊巧克力糖，吃了以後感覺舒暢許多，這才定下神把演講完成。之後有兩個男生圍著我聊談電影，其中一個紮馬尾、留大鬍子，我仔細看他下半身，他穿一襲黑色長裙！他一直問我對張艾嘉拍的電影有何看法，我就說，為什麼不好好仔細看楊德昌、侯孝賢、蔡明亮以及王家衛等人的電影？

另一個男生留披肩長髮，我仔細看，真是少見的標緻帥氣！事後我有些後悔沒問他姓名，或甚至電話，可是回頭一想，問這些到底是什麼意思呢？收編當兒子嗎？是的，我缺少一個兒子！

下午演講完之後打電話給何懷碩，晚上我請他在台大附近吃韓國烤肉。

半夜兩點，誠品敦南店，人聲鼎沸，青一色都是年輕人，而且大多還是女生。真有一套，半夜不睡覺，逛書店，而且還真正買了書，誰說現在年輕人不買書不讀書呢？我的觀察是，似乎是中年人才不買書不讀書哩！我買了兩本英文書，一本是 Durkheim 的《論自殺》（*Le Suicide: Etude de sociologie*），另一本是Heidegger的 *Basic Writings*。我心中在納悶一件事，記得十幾年前買過 Heidegger 這本書，後來竟不見了，我買了之後才想起以前買過這本書，這是什麼意思呢？

二十三日（星期日）

今天整天都在華視錄影教學節目，我和 Angie 及蔣筱珍一起錄製下學期的美國文學教學節目。我晚上請蔣筱珍夫婦和 Angie 夫婦在「百鄉」吃晚飯，一起陪席的還有高大哥（高徵榮）和陳萬琴。每次在「百鄉」吃飯總覺得很暢快，我每次都吃鯖魚套餐，從未變化。這家餐廳晚上的氣氛特別宜人，很有歐洲鄉村小餐館的味道：很家常、安靜、有氣質，和一般都會型的餐廳很不一樣。高大哥拿給我一篇英文的托爾斯泰寫的〈莎士比亞和戲劇〉，另一篇是 George Orwell 寫的批評托爾斯泰這篇東西的文章，高大哥知道我不喜歡莎士比亞和 James Joyce 的 Ulysses，他一直鼓勵我寫一本書，主題鎖定為 The Great Masterpieces That I Don't Like。我很高興托爾斯泰討厭莎士比亞，畢竟這世上還是有偉大名家和我看法一樣。

晚上飯後喝咖啡時，陳萬琴在我不斷慫恿之下，又講了幾則葷笑話，這次又把大家逗笑得東倒西歪，筱珍和 Angie 笑得最厲害，把肚子都笑疼了。

下午錄完教學節目後，時辰尚早，才四點多，我和 Angie 一起去一〇一大樓的 Page One 書店遊逛，她買了一堆英文書，我本來想買英文版的屠格涅夫作品精選集，後來覺得一千兩百多元的價錢實在太貴遂作罷。

二十四日（星期一）

昨晚又夢見吳潛誠，算一算他離開這個世界已經五年了，但時間並未模糊掉我對他的懷念，我常想起他，也常夢見他。他每次都是以愉快的姿態來到我夢中，有說有笑，並不覺得他已不在人間了。我想起一九九九年七月時，我人在法國，他寫信來，口氣很輕鬆愉快，完全感覺不出他已病入膏肓，到了十一月，經歷了九二一大地震之後，他終於還是走了，Emily打電話告訴我這消息時，我忍不住流下了傷心的眼淚。我回想起一九七五年我們一起住在浦城街那個令人難忘的夏天，那是一個燠熱而少雨水的夏天，也是最窮困的一段難熬日子，每天讀英文小說打發時間，有時S.M.M.來找我，我也只能請她吃一碗二十元的牛肉麵。有一次她來找我，我適巧不在，吳潛誠陪她坐了一個下午，晚上一樣一碗牛肉麵打發掉。那天晚上吳潛誠說S.M.M.太瘦，胸部太狹窄，我說：可是臉蛋很迷人不是嗎？那口潔白整齊的牙齒，還有那雙修長的美腿。一九八〇年左右到一九九〇年，這之間有十年時間吳潛誠去美國華盛頓大學讀博士班，S.M.M.也去了美國，不久之後聽說嫁了美國人。

今天我總是把對吳潛誠的記憶和對S.M.M.的懷念緊緊連結在一起，也許是因為三十年前那個令人難忘的燠熱夏天吧，吳潛誠已經走了，S.M.M.妳在哪裡？

二十五日（星期二）

凌晨看DVD影片，Peter Weir拍攝於一九九〇年的《春風化雨》（Dead Poets Society）

一片。影片本身拍得很棒，可惜主題缺乏說服力，並不吸引人。因為今早九點要去縣立大里高中演講，講的正是《春風化雨》這部影片，我特別跟一群高中學生強調影片中的兩大「中心主題」，那就是 seize the day 和 Thoreau 在《湖濱散記》一書中所強調的 suck all the marrow of life，可惜他們完全搞不清楚這是什麼意思，我猜想他們生活中只要有韓劇看和電動玩具玩就很滿足了。

昨晚才睡兩個鐘頭，下午在研究室坐著竟睡著了，然後做了一場怪異無比的夢：我夢見在一狹隘空間和一黑膚女郎行房，只聽到她不停叫「不要吸我那裡！不要吸我那裡！」然後我就醒了過來，對方為什麼會那樣叫，真難理解，因為我並未真正吸她呀！這場夢很莫名其妙。

凌晨睡前讀兩個鐘頭《浮華世界》，這次重讀這本小說，印象更壞，嚕嗦不堪，我有些後悔在讀書會上挑選讀這本小說。前陣子忘了在那裡讀到王文興這樣說，他正在讀 Thackeray 的小說作品，沒提讀那一本只說「Thackeray 是一位最了不起的偉大作家。我不停皺眉頭，王文興曾經是我心目中台灣最好的小說家，他的品味哪裡去了？他難道沒讀過比 Thackeray 更了不起的作家嗎？

一六九九年《格列佛遊記》的作者 Jonathan Swift 三十二歲，我讀到他當時所寫一篇叫做〈當我年老時〉（When I Come to Be Old）的筆記，他說，當他年老時：

☆ *1.* 不要和年輕的女人結婚。

2. 不要和年輕人來往，除非他們很想要。
☆3. 不要發牢騷，不要懊惱，不要多疑。
4. 不要批評當下風尚或別人的行事風格。
5. 不要喜歡小孩，盡量不要讓他們靠近。
6. 不要老是對相同的人反覆說相同的故事。
7. 不要貪婪。
☆8. 不要忽略端莊和乾淨，不要害怕整潔。
☆9. 不要對年輕人太苛求，要容忍他們的愚蠢和軟弱。
10. 不要喋喋不休，特別不要猛談自己。
11. 不要吹噓自己以前如何如何。
12. 不要太武斷或意見太多。
13. ……

我自己再加上幾條：

1. 不要和年輕女人結婚，但也絕不去打有錢老女人的主意，因為都不好惹，獨身到死最好。
☆2. 不要再去想年輕女人的身子（好好記取托爾斯泰的教誨），那是最可怕的陷阱。

3.不要借錢給人（包括兒女），因為不知道自己什麼時候會翹辮子，錢會要不回來。

☆4.不要露出色咪咪的糟老頭模樣。

5.不要拒絕拿拐杖，拐杖代表一種權威。

6.不要參與賭博（包括買樂透），但打麻將不在此限。

7.不要留長髮和穿牛仔褲。

二十七日（星期四）

今天下午在台北讀書會上談《浮華世界》這本長篇小說，上課之前我放映庫柏力克拍攝於一九七五年由薩克萊另一長篇小說 *Barry Lyndon* 所改編的電影給大家看，我發現大家看得很起勁，因為電影好看。我覺得從今天眼光去看薩克萊的長篇小說，已經覺得有些索然乏味。《浮華世界》多少還有一些吸引人的地方，但像 *Barry Lyndon* 這樣的小說今天恐怕不太有人會想要去觸碰了，要不是庫柏力克曾據此拍成電影，誰會知道這本又臭又長的小說呢？一樣是十九世紀的傳統寫實主義作品，狄更斯就顯得精彩許多，至少他在文字上的魅力就強很多。

晚上和陳萬琴及北一女老師駱靜如去長春戲院看最近新拍的《浮華世界》電影，導演 Mira Nair 據說是一位印度籍女導演。我不知道要怎樣去談這部影片，也許只能用乏味無趣去形容，小說中的每一episode都只是點到即止，像片中的幾位主要角色，如Rebecca或Amelia並未真正立體化起來，只覺平板簡單，無法教人留下深刻印象。我總覺得去拍攝這樣一部龐然巨著，肯定會是吃力不討好的工作，庫柏力克所拍的《亂世兒女》可能是最了不起的成就了。

二十八日（星期五）

回想一九七六年在華岡的日子，那真是一段瘋狂而迷人的歲月，那時看了庫柏力克的《亂世兒女》一片，突然之間，竟對片中舒伯特的音樂著迷了起來，特別是第二號鋼琴三重奏的第二樂章，真叫百聽不厭，後來還去搜羅舒伯特的其他音樂。沙特在訪問中提到他不喜歡舒伯特，反而較喜歡舒曼，我的看法跟他剛好相反，當然沙特在文學和藝術上的品味本來就不甚高明，他有那樣的偏好並不足為奇，好比他對女人的看法也頗有問題一樣，但不能否認的是，他的法文文體很吸引人，我還是愛讀他所寫的東西。

舒伯特一生才活三十一歲，他的音樂充滿一種對死亡的思索，帶有活潑浪漫的味道（這一點和布拉姆斯不同）。有一天清晨，我無意中從收音機電台聽到〈死與少女〉這首曲子，我停下一切動作去仔細聆聽。天呀，多久沒聽這首曲子了？十年？二十年？久違了的舒伯特越發讓人感覺心扉蕩漾。前陣子我買下我最喜歡的鋼琴家Kempff所演奏的舒伯特鋼琴奏鳴曲全集，一共七張CD，也是百聽不厭的傑作。我必須強調小品也可能是偉大傑作，這種現象恰好就反映在舒伯特的鋼琴奏鳴曲和即興曲上面，蕭邦在這方面有其迷人之處，但和舒伯特相較，恐怕還是要略遜一籌，蕭邦有匠氣，舒伯特是渾然天成。

二十九日（星期六）

下午在苗栗文化局的電影討論會上給大家放映印度影片《阿普三部曲》的第三部《阿普的世界》，不知何故，看到影片的最後我竟忍不住感動得掉下了眼淚，這是什麼道理呢？現在年紀大了些，比較敏感也比較脆弱是嗎？也許吧。Satyajit Ray 這套拍攝於一九五〇年代的三部曲本來就很動人，他曾說過：影片中得當處理了死亡場面，我們還要求什麼呢？Ray 很懂得在電影中用文學性手法處理死亡場面，那是他最動人的時刻。

昨晚半夜第一次看 Angelopoulos 那部拍攝於一九七五年四個鐘頭長的名片《流浪藝人》，看得我疲憊不堪。整部影片透過一群流浪藝人反映了從第二次世界大戰到一九五〇年代的希臘當代史，我覺沒什麼意思，即使導演有那麼精彩的影像風格，看這樣的電影只是徒然令人感到疲乏而已。Angelopoulos 的影片永遠離不開希臘的現代政治歷史，這有什麼意義呢？最近三部：《霧中風景》、《尤里西斯生命之旅》以及《永遠的一天》都差不多同一模式。我倒覺他晚近作品已經達到爐火純青地步，像《永遠的一天》就可以稱為偉大傑作了（較少政治意味，因此有關人生的隱喻，在層次上就更高）。

三十日（星期日）

早上去華視錄影教學節目之前，先到附近怡客咖啡店喝一杯卡布奇諾咖啡，對面坐著一位穿著入時的中年女人，正一個人在享受咖啡和香菸，頗怡然自得的樣子。羅蘭・巴特說他喜歡在咖啡館觀察人的動作行為，我覺得我也是，有一種趣味性。我想起住在法國的日子，想起數不盡的消磨在咖啡館裡的時刻，想起和L.T.在那裡共度的美麗時光。在巴黎時我們最常去逛拉丁區索邦大學附近的書店和咖啡館，以及龐畢度中心附近的Mona Lisait二手書店和小巷內燈光暗淡的咖啡座。和L.T.在一起最快樂的時光毫無疑問就是逛書店，我們幾乎逛遍了倫敦和巴黎的書店，特別是二手書店（倫敦的查令十字街，還有巴黎的塞納河畔）。我心裡很清楚，那些迷人的難忘時光是永遠一去不復返了。

晚上蔣筱珍夫婦請大家（包括Angie夫婦和高徵榮等人）在一〇一大樓的WASABI餐廳吃日本料理，之後高大哥請大夥到隔壁的君悅二樓喝咖啡（他是君悅總經理，每次去君悅，我們總是以VIP身分大享特權，那是我們真正享樂的時刻，吃得高尚，談得也愉快）。

晚上在 Page One 買了兩本英文書，一本是《屠格涅夫精選集》（*The Essential Turgeniev*），另一本是《愛默森文集》（*The Portable Emerson*），共耗去二千元，屠格涅夫這本書我已經觀望了兩個月。

半夜回到家之後看 Angelopoulos 的《塞瑟島之旅》竟睡著，蓋影片乏味無趣也。

三十一日（星期一）

有一次我和女兒還有她媽媽，一起看電視上的政論性節目，女兒的媽媽突然説，我講話的德性很像謝長廷，也像沈富雄，一副狡猾臭屁模樣，我當場氣得跳腳。這是兩位令人無比厭惡的政客，女兒説，他們看起來很像猴子，我説，任何民主政治的社會一定會存在許多像猴子的政客，那是必要之惡，我們無法避免，也不能剝奪他們生存的權利，大家完全靠本事。説我虛偽狡猾都可以，但如果説我像某某不入流政客，真不知道居心何在。女兒的媽媽向來品味就很怪，會發出如此評論，並不足為奇。哎，那晚大家無可避免又不歡而散。沈富雄沒選上立委，那是他個人的事，但謝長廷要當內閣總理，我只能祈求老天保佑大家。我總覺政壇上永遠充斥一些才能平庸的小丑型政客，不僅台灣如此，我觀察過去十年來英國和法國的政壇也是如此，不，幾乎任何國家都是如此，真是一代不如一代。

二月

2月分： 爸爸和女兒在車上講笑話

一日（星期二）

今天氣溫很低，已經逼近年關，天氣冷了下來，這才感覺到在過新年。下午去周曉帆那裡看牙齒，折騰了近兩個小時，我感到很不耐煩，臨走時我跟他說：給你弄牙齒真是享受！是的，真正的享受没錯，我深覺近一年來越來越能享受孤獨寂寞的樂趣，那是一種真正的性靈上的享受。

再為〈當我年老時〉補上三條：

1.不要拒絕別人的恭維，不要迴避虛榮。更不要鄙夷財富，有一天死的時候，要把所有財產（包括藏書和珍貴收藏如手錶等）全留給女兒。

2.不要戒菸，萬萬使不得，我要抽到最後一口氣。

3.不要排斥愛情，但絕不去主動追求，不要像歌德或易卜生，活到七十幾快八十歲時，還去跟隔壁家的十幾歲年幼小女孩求愛，還被回絕了，多難堪！還有湯瑪斯・曼，六十幾歲時還在打十八、九歲少年的主意（他自己在日記裡寫的）。當然，他們這樣做並未損及他們作品的精彩程度，我還不得不說，他們還是我近年來閱讀樂趣的最大來源哩！

二日（星期三）

台北整天都在下雨，上午去立緒出版社，交回為他們校閱的《眷戀曼哈頓》（*Sehnsucht Manhattan*）這本書，我跟鍾姊（惠民）說，我覺得這本書既乏味又平庸，沒什麼意思，翻譯的文筆又不流暢，他們的編輯許純清小姐在一旁不停巧笑倩兮。鍾姐聽了我的批評覺得不好意思，就笑笑說：這本書的對象不是你這種高水平讀者。我聽了也笑笑，不再說什麼，中午在那裡和他們一起吃飯。

下午去建國中學對一群文藝營的高中生演講，我講了七十分鐘，講完後一位男生上前來說：老師，您講得真好。接著一位女生拿一本我寫的書要我簽名，然後說：你這本書寫得很棒（《天光雲影共徘徊》）。她自稱是北一女高一學生，一副聰明可愛模樣。我離開時覺得虛榮心很感滿足，看看時辰尚早，雨一直下著，就驅車前往師大路上的問津堂，買了一套中譯本簡體字版的《弗洛依德全集》。

五點整我準時走入「書林」，今天和文庭澍以及弟弟森雨約好在那裡見面，因為文庭澍有一本關於英文作文的書想交給「書林」出版。他們在洽談時，我藉機四處瀏覽選書，我發現近一兩年來「書林」會吸引我的英文書越來越少，這次只挑到三本，其中有一本是 *Brecht on Theatre*，這是我比較期待的一本書。

等他們事情談完之後，文庭澍有事先走，我和森雨就近在台大附近一家川菜館共進晚餐。雨還在下著，我們開懷暢談，兄弟兩人已經很久沒這樣親近談話了，最近十年來我們很疏遠，主要是我對他莫名其妙的政治傾向很不以為然。記得十年前陳水扁選台北市長時，他還在座車上插了一支熱烈擁護陳水扁的旗子，我認為這種行徑極端幼稚，何必呢？陳水扁只是另一個不入流的政客，一個有獨立判斷能力的人不應該盲目去崇拜他，他完全值不得。我覺得森雨是個厚道善良的人，他對待朋友忠誠熱情，但欠缺的是理性冷靜的判斷能力，很可惜，我真是越來越不了解他了。

突然間，我發現他有一點點的老態，動作稍稍遲緩了一些，竟無法理解這是一個和我從小一起長大的人，曾經在感情上非常親密的兄弟，三、四十年前的往事一幕幕在我的腦海裡浮現出來，我不禁感嘆：啊，時間！隔了一會兒，他突然說：有聽說嗎？前一陣子Stone（石光生）心肌梗塞，差點掛了。我一聽一陣訝異，我完全不知道這回事。Stone自從一年多前去中山大學戲劇系當主任以後，就很少聯絡了。我也很少有機會南下高雄，事情一忙，竟疏於聯絡感情。Stone這幾年來身體狀況不是很好，也許他的生活風格過於任性，難道連自己照顧自己都不會嗎？我一直很擔心要好朋友身體健康出岔子，總希望好朋友都能活長一點，多讀些好書，多享受一些活著的樂趣。去年九月我聽到黃建業中風的消息時，心中著實大為震驚，難過了好幾天，後來去台北榮總看他時，看他並無大礙，心裡這才舒暢過來。然而，這畢竟還是一個警訊：健康出狀況了。那次去看他時，也許是生病的關係，竟感覺他蒼老了許多。事情總是有悲觀的一面，人過了五十之後，和死亡越來越靠近，體力也越來越差，但我認為我們可以調整心態，透過意志力和開闊樂觀的胸懷，我相信要繼續過美滿的生活並不是不可能。

夜裡很晚時，我又走進了誠品敦南店，在那裡磨菇了兩個小時之後（又買了一堆書），我就近在旁邊的「雙聖」喝咖啡吃蛋糕，看一下腕錶，已經凌晨兩點了，雨還在下著。在驅車回台中的路上，心裡盤算一下：天啊，今天光買書竟花了一萬多塊！

四日（星期五）

下午去監理所繳被照相超速的罰單，前面一位模樣約莫五十歲上下的中年人繳完罰款時破口大罵：操他媽的民進黨政府，連右轉沒打方向燈也開罰單，真沒天理！再不換政府真要叫人幹死！

我說民進黨政府的問題不是在交通上濫照相濫開罰單問題，而是整體意識型態上出了岔子。前陣子真調會報告出來，認為三一九槍擊案有做假嫌疑，有人主張彈劾陳水扁，我在電視上看到一位李姓民進黨立法委員很激動說，如果有人膽敢罷免陳水扁總統，他即立刻號召百萬人包圍立法院。這真叫人啼笑皆非，大家看，充斥我們國會殿堂的立法委員十之八九都是這種是非不分的童子型幼稚貨色，有人稱這些人為人渣，的確，人渣似乎是很好的形容，而立法院是收容人渣的最佳場所。然而前陣子我還強調，國會就是有這些人（是哪些人，似乎不必指出來，畢竟還是有人投票選他們），我們的政治生態才顯得活潑好玩，我們為什麼不能放開心胸去包容異端呢？國會像動物園，這有什麼不好，這代表我們的社會生命力旺盛呀！

五日（星期六）

晚上在台中的一個讀書會放映《長日將盡》，我事先曾要求大家讀石黑一雄的原著，我強調這是一本讚頌英國民族性的小說，其次才呈現有關生活的隱喻。今天女兒劉慕德也一起來看電影和聽我演講，原先我預期她看這部片子會睡著，但事後她竟然說很喜歡這部片子，並且打算回頭去讀原著。我很高興，今後有機會應多帶她參與這類聚會。

半夜回家後我看柏格曼流亡德國時所拍的《蛇蛋》一片，這是一部美麗的敗作，甚至是一部平庸作品，只看其柏格曼式的美麗影像風格即可。隨後看一部有關一位瑞典女記者於二〇〇三年訪問柏格曼的紀錄片暢談他比較喜愛的自家作品，大師已經八十五歲，真的已是老態龍鍾模樣，但言談還是非常犀利，腦筋還是很清楚。這是全世界我最敬佩且私心仰慕崇拜的電影導演。我覺得自己在心性上跟他很接近，他是真正深刻透視人類靈魂的偉大藝術家，他晚期的作品更形尖銳，創造力絲毫未減。我認為他的作品中至少可以挑出十部是永垂不朽的：《野草莓》、《沉默》、《第七封印》、《假面》、《秋光奏鳴曲》……

六日（星期日）

下午三點多，我和女兒在高速公路附近的「東海咖啡館」喝咖啡吃點心，我們一直等到四點正上高速公路，走南二高一路南下高雄。我和 Stone（石光生）幾乎有快兩年沒見面，我看不出他最近曾被心肌梗塞襲擊過，只不過顯得蒼老了些，動作也遲緩了些，女兒說，石頭叔叔老了很多。我說，一個人一旦生過要命的病，難免都會如此。有一次她在電話中突然問我：嘿，老爸，你身體健康還好嗎？我好擔心！我說：怎麼了，你有看出什麼不對勁嗎？你没看出我説話聲音宏亮，還經常會噴出口水嗎？

我們晚上一起在 Stone 家裡吃火鍋，閒話家常，我突然問：生病後，有影響嗎？他說：你指哪方面？坦白告訴你，更兇猛！我說：fuck off，老是想歪的一面，人上了年紀，還是節制一點的好。回想我們年輕讀研究所時，一起去逛萬華的華西街，他以兇猛和持久著稱，有一次辦完事之後，那位女孩跟我說：你的朋友吃了什麼藥，差點把我搞死！

記得十年前，有一次和黃建業夫妻一起去高雄演講電影，晚上我們找 Stone 一起去六合夜市吃宵夜，吃完後，就在附近錄影帶店遊逛，Stone 買了幾捲日本的A片。事後黃建業妻子（伍健美）說：剛才看你們在挑選A片的樣子真好笑，怎麼，大學教授也愛看A片嗎？我說：大學教授不要呼吸是嗎？坦白講，我們看柏格曼和費里尼，也看飯島愛！

今天晚上看到朋友完好無恙，心情特別輕鬆愉快，飯後女兒說想買書，我們三個人一起去逛「大遠百」的誠品書店，我買了一本幾米的筆記本送女兒。

記得兩年前我曾對一位同事說，如果那一天我被綁架，要求付贖金時，北部的黃建業和南部的石光生，可能會是願意籌贖金救我性命的朋友。如果綁票發生在中部呢？有誰會出面救我性命？有，王安琪（Angie）。（綁票如果發生在台北，陳萬琴也可能會是願出面救我性命的人）。

Stone 最近十年來的身體狀況是有些衰落了，記得十年前他剛回國，每次大家一起打麻將熬夜時，他總是疲態百露，我只能說，好好保養身子吧！再怎麼樣都已經不比三十年前了，那時候可以一個晚上連著幹三次，現在行嗎？

七日（星期一）

我在法國已故作家 Julien Green 的日記本上面讀到下面這段話：

En y réfléchissant, j'ai constaté que la plus importune de mes phobies, et la plus persécutante, est celle de la mort.

大意如下：

回想起來，我發現最令我感到壓迫人和不能忍受的，那就是死亡的恐懼。

另一段：

Dans un monde qui va trop vite, j'ai résolu de vivre lentement. Je veux accomplir ma tâche comme si une longue vie m'était promise.

大意如下：

這個世界改變太快，我決定慢慢生活，我要用長壽來慢慢完成我的工作。

（Julien Green 死於一九九八年，享年九十八歲）。

（但盼以後至少也活到這歲數，或多一兩歲）。

Julien Green 上述兩段話大致說出了我向來內心的感覺。第一，如何克服對死亡的恐懼，第二，如何過健康正當的生活而不必去理會外面的世界。關於第一點，我的最大期待是：既無懼怕又無痛苦走上死亡路途。

晚上再看一遍Angelopoulos的《尤里西斯生命之旅》，很奇怪相隔十年之後再看，感覺沒以前好，甚至覺得又臭又長，《流浪藝人》也是又臭又長的一部片子。

八日（星期二）

今天是農曆新年除夕，中午起床後並不打算去學校研究室工作，竟發現無事可做，下午拿起《馬奎斯傳》讀了一會兒，發現這本書寫得很乏味無趣，作者花費許多篇幅猛談馬奎斯祖宗八代的一些雞毛蒜皮瑣事，讀來真覺不勝其煩。

晚飯後一直到凌晨三點，我一口氣看了四部阿莫多瓦的影片。記得一年多以前看了《我的母親》和《悄悄告訴她》之後，我說很想看阿莫多瓦的其他作品，陳萬琴在台北幫我買了全套的錄影帶，大約有十來部，很奇怪，這些片子全堆在書櫥角落，直到今天才想到拿出來看。

阿莫多瓦的影像風格很迷人，而且擅用音樂，但我發現他在一九九〇年代之前的片子大多很平庸，像《綁上綁下》這樣的片子就很庸俗，但一九九六年的《窗邊上的玫瑰》就很精彩，到了最近《我的母親》和《悄悄告訴她》已經可以算得上是偉大的傑作了。我認為他仍有進步的空間，他描寫絶望的女人或是戀愛中的男人，可能是他最動人的時刻。他和王家衛一樣，擅於處理女性角色，他們電影中的女人大多非常性感，未必漂亮，但大多充滿魅力，特別是她們走路的樣子。

九日（星期三）

大年初一電視上出現許多命理師和風水師大談今年雞年如何開運，其中最著名的是一位叫林雲大師的傢伙，記得李敖曾罵他為「妖僧」，真是淋漓痛快。這些人一天到晚公開宣揚迷信，如果不是妖言惑眾是什麼呢？台灣人如果少迷信些，相信社會會更加進步，更和諧理性一些，整個關鍵在於教育的問題，一個民族如果教育成功，其社會必定成功。

今天決定讀點輕鬆一點的東西，我翻開 Stephen King 的小說 *The Shining*，一路輕鬆愉快讀下來。記得上個禮拜在建中對一群高中學生演講時，曾強調讀好書的先決條件就是避免讀壞書，尤其應以讀古典名著為優先，特別是以讀名家為主。我們不是迷信名家，要知道，寫好書就好比藝術創作一樣，我們相信只有名家才寫得出好作品，也只有優秀藝術家才創造得出偉大作品。除非有特別必要，當代作品似乎不必太過於熱衷去接觸，許多當代作家的作品經常是只翻閱一兩頁就讀不下去了，為什麼？太輕浮，没文體上的優美風格，更不要提思想的問題了。

我估計 Stephen King 這本小說我不會讀超過二十頁。

十日（星期四）

年初二，下午劉慕德來找我，我安排她和姪兒的小孩們去看一場電影。晚上我請劉燕維夫妻去台中「真北平」吃涮羊肉火鍋，飯後去他妻子的娘家打麻將到天亮。

睡前又重讀馬奎斯的《愛在瘟疫蔓延時》，深覺這本小說寫得真好。今天已經是第三遍重讀，還是覺得好看。書中一開始描寫烏爾比諾老醫生的摯友，一位攝影家死了，他以醫生身分去驗屍，隔一天他自己也因為在家中庭院爬階梯到樹上抓鸚鵡摔死了。這整個過程的描寫真是精彩極了，作者這樣寫道：「他過去身體相當強健，聊以為慰的是性慾已慢慢消失，逐漸在不知不覺中達到性的平靜。到了八十一歲，他的頭腦還相當清醒，他知道，他的生命現在只是由幾根細線維繫在這個世界上，這些細線，甚至他在睡夢中簡單換個姿勢都有可能在毫無痛苦情況下斷掉，如果說他在盡一切努力維持這些細線的話，那是因為他害怕在死亡的黑暗中找不到上帝。」另外有一段這樣寫道：「多年來恐懼就像個幽靈似的一直和他形影不離，那是從一天晚上他被惡夢驚醒後開始的。他意識到，死亡對於他，不僅像他感覺到的那樣隨時都具有可能性，而且會是一種很快就會發生的事實。」馬奎斯在此探測到了老年的心理事實的問題。

十二日（星期六）

Louisa 是台中電影欣賞會的一兩位女學友，過年前幾天的一次聚會裡，大家提到過農曆年這幾天的計劃時，我說我向來有一批麻將牌友每個禮拜天都有固定牌局，過年時更是會連著三天猛打，但是自從前年過年時一位牌友中風，另一位死掉之後，再也沒什麼牌局了，因為再也很難湊齊理想牌搭子。Louisa 就問我有沒有興趣年初三到新竹她舅舅家吃晚飯，順便好好玩一場麻將。我說：好啊，Why not?

Louisa 並不是頂漂亮那種女孩，可是很有魅力，很有女人味道，她的丈夫 Allen 也很有趣，總是有很多搞笑的話可以講。從外貌上看，這是一對令人羡慕的夫妻，他們有一個聰明可愛的小孩，讀小學三年級。

這場麻將一打就是十六個鐘頭，從昨晚八點打到今天中午十二點才收攤。

下午送劉慕德去台中搭車回家，然後去學校研究室，才喝一杯咖啡抽一根香菸，便坐在躺椅上累極睡著，醒來時已經是午夜十二點。

今天報載美國劇作家Arthur Miller去世，享年八十九歲，我認為這是美國有史以來最好，甚至是最偉大的劇作家，他的成名劇作《一位推銷員之死》總是教人百讀不厭，最近才剛在朝陽科大的傳播藝術系上這齣劇本。

十三日（星期日）

阿莫多瓦和王家衛一樣，遲早會拍一部獻給男同志的影片。王家衛拍了《春光乍洩》，阿莫多瓦則是一九八七年的《慾望的法則》，算是屬於比較早期的作品，當然影片本身比後來，特別是最近的《悄悄告訴她》，顯然要粗糙遜色得多，主題還是一樣（和王家衛多麼相近），都在闡述愛的喜悅和痛苦，多少帶有強烈的愛的隱喻性。

晚上在看《慾望的法則》之前，在學校研究室讀了一個晚上的《愛在瘟疫蔓延時》，得到很大的閱讀樂趣，深覺好的文學作品還是有必要經常重讀。

小說中另一男主角阿里薩在初次和一寡婦嘗到了魚水之歡的樂趣之後，開始過放蕩猛浪的生活，藉此消解他對失敗的初戀的記憶。他跟寡婦說，如果對維持永恆的愛情有益，床上無論做什麼都算不上是不道德。在寡婦這邊，她表現得更加浪蕩，但她所祈求的則是某種既是愛情而又不受愛情牽絆的生活方式。

我同意王家衛在《2046》一片中所提出的命題：愛情是有時間性的。是的，唯有走入死亡的愛情才是永恆的。

阿里薩在他父親生前的一本筆記簿上看到這樣一句話：我對死亡感到的唯一痛苦是，沒能為愛而死。這說明了，愛是死亡的剋星，唯有為愛而死，死亡才不可怕，才不會痛苦。

十四日（星期一）

下午醒來前我夢見張教官打電話給我，說他家裡失火了，我連忙趕過去，起先我見到一片綠茵草地，整齊美觀的住房，還有茂密的樹木。突然眼前出現一幢平房，我和張教官走了進去，看到許多人正在吃早餐，我就說：張教官，我請你吃早餐，我們點了兩套燒餅油條，就在我正要付帳，手伸入口袋掏錢時，一大把千元大鈔竟灑了在地上，整個屋子的人全把目光投射在我身上，並不停發出驚嘆聲，我連忙彎身去拾錢，同時叫著：大家不要誤會，這不是中樂透的錢！這時我醒了過來，心想，這場夢是什麼意思呢？沒錯，我每期樂透都買，但尚未中過大獎，中的都是小獎。我正虎視眈眈在期待著大獎，難道這個夢宣示了，我正想中樂透大獎想瘋了是嗎？也許吧，但我還未想到要瘋狂的地步。

《愛在瘟疫蔓延時》像一則現代愛情神話，也像一則童話，馬奎斯以巧妙寫法掩蓋了他那一廂情願的愛情觀。這部小說的主角應該是時間，愛情長跑和時間的互相對抗。馬奎斯抓住這個基調大肆發揮他的愛情觀、婚姻觀以及生活觀，他寫得最好的部分應該是對婚姻生活鉅細靡遺的觀察和刻劃。

不管是愛情神話也好，或是童話也好，這是一部充滿強烈愛情和人生隱喻的小說，也因此才會那麼精彩好看。

十五日（星期二）

「老年人談愛情是不體面的，甚至是可恥的。」《愛在瘟疫蔓延時》女主角Fermina七十二歲在丈夫死後要和年輕時代的情人，如今也已七十幾歲，兩人要乘船去旅行，她的兒女們立即如此反應。這恰好是西蒙・波娃在《老年》（*La Vieillesse*）一書中所提出的命題之一：人老了是否適於談感情？我的看法是如果老年人談情說愛可笑，那麼，年輕人談情說愛就不可笑嗎？事實上，談情說愛都是可笑的，許多愚蠢的言談和行為莫不是由於陷入愛情而來。羅蘭・巴特就說過，陷入愛情本身就是一種病徵，精神官能症，可笑言行……因此，不要批評老年人談愛情不體面，真正去談愛情是不可能體面的，因為其中充滿太多的病態。

晚上在研究室一口氣讀了半本《百年孤寂》，已是第三遍閱讀，但感覺竟像第一次讀，一口氣不停往下讀，不肯放手。馬奎斯的這本小說有許多荒誕不經的情節和人物，但他的敘述格調獨特有趣，也充滿了機智，竟會教人讀來不忍釋手。

十六日（星期三）

下午在系辦公室碰到朱炎老師夫婦，Angie 提議晚上一起吃晚飯，由她作東。晚上我們在精誠六街的「六皓庭園」一起吃西餐，Angie 的丈夫林中明和外文系德籍同事 Martin 也一起出席。席間 Martin 突然説，吃飯和喝咖啡不能抽菸，在歐洲人看來實在很不可思議。本地人學了許多新加坡的壞榜樣，其中最不堪的一項就是法西斯思想，想把異端趕盡殺絕。記得以前龍應台小姐寫過一篇文章，篇名就叫〈謝謝老天，我不是新加坡人〉，説得真是淋漓痛快！可惜大家並沒注意到，我們正在學新加坡。不久前一位親戚準備把小孩送去新加坡就學，我當下送他三個字：神經病！新加坡人那麼痛恨香菸，想把抽菸的人趕盡殺絕，我們有必要學習他們嗎？記得前陣子李光耀常來台灣，力勸台灣不要搞獨立，想來實在好笑，台灣要不要搞獨立干他屁事！我認為今後我們應該禁止這種人入境台灣。高大哥從事旅館生意，經常出入新加坡，對新加坡頗有幾分了解，他認為李光耀這個家族很惡劣，他們用卑鄙手段龍斷新加坡幾十年之久，至今仍不肯鬆手，假藉民主之名而行獨裁之實。說來可憐，新加坡今天已經成為這個地球上少有的仍瀰漫法西斯意識型態的可憐國家，謝謝老天，我不是新加坡人！

十七日（星期四）

今天應戴惠櫻老師邀請去景美女中演講，她給我設定的題目是「馬奎斯和魔幻寫實」。聽眾對象主要是老師之間的讀書會成員，但同時也開放給學生自由聽講。馬奎斯自己曾為「魔幻寫實」如此定義：「非現實事物的寫實主義」或「十分合情合理的非現實」，即神話、傳說、信仰及迷信所構成的一種與客觀現實同樣強大或甚至比現實更為強大的準現實框架，並且決定著人們的思想和行為，這無疑把小說與人生之間關係的視野擴大了，因此現實的內涵可以無止盡的延伸。

昨晚半夜離開研究室後，在學校附近7-11買了一本《壹週刊》雜誌，剛好碰到一個學生，我正準備問他半夜怎麼還在外頭遊蕩時，他竟先發制人：老師也讀這種雜誌嗎？我說：當然，了解八卦消息啊！這一期有柯俊雄，很精彩不是嗎？這位學生曖昧的笑笑就走開了。我平常鼓勵同學要讀高水平刊物，比如Time或The Economist，但我自己卻同時也讀《壹週刊》，有錯嗎？

晚上睡前開始讀Charles Dickens的*Great Expectation*，用小孩子眼光並以幽默口吻去看成人的世界，這令人聯想Mark Twain的*Adventures of Huckleberry Finn*。

十八日（星期五）

晚上八點半時去看牙醫，周醫師突然問我，一個人生活會不會感到孤獨寂寞？我就套用陳萬琴說過的一句至理名言回答他：孤獨但不寂寞！怎麼說呢？因為我有許多書要讀，而且有許多個人獨立的事情要做呀！我最近幾年越來越樂於自己跟自己相處，多麼的有趣味呀！我恐怕要推翻柏格曼那句名言：寧可兩個人生活在地獄，也不要一個人生活在天堂。還有史特林堡那句名言：再糟糕的婚姻也總比一個人過活好！

年輕時害怕孤獨寂寞，一過四十五歲還如此，那就不對了。

半夜兩點獨自一人走進文心路上的「狄卡斯」西餐廳，坐下後叫了一壺水果茶。我經常半夜一個人來這裡喝水果茶，有時早一點就和C一起來。我喜歡這家西餐廳，很高雅，而且設有寬敞吸菸區，一個人來這裡可以做很多事情，比如看書或寫東西。今天晚上旁桌坐著一個六十幾歲日本老頭，旁邊是兩個年輕女性，用很蹩腳的日語和那個老頭交談，有時還穿插國台語，一看就知道是酒場背景的女人。日本老頭不停伸手去撫摸旁側女人戴滿俗氣戒指的白嫩小手，難看極了。我心想，十年後我一定不會在公共場所幹這種事，即使在隱密小房間也不會，不，即使現在也絕不幹這種事，太過於沒品味了（色咪咪撫摸年輕女性小手的德性）。

十九日（星期六）

凌晨睡前躺在床上又讀起張秀亞在半個世紀前所譯的《恨與愛》這本小說，這是法國作家 François Mauriac 的作品，原名 *Le Noeud de vipères*，直譯是「蛇結」的意思，二十幾年來這本小說不知已經讀過多少遍了（相信至少不下十遍），一有機會還是想重讀，每次重讀總會帶來很大的樂趣。小說一開始：「當你在我保險櫃裡一包重要的東西上面，發現到這封信之時，想必會感到極大的訝異……實際上，這封信在我心中已經醞釀好多年了……」這樣的開場立即把人深深吸引住，這是一個六十幾歲自稱行將就木的老頭所寫要向和自己共枕幾十年的妻子報復的一封長信。可是，我們忍不住要問，一對夫妻可以共眠幾十年，老來要向對方報復什麼呢？這是問題所在，也正是這本小說綿綿密密的文字所要抒發的真理所在。

這時候我突然想到，我為什麼不也來寫一本類似的小說，把寫信的角色掉過來是一個六十幾歲的老太婆，她要控訴結褵幾十年的丈夫，這會有很多東西可以吐露，甚至可以寫得很精彩，也許吧，我應該好好考慮這件事情。

《恨與愛》會是一本不折不扣的永遠的床頭書，隨手翻讀，都會為不寐的夜晚帶來很大的安慰和愉悅。

夜裡雨下個不停，雨聲連綿不絕於耳，感覺真好。

二十日（星期日）

整天下雨，氣温極低，是個寒冷的星期日。

今天整天都在華視錄影談論美國文學教學節目，中午一個人在附近的日本餐廳吃壽喜燒，感覺非常愉快。一個人用餐，一個人喝咖啡，一個人翻閱書本，是多麼有趣味的境界，如陳萬琴所說：孤獨但不寂寞。

晚上寫一封信給曹永洋，他是東海的學長，大我整整十四屆，他是我心中暗自佩服的長輩，主要是他那謙虛內斂的恬靜性格，那是一種極高的難以企及的修養境界，我不得不承認，我目前還達不到。前陣子他來信邀請我尋找時間到「和信癌症中心」演講電影，題目也為我設定好：「從黑澤明的《生之慾》談生死學」。我感到有些惶恐，但同時也感到興奮，因為這似乎是另一次炫耀才學的大好機會，我必須好好調適自己的心態，以適應這樣全然嶄新的挑戰。

二十三日（星期三）

晚上上綜合班的英文課，我六點十分正準時走入教室時，第一眼就看到 Lee，她坐在第二排中間，我特別注意到，我們眼光互相接觸時她臉紅了，這是什麼意思呢？Lee 是中文系四年級的學生，上學期有一次她上台做自我介紹報告時，談到她自己的文學偏好，她特別強調喜愛《金瓶梅》而不喜愛《紅樓夢》，這引起了我的注意，因為對一個女孩子而言，這顯得有些不尋常，大部分女孩都會極喜愛《紅樓夢》反而忽略了《金瓶梅》。

三堂英文課結束後，走在路上時我突然對她說：我送你一套全本的繡像本《金瓶梅》。她一聽高興異常，這套書目前不易買到，前些日子經過台大旁的「曉園書店」時，剛好看到一套庫存書就順手買了下來。目前我手頭各有一套詞話本和繡像本，另外還有一套 Levy 所譯的權威法譯本，我還要尋找另一權威英譯本。

二十四日（星期四）

今天上台北讀書會上課，這次讀西方現代戲劇，我們讀 Arthur Miller 的《一位推銷員之死》和 Eugène Ionesco 的《禿頭女高音》及《椅子》。我覺得我今天講得不好，因為昨晚沒睡足，下午上課就顯得精神不濟，有點上氣不接下氣的感覺。

晚上立緒出版社的兩位東家郝碧蓮和鍾惠民請我和何懷碩在信義路上的「上海故事」餐廳吃浙寧菜，一起陪席的還有陳萬琴和高肖梅。這次陳萬琴沒講什麼葷笑話，但她向來妙語如珠，也一樣把大家逗笑得東倒西歪，使得一個飯局下來，大家都覺得非常愉快。

飯後我回台中之前一個人逕自前往 Page One 書店遊逛，這次不期然發現了兩本不錯的書，一本是極少看到的 Henry James 的四個短篇合集 *Terminations* 一書。另一本是 Aldous Huxley 的兩本作品的合訂本：*Brave New World* 和 *Brave New World Revisited*。能夠買到這兩位令人喜愛的作家的罕見版本，心裡覺得很滿足。

Henry James 肯定是個極上等的小說大家，（《一位女士的畫像》已經讀幾遍了？）我覺得應尋時間再多讀一些他的其他長篇作品。

二十五日（星期五）

晚上張教官（靜德）打電話邀約一起吃晚飯，我們向來喜歡互相切磋各自的政治偏見，有一次我說民進黨的政權是一個「童子軍政權」，他說妙極了，今晚他問我：謝長廷當行政院長如何？答曰：這是一隻小狐狸。那麼，王金平呢？答曰：另一種類型小狐狸，品種不同，但性質一樣。還有，沈富雄呢？答曰：猴子。張教官大笑說：我們的政界還真像動物園。誠然，但我認為更像馬戲班，事實上，每一個民主國家（包括英國在內）的政界都大同小異，只差演出水平好壞而已，比如我所熟悉的法國政壇更是如此，一群猴子和狐狸，外加公雞和蟒蛇。

飯後回到研究室，開始讀 Saramago 的 *Blindness*（《盲目》），才讀一頁便被深深吸引住，繼續往下讀，這時已經欲罷不能了。這是一本充滿想像力的現代寓言，我馬上聯想到卡繆的《瘟疫》。瞎眼可能像鼠疫一樣，成為要命的傳染病嗎？一個人開車，就在等紅綠燈時，突然眼睛看不見了，然後開始不斷傳染，一群瞎眼的人從此被加以隔離。這是一個極精彩的臆想，想像著人所有可能的處境：No food, no water, no government, no hierarchy, no obligation, no order. This is not anarchy, this is blindness.

Saramago 的小說筆調真是美妙無比！

二十六日（星期六）

下午張教官提了兩包羊肉爐來研究室，那是我衷心期盼的，真虧他設想周到，然後我們又展開一場充滿偏見的有關政治議題的對談。我們談到這兩天扁宋會的議題，我說陳水扁就像三十幾年前的尼克森，第一，從堅決反共到親共，至少認同中共。第二，考試作弊而引發心虛的心理。大家很清楚當年尼克森就是因為競選作弊才下台的，真是丟臉丟到家了，他大大破壞了美國的政治倫理而引來丟人現眼的下場。陳水扁的政客作風有點像尼克森，他今天願意放下身段顯然是心虛了，但他為什麼心虛呢？只有天曉得，不，大家心裡都曉得。馬英九如何呢？他應該好好把台語學好再去選總統，在台灣土生土長，五十幾歲的人了還不會講流利台語，這種人早該打屁股了，不是嗎？

晚上，無意間在網站上看到東海大學一九七四年畢業校友去年開畢業三十周年同學會的訊息，我才驚醒，天，大學畢業三十年了！啊，時間！我回想三十幾年前的大學生活，彷彿是另外一個世界的事情，多麼遙遠的記憶啊！事實上，這些年來我很少回想以前大學生活的內容，我並未刻意去淡忘，但就是很少出現在腦海裡。如今，一切都很遙遠了，心境早就不同了。

這一屆的畢業同學如今已有九個人率先離開這個世界了，最早的一位是一九七七年，最近的一位是二〇〇四年，未來十年會輪到誰呢？恐怕會越來越密集的，想來真叫人膽戰心驚。

二十七日（星期日）

我喜歡讀名家的日記，最早是大學時代讀的《齊克果日記》和《胡適日記》。前者是了解存在主義的首席經典，後者讓我了解胡適怎麼讀書做學問，可惜裡頭還是太多流水帳。後來讀誰的日記比較深刻呢？我讀英文版的湯瑪斯・曼的日記，還有法文版的卡夫卡日記，此外，紀德和吳爾芙女士的日記也都很吸引人，普魯斯特死後沒有日記出版，想必他生前沒寫日記的習慣，但他的書信集倒很精彩，他和紀德以及 Gallimard 出版社老闆 Gaston Gallimard 之間的通信讀來很有意思。杜思妥也夫斯基的書信集也精彩好看，特別是和出版社之間的部分。

日記是一種很特殊的文學體裁，出自大文豪手筆的日記大多會很有看頭，而事實上，他們的日記經常也會是一種很傑出的文學成就，其中會展現迷人的文體格調，比如紀德的日記即是，吳爾芙女士也是。

晚上讀完 Saramago 的 *Blindness*，我覺得這本小說精彩的程度絕不亞於卡繆的《瘟疫》，甚至有過之而無不及。我們想像一個盲人的社區會像什麼樣子，作者對細節的刻劃真的可以叫做絲絲入扣，總是引人發出會心的微笑。

二十八日（星期一）

昨晚母親又翩然來到我的夢中，感覺是那麼的真實。多久沒夢見母親了？至少有好幾年了，算一算母親離開這個世界已經三十七年，前面十年經常夢到，後來就越來越少，但我從未忘記她的音容，我從小就已看出她是個堅強歹命的女人，倒是沒預料到她會那麼短命，還活不過五十歲。今天回頭看，不得不相信命運這回事，因為母親早就註定是歹命和短命的女人，為什麼沒及早注意到這個事實呢？回顧前塵，母親死後那幾年是最難捱的一段日子，心中老是充滿焦躁和懼怕，日子沒有一天是過得順暢的，有好幾回我想到自殺，心中無時無刻老是籠罩著死亡的陰影，讀到《哈姆雷特》時，覺得心境是多麼的符合。我必須等到多年後才能從那股陰影之中掙脫出來，如今好了，我真正勇敢面對生活，並且深深熱愛生活和享受生活，但我從未忘記過母親，在我心中，她會是一幅永恆的圖象。

三月

3月令：狐狸 vs 公雞

三日（星期四）

今天下午在「爾雅書房」演講《細雪》的小說和電影，曹永洋也來了，見到他感覺真是愉快，他似乎是個永遠面不二色的人，我在心靈上的修養和他距離實在很遥遠，覺得應該好好跟他學習。

我說谷崎潤一郎的《細雪》是masterpiece，但市川崑的電影《細雪》稱不上，好比川端康成的《山之音》也是masterpiece，但成瀨巳喜男的電影《山之音》不是。市川崑的電影四平八穩，以工整而美輪美奐的影像風格見稱，但也只能呈現原著的精神五或六分而已，讀谷崎潤一郎的原著有一種舒暢活潑的感覺，但看電影只覺賞心悅目而已，並未提昇到精神層次的享受，此即為什麼電影從名著改編時，永遠及不上原著的理由，文學可能是偉大的，但電影幾乎不可能。

晚上亮軒和陶曉清夫婦請我和隱地夫婦到他家吃飯，一起作陪的有陳萬琴和詩人向明。亮軒在書房用毛筆字擬了一張今晚的菜單及客人名單，我們都覺十分有趣。向明已經七十幾歲，我們今天第一次見面，我覺得這是一個謙虛寧靜的詩人，看來並不顯老，除了一頭白髮，完全看不出老態，我跟他說，他要是把頭髮染黑，可能會年輕二十歲。

晚上回到家之後開始讀亮軒的二〇〇四年日記，我覺得他的散文文筆真好。

四日（星期五）

晚上十一點多走入「狄卡斯」西餐廳，等坐定之後才發現旁桌有一對中年情侶正在細聲吵嘴，漸漸有越演越烈的趨勢。我真想告訴他們：省省口舌吧！如要在一起就不要吵架，要吵架就儘早分手了吧，當冤家那麼好玩是嗎？

羅蘭・巴特生前喜歡寫片段文字，有些寫得很有意思，幾個月前我曾應報紙邀請也試寫了一些，每一則以兩百到三百字為原則，後來不知何故竟停了下來，如今拿出來重讀，覺得應該記錄下來，其中有一則我寫〈變遷〉：

湯瑪斯・曼在《魔山》一書中說：「時間只帶來一樣結果，那就是變遷，一去不復返。」時間帶來變遷，變遷帶來迷惑。四十年前從彰化坐火車到基隆——噴黑煙的火車——需時八個鐘頭，算得上是漫長旅程，但從不覺單調無聊，甚至是一種樂趣。我在此無意藉火車去感傷懷舊，去感慨美好童年的逝去，我只是想強調生活的樂趣會隨著時間的消逝而改變，但那並不代表進步，因為生活中新的樂趣絕無法取代舊的樂趣。羅蘭・巴特說得沒錯，樂趣中沒有所謂進步這回事，只有變遷，一去不復返。

另有一則篇名是〈不快樂的人〉：

誰是不快樂的人？我知道我不是。

存在主義哲學家齊克果寫過一本書，英譯本書名叫 *Either/Or*，聽來很別緻，裡頭有一章特別談到「不快樂的人」，依作者看來，不快樂的人就是「始終與自己脫節的人，從不和自己保持一致」。人因為想望得不到的，或是老幹不想幹的事情，不得不脫離自己，肯定會不快樂。存在主義：做你自己！不快樂的誘惑很多，到處都是不快樂的陷阱，小心啊，別掉進去！

卡夫卡這樣說過：「在床上，一個人可以獲得最成熟的思想，而不是睡眠。」

我們很難想像，二十世紀最了不起的一本小說，幾百萬言的《追憶似水年華》全都是十年之間躺在床上寫成。普魯斯特患有嚴重哮喘病和失眠症，只有躺在床上才能寫東西，主要是因為一上了床，他就無法入眠，於是思想開始慢慢奔騰，然後躍然紙上，偉大傑作於焉產生。

回想在法國幾年的時光，我最快樂的時刻竟然大多在床上度過，那就是每晚躺在床上看書的時刻，那真正是一天之中最為幸福的一段時間。

我為卡夫卡補充一句：在床上，一個人可以透過抱著一本書獲得快感，而不必洩精。

五日（星期六）

什麼是烏托邦呢？烏托邦是一種達不到的空想，自從共產主義垮台之後，已經少有人再去談烏托邦了。這個名詞 Utopia 的原義指的是理想國，現代指的是空想和做不到的事情，這特別指的是共產主義不務實際的違反人性做法。中國在一九五〇年代大躍進時代，毛澤東急於建設中國烏托邦，有一次在人民公社對一群河北地區農民笑著說：「大家看，社會主義成功了，今後大家吃飯不用花錢，多麼好。」不久大躍進失敗，河北地區農民餓死者達兩百萬人之譜。

法國大革命之後，烏托邦思想滿天飛，沒有一個是實際可行的，連最具理論基礎的馬克思主義最後也證明為不實際而宣告敗北。他們都忽略了，人——包括成分最純的無產階級——絕對不是那麼單純的動物。今天大家不再談烏托邦了，這是好現象，烏托邦是一種妄想症。

早上還在睡夢中，接到一通從泰國打來的越洋電話，發話的人是周幼蘭，天，二十五年！她的聲音和以前沒兩樣，但她說：變老了，五十歲了！我頓時回想起二十五年前的日子，周幼蘭、單華興以及周的妹妹周若蘭，還有三年華岡的歲月。這中間有一些記憶始終湊不起來，比如有一次和周幼蘭去西門町看電影和遊逛，那是什麼時候呢？後來又基於什麼緣故，大家竟又疏遠了呢？我始終想不起來。

晚上讀書會一夥人在「狄卡斯」喝咖啡聊天至半夜，我發現Louisa未必多漂亮，卻很迷人。

六日（星期日）

早上雖然出了太陽，氣溫卻很低，感覺非常冷，蔣筱珍說，感覺很像十一月的歐洲。

中午利用錄影教學節目的空檔，一個人到附近的Mo-Mo Paradise吃日本壽喜燒，這是一個人獨處的愉快時刻：一個人用餐、喝酒、抽菸、閱讀、想東想西。啊，多麼舒暢愉悅的片刻呀！

我先前刊在報上一篇題名為〈愚蠢〉的片段文字這樣寫道：

在人類的生活行為當中，「愚蠢」無孔不入。福樓拜一輩子研究愚蠢的道理，他發現愚蠢無可避免，愚蠢遂成為一種風格。他的著名小說《包法利夫人》的真正主題就是愚蠢：愛情的愚蠢、女人的愚蠢、生活的愚蠢、中產階級的愚蠢……還有，莫名其妙的愚蠢。人之所以為人就是因為有愚蠢思想和愚蠢行為，這是病態，但少不了，如同湯瑪斯・曼在《魔山》一書中所說，人之所以為人就是因為人有病態和會犯錯。

犯錯和愚蠢是一體之兩面，人因為愚蠢，所以會犯錯。反之，人因為犯錯了，所以顯得愚蠢。

羅蘭・巴特說，戀愛中的人除了患上精神官能症之外，另一個明顯的徵候就是愚蠢，的確，除了言談和行為愚蠢之外，連樣子都愚蠢。

晚上劉森雨在「百鄉」請一大夥人吃晚飯，朱炎老師夫婦也一併列席，今晚的主客是蔣筱珍夫婦，那是農曆過年前有一次森雨提到想請幾位外文系老師吃飯，由我出面安排，我當然首先請了Angie夫婦，其次就是蔣筱珍和朱炎夫婦，然後高徵榮和陳萬琴也一起來了。晚上陳萬琴又講了幾則葷笑話一樣又把大家逗笑得東倒西歪，朱媽媽還笑到頻頻蹦出眼淚。

七日（星期一）

晚上從「8½非觀點劇場」出來時已經十一點多，我驅車行走在惠文路上時，突然一輛警車來到我旁邊，把我攔了下來，我只好靠邊停下。警車上跳下兩位年輕警察，其中一位說：請把行照駕照借看一下。另一位上下打量我，突然說：你臉紅紅的，有喝酒嗎？我說：我没喝酒。他說：没喝酒為什麼臉紅？我說：天生的，我是關公後代。第一位警察把行照和駕照還我，說：既然没喝酒，關先生，請走吧！

「我焦慮，故我存在。」這是我新近所建立的格言。有人會問：你在焦慮什麼呢？我的回答是：我不知道，但我知道如果我不焦慮，我就不是活著的了。

哲學家洛克說過：「我一輩子都活在焦慮和恐懼之中。」焦慮是人的心理生活必不可少的一種自我防衛機制，同時又因此衍生出恐懼，可是，焦慮和恐懼什麼呢？我們心裡很清楚，什麼可怕的事情都未曾發生，還是活得好好的。仔細推敲，原來焦慮的真正源頭竟然是死亡，如羅洛・梅在《焦慮的意義》一書中所說：「我們無時無刻面臨非存有的威脅，所以焦慮。」

八日（星期二）

台聯黨的「台獨」作風在李登輝的領導之下，竟然沒有市場，想來這批人實在真像小丑。我忍不住想，搞政治和從事表演還真必須講究造型，台獨思想本身沒錯（我就贊同台獨），錯在這些人的造型太滑稽，而且言語乏味，連做個合格的政客都很成問題。以前以為李登輝是個很有魄力且有前瞻性的政客，如今看來事實並非如此，他做上總統後，特別是後來連任成功之後，他顯然在破壞台灣的政治倫理，濫權和結黨營私兼而有之，他卸任之後，為什麼不去好好傳教和讀「哲學」呢？為什麼還要出來教導陳水扁如何做總統呢？人老了會變糊塗，在李登輝身上真是應驗得一清二楚。

在《生命中不能承受之輕》一書中，昆德拉如此描繪他的女主角特麗莎：「一個無法自我提昇，卻得幫一群醉漢端啤酒，星期天還得為弟妹們洗髒衣服的這樣一位年輕姑娘，她的體內存在著一股巨大的生命力。對那些一看到書本就哈欠連連的大學生來說，這種力量是無法想像的……自學者和上學讀書的人之最大差別，不在知識的多寡，而在於生命力和自信程度的不同。」

最近重讀昆德拉這本小說，才進一步體認到這實在是一本精彩「後設」小說，其中有兩個重要中心主題：一九六八年布拉格之春和托爾斯泰。

九日（星期三）

上午上大一英文課中間休息時，我到廊上的窗口抽菸，一位長得像男生的女孩走過來：老師，賞根菸抽行嗎？我不但賞了她一根菸，還為她點火。我說：女孩抽菸不是壞事，但先決條件是功課要讀得好，功課讀好了，有什麼事情是不允許的呢？她說：I will do my best.（我心裡暗想，也許那天又有人向學校密告說我鼓勵學生抽菸）。

晚上上課時看到 Lee 穿一條膝蓋有破洞的牛仔褲，看起來很有獨特格調。下課時我說我很想買幾條二手的 Levis 牛仔褲，就是不知道那裡有賣，她說：台北西門町，那天來台北我帶你去買。

我穿Levis牛仔褲已有三十年歷史，最近兩三年來Levis在風格上退步得很厲害，偏向通俗流氣，已經很令人覺得不耐煩了。

下午周若蘭打電話來，已經二十幾年沒見面，就是聲音沒變，可是人的樣子可能沒變嗎？回想二十幾年前在她家第一次見到時她才唸高一，如今四十幾歲了，她說她如今專職家庭主婦，帶兩個小孩，我很難想像從十六歲跨到四十三歲的女人所可能產生的變化是什麼，這中間二十七年竟是一片空白。

十日（星期四）

今天晚上去台北木柵的文山社區大學上課，他們邀請我這個學期去上電影課程。踏入教室時我感到很訝異，因為來上課的人不少，大多以中年男女為主，也有幾個看去像是大學生模樣，其中一個女孩我問之後才知道是台大外文系三年級學生，另一位男孩是文化大學俄文系四年級學生。我問他們已經在上大學了，為何還來上社區大學，他們的講法是：社區大學所開課程有些很吸引人，特別是有些教師講課比一般大學更為精彩。事實如此嗎？我不確定。

有一次吃飯時，隱地說，平常有寫作習慣，可是如果隔一段長時間停頓不寫，再提筆寫時會覺得一支筆重如鉛球，甚至連一封短信都要耗上老半天時間，我最近就深深有此感覺。

感覺上總是不斷在拖延手上必須要做的事情，比如答應要交的稿子，會一拖再拖，此外正在進行的一本書的翻譯，也是進行得有氣無力。Simone de Beauvoir 的《老年》（*La Vieillesse*）已經進行多久了？竟然老是停留在第一章上面！不知何故，生活中老是有永遠處理不完的雜務。

十二日（星期五）

今天接到單德興寄來一本厚厚的書，他譯的新近出版的薩依德訪問集《權力、政治與文化》，當我打開包裹的那一剎那，心裡覺得很高興。單德興是我所佩服的學者，他做學問的那股狠勁和傻勁，真是無人能及，我甚至懷疑，他生活中除了讀書、譯書和寫書之外，是否還有其他任何的娛樂活動。

昨晚作了一個很恐怖的惡夢，我又夢見全身動彈不得，然後看見一個女人抱著小孩走進房間，我問她要幹什麼，她只說：我操你雞巴奶奶的！說完把小孩丟下來就走了，我也跟著在她背後大罵：幹你娘，欠操！然後經過一番掙扎之後就醒了過來，哎，好一場莫名其妙的惡夢。

自從半年多以前開始吃 Angie 所提供的 Stilnox 以來，睡眠改善了很多，首先比較好入睡，然後起床時會覺得舒暢，但是有時睡中仍會有惡夢，大多時候總是夢見被侵襲而無力抵抗，這怎麼回事呢？

我忍不住設想，未來我們有否可能發明類似Stilnox這樣的藥丸，吃了一顆之後，在心平氣和狀態下慢慢進入夢鄉（沒有夢的夢鄉），然後永遠睡著，不必再起來。以目前醫藥的科技水平看，這樣的可能性不是沒有。《美麗新世界》一書中有提到一種叫Soma的藥，專門解決情緒問題，但似乎並未提到一勞永逸的藥品之運用，把人帶入永恆的世界——烏有之鄉。

十二日（星期六）

整天下雨，從早下到半夜，沒有一刻停過。今天一早從九點開始到下午五點都在新店市立圖書館的讀書會上課，我們這次討論兩本小說《生命中不能承受之輕》和《安娜．卡列尼那》，然後觀賞電影《布拉格的春天》。今天陳萬琴也來了，同時還帶來兩位在台電服務的女性朋友。陳萬琴突然問我，我最近給台電同仁刊物的一篇文章裡用到「洩精」這兩個字眼，會不會太激烈了些？我說保證不會，台電是一個很進步的公營機構，即使在他們的刊物上用到「雞姦」這種字眼都可以被接受。

上課結束後，陳萬琴請大家到「百鄉」吃晚飯，她說高姐（肖梅）今天下午也去一個地方演講，才得一千五百元演講費，我在新店耗一天則得到九千六百元，只因為高姐「年老色衰」，行情跌停，所以待遇難免有差別。高姐聽說我愛吃潮州豆沙粽子，就把今天的演講費買了十個潮州粽子，狠狠犒賞了我們一番。

晚上十點整，我冒著大雨走進周若蘭家裡，距離上次見她，已經過了整整二十七年，她當時讀高一，如今已經四十三歲。她的姐姐周幼蘭剛從泰國回來，也是二十幾年沒見，她的前男友阿單和老婆晚上也來，一樣都是二十幾年沒見面。我突然問周幼蘭：你爸爸還好嗎？她說兩年前過世了，九十三歲。她說，兩年前有一天中午，他吃過飯後突然宣布要給三個女兒分配家產，然後去睡午覺，從此再也沒醒過來。我大聲驚呼：這正是我未來努力要追求的死法！

十三日（星期日）

從凌晨四點睡到中午十二點，睡了滿滿八個鐘頭，起床後精神非常飽滿。今天決定到研究室做幾件拖延已久的事情。第一，寫幾封回信，已經從上學期末拖到現在，不能再拖了，特別是其中有一封要回一位陌生女士的信，她寄贈了一本她自己翻譯的有關紐西蘭文學的書，她在書中特別署名「贈給劉大師」，誰是劉大師？顯然指的是我，但我什麼時候已經成為大師，這我自已倒不知道。第二，把一篇關於托爾斯泰的文章寫完，一篇三千多字的文章可以寫上一個多月，實在真有一套！第三，去理個髮，以短髮為宜。

我一直在回想昨晚周幼蘭所說的有關她父親的美妙死法，相信人生除了努力追求健康生活之外，就是能夠求得好死。以前我強調殉情是一種絕佳好死方式，但依我目前的處境和條件，想要殉情而死恐怕機率不大，那麼，無疾而終以睡著方式斷氣如何呢？但這種方式卻又可遇不可求，而且要活到年邁一些，（比如九十幾或一百歲以上）較為可能。另外，最怕的是得到絕症，死拖活拖，飽受身體和精神的折磨，最後狼狽斷氣，多難堪！這時恐怕「安樂死」就要派上用場了，拜高科技之賜，安樂死會是未來人類最偉大的創見發明，因此，二十一世紀的最大特徵將不是太空時代，也不是人口過剩時代，也不是電子時代，而是安樂死時代，人不再痛苦死去。

十五日（星期二）

中友百貨精光堂專櫃的一個浪琴手錶很吸引人，一派古典格調，我已經注意好幾個月了，價格八萬元，偏高了些，但似乎值得。晚上我又看到，尚未賣出，我就問店員小姐，要是能打七折，並且分期付款方式我就買，沒想到對方核算了一下竟然一口答應，這筆生意就此成交，每個月付九千元，我擁有了一個夢寐以求的手錶。尼采說過：對抗慾望的最好方法就是去滿足它。我心想，也許是吧。

仔細想，我什麼時候開始展開對手錶的迷戀呢？兩年多以前從對一個價位兩萬多的Mont Blanc石英錶開始，然後是歐米茄和 Oris，現在是浪琴。在這之前早在法國時我迷戀都彭打火機和Mont Blanc鋼筆及墨鏡。這到底是什麼現象呢？我敢大膽斷言，這充分顯示一個中年男人內心的空虛和虛榮，這顯然已帶有強烈精神官能症的病徵。

十七日（星期四）

晚上看了兩部極拙劣的 DVD，一部叫《航站情緣》（Terminal），導演還是鼎鼎大名的史匹柏，演員湯姆漢克也是一時之選。另一部叫做《落日殺神》（Collateral），湯姆克魯斯和傑米福克斯（黑人）主演，兩部影片都是誇大其詞的典型好萊塢電影，實在是不知所云至極。

睡前躺在床上讀《唐吉訶德傳》，楊絳的中文譯本，譯筆很造作，以前讀散文名家思果譯的狄更斯的 *David Copperfield* 更是造作不堪，這些人到底怎麼了？譯文學名作需要那麼刻意去展現譯者自己的中文造詣嗎？

有人問我，要是要我選出二十世紀我認為最精彩的小說十本，會是哪些呢？我的答覆如下：

1.普魯斯特：追憶似水年華
2.湯瑪斯・曼：布頓柏魯克世家
3.湯瑪斯・曼：魔山
4.格拉斯：錫鼓
5.卡夫卡：審判
6.紀德：偽幣製造者
7.穆吉爾：沒有個性的人
8.馬奎斯：百年孤寂
9.川端康成：山之音
10.D・H・勞倫斯：查泰萊夫人的情人

有人會問，喬伊斯的《尤利西斯》呢？我的回答是：留給有偏執狂的行家去發表意見。

二十日（星期日）

下午去中興新村找女兒，她媽媽最近剛買了一部雷諾新車，看起來很拉風。晚上吃過飯後我們去公路上試車，的確不錯，我就說：我出一萬元借開一個月。女兒的媽媽立即說：甭想！其實我心裡並沒那個意思，只是嘴裡隨便說說而已，因為我並不喜歡法國車，特別是雷諾牌。

晚上回來後看出租店租來的ＤＶＤ《十面埋伏》，感覺很吃驚，因為我從頭到尾一直看得坐立不安，直捱到影片的末尾，而末尾部分更是全片最滑稽的地方，教人笑也不是，氣也不是，真無法想像這是一個曾經拍過像《大紅燈籠高高掛》那麼精彩電影的導演所拍的另一部影片。

以前看《教父第三集》和《棉花俱樂部》這兩部影片時，也很難想像這是出自和《教父第一集》、《對話》及《現代啟示錄》等片同一導演的手筆。

人的創作力有時很微妙，就和人生的運勢一樣，肯定會有衰微的時候，但也有人相反，比如意大利導演 Visconti，越是邁向晚年，電影越拍越好，像《魂斷威尼斯》和《無辜者》等片，真叫好看到登峯造極。

二十一日（星期一）

晚上在「8½非觀點劇場」放映《長日將盡》。這次重看這部影片，感慨特別深刻，因為電影的結尾描寫男女主角事隔二十年之後重逢，極真摯感人，不含濫情成分，石黑一雄原著中有關這一段的描寫也是教人百讀不厭，男女主角二十年前互相錯過的一段姻緣，一切只能付諸一場感傷的笑談中。

我回想那天滂沱大雨的晚上在周若蘭家時，她的姊姊笑著問我：二十八年前為什麼不追我妹妹？我說：怎麼可能？我曾分析過，我當時二十五歲，周若蘭才十五歲，剛升上高一，似乎行不通。我轉頭問她妹妹：要是我那時追你，你會有何反應？她很大方回答：我會接受，你那時很迷人。是嗎？現在沒有魅力了？不，不是現在迷不迷人的問題，而是時機已經完全不對的問題。

這時我才警醒到，人生的一切行為都和時機有關，如果時機不對，任何的行為或甚至任何努力，都會變得完全不具意義。我忍不住要這麼想：二十八年前我是否真正錯過了時機？

阿單（單華興）在一旁斬釘截鐵說：沒有，你沒有錯過什麼時機，因為天底下沒有一個女人可以和你長久在一起！周若蘭逃過了一劫。

我心想，也許阿單說對了。

二〇〇〇年時宋楚瑜本來很有機會選上台灣總統，但他竟錯過了大好時機，我看今後很難了，我為他感到惋惜。

二十五日（星期五）

本來今天晚上約好在王榮範家裡打麻將，因為她丈夫要回香港僑居地，但突然行程延期，牌局只好取消，我們四個牌搭子就利用下午時間在精誠一街的露天咖啡座上喝咖啡。王子玲在做保險工作，每天開著賓士車出入社交場所，Louisa 在開英文補習班，每天出入以 Lexus 高級轎車代步，王榮範的丈夫是醫生，我這才注意到，最近所結交的女性朋友都是有點經濟水平的人物。我忍不住問她們：世俗生活已經那麼的圓滿快活，為什麼還要讀文學作品？有什麼用呢？她們異口同聲回答：哼！別太小看我們，我們有高水平的性靈生活的要求！我想了想，這的確是好事，我們都不願被平庸的世俗生活所束縛，我們要努力追求自我的提昇。

下午五點多經過文心路，順道進去遊逛古玉市場。我向來喜歡古玉，這次我看中了兩塊宋朝時代的古玉，才索價一千多元，回頭我又看上兩個古色古香的座鐘，清朝時代從德國進口，我把玩了許久，最後以六千五百元成交，內心真覺高興滿足。臨走前又順手買了一隻銅製貔貅以及一個古鼎，算一算，今天花在這幾樣古玩上總共是一萬零兩百元，很值得。反正今天牌沒打成，把原來預備要輸的這筆賭資用在買古玩上面，有什麼不好呢？有誰敢說我這樣做不對呢？

二十六日（星期六）

下午在「誠品」座談偵探推理小說，我意外看到景翔也來了，整整二十年沒見面，我發現他不但滿頭白髮，而且動作也明顯遲緩了許多，當年的美男子，如今也禁不起歲月的摧殘，真是歲月摧人老啊！

下午六點多的時候，我驅車前往西門町接黃建業一起吃晚飯，從遠處看到他時，我心中稍稍猛抽了一下，他戴著一頂帽子，同時也戴了一副眼鏡，往昔肥胖的身材似乎也瘦了一圈。等他上車後，我說：不戴帽子和眼鏡不行嗎？看去至少老了十歲！他立即說：不行，剛中過風不久，醫生特別囑咐要戴帽子，頭部怕風。

晚上我作東請他和張昌彥，還有陳儒修夫妻在南京西路的「天廚」北平餐廳吃晚飯。飯後我們一起前往附近中山北路上的「光點」露天咖啡座上喝咖啡，席間我們講了許多笑話，大家笑得人仰馬翻，真叫開懷大笑。後來我在「光點」的誠品書店買了 Schlink 的著名小說 *Der Vorleser*（《朗讀者》）中譯本送給咪咪（陳儒修的妻子），我說：報答你今晚肯賞光前來一起吃飯。

今晚心裡最高興的事情就是看到黃建業已經從中風逐漸恢復了健康，晚上我特別敬他一杯啤酒，祝他從此健康無礙，長命百歲。他說：嘻，嘻，還有五十年可以鬼混。

二十七日（星期日）

昨晚睡黃建業家，半夜兩點多了竟一時無法入睡，以後應該記得晚上要外宿時當隨身攜帶著Stilnox。他家裡養的那隻狗很討厭，一直在旁邊騷擾個不停，我說：這條狗好像對我特別熱情。黃建業說：牠對每個人都是這副德性。

我決定利用春假期間到中國大陸旅行，我鎖定了三個目標：北京、瀋陽、哈爾濱。要長途旅行，身上總該帶一兩本書，可是，帶什麼書好呢？也許該帶一本克莉斯蒂，旅行時要讀輕鬆一點的東西，但卻又怕水準不夠，帶杜思妥也夫斯基嗎？水準又偏高了，而且也偏硬了些。最後我想了想，決定帶米蘭・昆德拉的《不朽》和薩拉馬戈的《里斯本圍城史》，外加一本英文書*Kafka's Last Love*（《卡夫卡的最後情人》）。在機場轉機等候上飛機或坐長途火車時，可以藉讀點書打發時間，這算是不錯的做法。

回想昨天下午在車上時，我批評黃建業戴了帽子和眼鏡不好看，感覺蒼老許多，他則回說：美貌那麼重要嗎？保命要緊啊！誠然先保住性命再講，可是，往後的生活再也不能像以前那樣任性自在了。

不知何故，我特別懷念昨晚和黃建業以及張昌彥等人吃的那隻北京烤鴨，還有在「光點」喝的卡布奇諾咖啡。

四月

4月分、做体操

一日（星期五，香港—北京）

這兩天都是壞天，今天整個天空都是陰霾的，我心裡擔心恐怕不是坐飛機的好日子，順道彎去藥房買了幾顆鎮靜劑。每次坐飛機總是很難壓抑內心緊張的情緒，有兩個解決辦法，一是吃鎮靜劑，一是上飛機之後猛灌紅酒，兩者多少都有麻醉作用。

香港是一個完全沒有吸引力的地方，我特別指的是這個啟用沒幾年的新機場，不但大而無當，而且缺乏一個國際機場該有的魅力。整個候機大廳充塞著免稅商店，可是一看價錢，同樣的貨品，號稱免稅，但是除菸酒之外，全都比外頭貴上許多，比方說，我看到這裡錶店的一個歐米茄運動手錶，標價一萬六千港幣，等於台幣六萬四千元，即使打八五折，也要五萬四千元左右，可是同樣款式一模一樣的手錶，我在中友百貨三萬八千元就買到，而且還免利息分期付款，整整貴了一萬六千元。真不知道這裡的機場是什麼意思，把過境旅客全當凱子嗎？我觀察其他商品也全都這個德性，真不知道這些商店怎會有顧客上門，我看大部分的人只是好玩逛逛，極少有人付錢購物，總覺得這是一個莫名其妙的機場，真令人懷念起以前舊的啟德機場，那可真是個名副其實的購物天堂。

走出北京的首都機場，一陣冷空氣迎面撲來。離上回第一次來北京，十五個年頭過去了，當時的北京首都機場就那麼一棟建築，看來就像澎湖的小機場，如今面貌已經完全不一樣了，有點巴黎戴高樂機場的氣勢，像個大迷宮，十五年時間所帶來的變化可真大。當我所乘坐的大巴士進入北京市區時，正值下班時間，且下著雨，道路上的車輛塞成一團，十五年前，北京道路上沒幾部車子，如今不但到處車水馬龍，而且兩旁高樓大廈鱗次櫛比，看來很是壯觀，很有國際大都會的格局。

晚上投宿在紫禁城後面的沙灘賓館，這是一家簡單乾淨而舒適的旅館。據說這裡是老北京地帶，有許多老胡同和四合院，的確，這裡看來像是繁華和現代化北京另一面的lower portion，有落伍和老邁的感覺，卻很有古色古香的味道。

有人問我，一個人旅行不會覺得孤獨寂寞嗎？我說，怎麼會？旅行的最大樂趣就是一個人獨來獨往。事實上，我心裡很清楚，我並不喜歡旅行，因為我怕客死異鄉，屍體被任意草率處理。真的，我很怕莫名其妙死在外頭。

二日（星期六，北京）

昨晚睡得很安穩舒服，已經很久沒這麼好睡過了。今早起床後便決定先去逛秀水街，他們說這裡原來是一條街，專賣歐美名牌商品的仿冒品，如手錶、皮包，甚至服飾等，如今街拆了，所有商家全移入一棟四層樓大廈，計程車司機告訴我一則笑話：

有幾位美國商務部代表來北京開會，商討反仿冒對策，開會時大家痛批仿冒如何違反商業倫理和做人品德，等開完會後這些代表要坐專車回酒店休息時，突然有人說：到秀水街逛逛去！另有人說：怎麼，去突擊嗎？對方說：不，那違反人情，我們不幹，我們去買些合理價錢的勞力士手錶和ＬＶ皮包回去好餽贈親友！

我到達這棟大樓時早已四處都是洶湧人潮。他們告訴我要買Mont Blanc名筆和瑞士名錶要上四樓，事先也有人告訴我，在這裡買東西殺價的方式（在北京他們叫砍價）是把對方開出的價錢乘以〇・三來議價，果真不錯，事實的確如此。一個上午下來，我一共買了十個手錶、十幾支Mont Blanc名筆，外加四個Boss錢包，還有一副仿古竹製麻將牌，走出秀水街這棟大廈時，我心裡暗暗發笑，我忍不住想：也許我瘋了！也許，買了這麼多「名牌」，事實上並未超過台幣一萬元。

三日（星期日，北京）

八達嶺長城，十五年前來時正值寒風刺骨的十二月底，這回迎接我的長城則是風和日麗的天氣，甚至還有一點燠熱。感覺起來竟然有一點陌生，十五年之間，記憶上竟出現了空隙，因為我一直湊合不起來以前對這裡的印象，特別是賣紀念品的攤位，和記憶裡的樣子似乎有很大的出入。

攤位上有一個小女孩，名字叫做石營，腳有一點跛，臉蛋卻很清秀。大家去爬長城時，我留在底下和她竟不知不覺聊了起來，她說她今年十七歲，因為要幫忙媽媽做生意，所以沒辦法繼續升學，她媽媽是滿人，爸爸呢？跑掉了，不知道下落。幫媽媽做生意是應該的，可是不再繼續讀書，畢竟還是太可惜了呀！不知何故，我對身體有缺陷的女性總是會感到憐憫，總覺得是一種人生缺憾。

在去十三陵的路上，導遊小姐帶我們先去參觀一處規模很大的國營雕玉廠，我看了半天之後買了一隻極精緻的玉雕貔貅，索價近台幣一萬元。我對貔貅的造型有著一種狂熱的興趣，我不斷搜購各種材質和造型的貔貅，總覺得這種動物的造型很奇特怪異。他們說這種動物專門招財和避邪，擺在桌上裝飾用也是挺好看的。買貔貅時要挑嘴巴大屁股肥的，我問為什麼，理由很簡單：嘴大招財，屁股肥積財。

四日（星期一，瀋陽）

早上十點整的特快車啟程往瀋陽，路線途經天津、秦皇島和山海關，然後進入東北。火車在和煦的春日陽光下迅速推進，九個鐘頭的車程感覺有點遙遠，我坐在靠窗位置上欣賞沿途的田野風光。火車一過山海關之後，景觀慢慢有了變化，放眼望去，盡是細瘦高眺的樺木。

晚上七點多火車抵達瀋陽站，走出車站時冷不防襲來一股冷風，四月初的瀋陽還是很寒冷。城市的格局很大，其中最大的特點是道路很寬廣，而且看來也挺乾淨的，這和大陸南方一般城市的景觀很不一樣，至少和北京就不太一樣。

大陸一般城市沒有夜生活，晚上十點鐘以後，偌大的瀋陽街道就顯得非常冷清，除了出租車之外，街上幾乎沒什麼行人，商店也都幾乎關門打烊。

我住在中街上的「玫瑰大酒店」，對面就是著名的「老邊餃子館」，這裡是瀋陽的商業鬧區，但晚上十點鐘以後竟顯得異常冷清，張教官曾交代到瀋陽來一定要去嚐嚐老邊餃子館的雪花蒸餃，果然名不虛傳，的確好吃。

五日（星期二，瀋陽）

中午時分，中街上一團熱鬧，人來人往，我走入老邊餃子館吃了一盤雪花蒸餃，真是可口極了。吃了中飯之後，就叫了一輛出租車前往「昭陵」遊玩。

昭陵已經成為公園，佔地面積很廣，這倒是一個散步休閒的好地方，我想像這裡冬天時一定冰雪和寒風齊來，那會是一個什麼樣的蕭瑟景觀啊！

晚上我跳上一部出租車，說：師傅，載我去一個可以跳舞的地方。司機說：蹦舞呢，還是交際舞？我說交際舞。

這裡叫做「合富大舞廳」，門票五元人民幣，我一直摸不著頭腦，一路摸黑爬上四樓，一走進去是個大舞場，兩旁站著兩堆人，一堆是男人，另一堆是女人，我問旁邊一個男士：這怎麼回事？他說：挑呀，看中哪個就請她跳，十分鐘十塊錢人民幣。

這種跳舞方式真教人大開眼界，我請旁邊一位身材有點胖的女子跳舞，她說她叫李丹，白天在電腦公司工作，晚上來跳舞賺外快，可是，我發現她根本不會跳舞，她說：沒有人是真正來跳舞的，是來抱女人的呀！抱十分鐘給十塊錢。

這又教我開眼界了，女人有什麼好抱的？又不是沒抱過女人！李丹說：其實，那是藉口，大家來這裡是來社交，如果談得來，就各自到外面去發展了。

這時我才發現，每對男女都在舞池中央抱在一起，很少人是真正在跳舞的，我漸漸感到乏味，就跟李丹說，我們不跳舞了，去喝咖啡去，鐘點費我照給。

到了亮光處，才注意到李丹長得並不美，身材也嫌胖了些，但樣子聰明，而且談吐不流氣。隔了一會兒，她突然說：我們去西塔唱KTV，鐘點費甭算了，你請我唱歌就行了。

我們搭出租車來到西塔，這裡是瀋陽的紅燈區，熱鬧非凡，我們走入一家叫做Boss的KTV，坐定後，李丹說：要不要點一兩個女孩來坐檯助陣？我說：好啊，why not？結果少爺帶來了約七、八個女孩，一字排開。我說：李丹，你挑吧！

李丹挑了兩個，大家一起唱歌，真是熱鬧極了，我卻突然感到有幾分厭煩了，一群人在那裡唱歌喝酒，這世上真沒比這種事更乏味無聊了，這種場合的女孩也差不多個個流里巴氣的。不過回頭一想，今天晚上也真見識到了許多事情，並沒白白浪費時間和金錢。

六日（星期三，哈爾濱）

早上一早七點的快車啟程前往哈爾濱，車程七個鐘頭。

火車越是往北行走，兩旁的景色越顯得蕭瑟，難道冬天還未離去嗎？望著車窗外單調的風景，不知不覺竟睡著了，等一覺醒來，火車早已過了長春，距離哈爾濱已經很近了。

前年十月在政大俄文系所主辦的俄國文學研討會上認識兩位來自黑龍江大學的俄文女教授榮潔和劉錕，這回一到哈爾濱住進旅館之後，立即打電話給她們。

晚上她們請我在火車站前一家綠色花園餐廳吃飯，很道地的東北菜，我感覺每道菜都相當好吃。

晚飯後我一個人去中央大街遊逛，還不到十點，整條鬧街竟已顯得無比冷清，大部分商店早已關門打烊，真正再度體會到大陸的城市實在沒什麼夜生活。

七日（星期四，哈爾濱）

昨晚睡得早，今天一大早就醒了，我走到窗口往外一看，天空竟飄著綿密的雪花，從十六樓高往底下望去，松花江上一片迷茫，整個看去頗為蒼涼。

下午三點依約前往黑龍江大學找劉錕和榮潔，我先到劉錕的研究室小坐，喝了一杯咖啡。下午一路過來時，雪一直下個不停，劉錕說，今年的冬天哈爾濱特別冷，幾乎快忍不住了，看，已經是四月天了，還下雪下個不停。

不久之後，榮潔也過來了，我們一起去大學附近的書城遊逛，不意竟在那裡買到了Robert Musil的長篇小說*Man withont Quality*（《没有個性的人》）中譯本。

晚上我回請她們在香格里拉酒店吃自助餐，我叫了一瓶紅酒，又吃又喝，真是痛快極了。八點四十分她們送我到車站搭前往北京的夜快車，這才結束了東北之行。

八日（星期五，北京）

早上七點多火車抵達北京，早在幾天前約好請石營姊妹今天來北京玩，她們的媽媽起先有些猶豫不決，後來終於答應了，她說：石營這小孩腳有些故障，脾氣一向很怪，你可要遷就她點。

早上九點我到德勝門等她們，有一部沒掛牌的出租車在我旁邊停下，問我是不是要去長城，我說我正在等從長城來的人，我看司機的樣子很面善老實，就問他可否包他的車一整天，以四百元人民幣成交。

司機叫做小馬，等石瑩和她妹妹石靜來了之後，我們就坐他的車一起遊北京。事實上，小馬對北京並不挺熟，因為他的車專門跑八達嶺長城，只不過小馬是個很老實的人，我們就樂得和他一路在北京瞎逛。

中午我們在沙灘賓館附近一家川菜小館子吃午飯，飯後我們決定去秀水街逛，小馬一路上問了許多人才到秀水街，石瑩姊妹玩得極開心。

下午天色開始變冷，並且下起毛毛細雨，四點多時我們來到琉璃廠，我對這裡感到有些失望，並沒有想像中那麼值得看，有許多古玩店，但是看來看去，並未看到什麼特別吸引人的古玩。

六點時我們來到王府井大街，小馬把車停在商務印書館門口，雨越下越大，我們走進書店避雨，順便瀏覽一下，我無意間看到人類學名著《野蠻人的性生活》中譯本，石靜（她才唸國中一年級）看到我翻閱這本書就問：是色情書籍嗎？我說：不是，是學術著作，你看不懂的。我買了一些世界名著（《簡愛》、《鐘樓怪人》、《基度山伯爵》及《悲慘世界》）送她們姊妹，我說：要是暑假前能讀完這些書就不錯了。

晚上我請大夥在全聚德吃北京烤鴨，果然名不虛傳，的確好吃。晚飯後，看看時辰已經不早（其實才九點鐘而已），小馬就開車送石營姊妹回八達嶺（延慶），我想了想，覺得晚上沒事，就陪她們回家。

車子在公路上飛奔著，快到八達嶺時，路上車子已經很少，竟突然下起了大雪，八達嶺是一段險峻的山路，下著大雪，四周一片漆黑，也沒看到半部其他車子，這時我心裡開始有點擔心，車子會不會一不留神掉到山谷底下。這時石靜突然說：聽說這一帶常鬧鬼。石營說：不要嚇人好不好。我說：沒事的，不要緊張！馬師傅，你還好吧？小馬說：還好，還好。其實，我看小馬也是很緊張的樣子，兩眼緊盯著前方，他說：真怪啊，四月天下這樣的大雪，這是從來沒有過的呀！說著說著，車子不知不覺已經離開了山區，進入平地時我才稍稍鬆了一口氣，等車子抵達延慶時已經半夜十一點多，到達石營家時，大雪仍未停歇，我和小馬進去喝了一杯熱茶就起身回北京。

回程路上由我開車，小馬坐一旁，雪已經停了，還下著小雨，這時他才說：我剛才緊張死了，開車十幾年，從沒碰過那樣的狀況，真是生死攸關啊！

回到沙灘賓館時已經凌晨一點多，我心想，今晚真是一次難得的歷險經驗，小馬臨走時我多給了兩百元，算是壓驚，然後說：下回再來北京時再坐你的車。

九日（星期六，北京）

終於要回家了，早上一起來，在賓館前叫了一部出租車，一路前往北京的首都機場，後來才發現，前幾天買的一隻玉雕貔貅留在旅館忘了帶走，我立時打電話去旅館，確定這隻小野獸真的沒帶走，對方總機小姐說：怎麼辦？我們幫你放置好，下回來再取走？我說：我還有時間，可否請個服務生搭出租車為我火速送過來。就這麼辦了，旅館也接受這個要求。大約四十分鐘之後，一位年輕人果真帶來了我的貔貅，我喜出望外，除了負擔來回車費之外，另賞一百元給這位服務生，他也高興地拿著車錢和小費走了。

春假的大陸之行總算圓滿結束，我估計至少又要花一個禮拜的時間慢慢收心，不過，我心想，能夠有機會這樣出去溜達一趟，真是挺不錯的。

二十六日（星期二）

前些日子Pinky打電話來，說她在台中文山社區大學的學生想訪問我。我們約好今晚在「狄卡斯」一起吃晚飯，結果我們有七個人圍成一桌，一邊吃牛排，一邊天南地北鬼扯淡，席間突然有一個女孩問我：你現在還相信愛情嗎？我說：相信，但愛情有時間性。這正好也是王家衛的電影所提出的命題。愛情只有在沒有完成或當事人絕滅之時，才有可能是永恆的。事實上，在我們這個時代，愛情已經幾乎快要不存在了，即使存在，似乎再也沒什麼好稀罕，真的，肉慾差不多已快全然取代愛情，我感覺我們距離赫胥黎筆下的《美麗新世界》的時代已經不遠了。

十點時Louisa和王榮範來了，我們緊接另一席談話，直到十二點才離開「狄卡斯」。Louisa說我應該好好去寫小說，因為我很會講故事，但記住，要寫通俗有趣卻不可以流俗的小說。我說，那就寫偵探小說，那會是一條理想的道路。王榮範說：好極了，我以後要當你的經紀人，等著收版稅。我說，也許，我們不妨拭目以待。

半夜裡我回到學校研究室，聽舒伯特的鋼琴奏鳴曲，然後仔細想Louisa所說的話。晚上她走進「狄卡斯」時，我第一句話就說：Louisa, you look younger and beautiful tonight.她只是笑笑。

二十八日（星期四）

今天在讀書會上大家討論哈代的《嘉德橋市長》（*The Mayor of Casterbridge*）。從今天回頭去看哈代的小說作品，總覺這是一個平庸不過的作家，但不能否認的是，他畢竟有他的風格和魅力，早在多年前讀《黛絲姑娘》時，即覺他是個嚕嗦而一廂情願的說故事者，他總是喜歡編撰許多巧合而充滿戲劇性的情節，無非想一路導向他的宿命主題。在《嘉德橋市長》一書中，他一直要強調命運如何在作弄人，而事實上，所謂的命運正是個人性格的反映而已，什麼樣性格的人決定了什麼樣的命運，書中的市長 Henchard 就是一個這樣的人物。

哈代不厭其煩總是在描寫人的悲劇命運，在英國維多利亞時代，的確大多數人的命運都是很悲慘的，因為他們的生活面貌大多黯淡無光，幾乎看不到什麼光明的影子，人如何能感受到生而為人的樂趣呢？哈代算得上是維多利亞時代悲慘生活和保守道德觀念的見證者，但他少了狄更斯的幽默感，還有，觀察一個時代時所具有的寬廣胸襟和宏觀的視野，即使就小說風格的呈現，哈代還是遠遠及不上狄更斯。

三十日（星期六）

晚上在唐醫師的讀書會上放映 Agnes Varda 拍攝於一九七七年的《一個唱另一個不唱》（Une chante, l'autre pas）一片（後來才知道唐醫師是唐書璇的弟弟）。當初，他們提議要看一部有關女性主義的片子，我想了想，Varda 這部近三十年前的片子可能最為理想，是少數拍得精彩的女性主義影片。

步入五十歲之後，首先浮上心頭的感觸就是孤獨，没錯，盤據我這兩年來最底層心靈部分的，也最引發我疑惑不安的，正是孤獨兩個字。其實，我在這裡所說的孤獨，指的並不是孤單無伴那種感覺，而是一種說不出的對未來生命不知如何去恰當掌握的惶惶然感覺，總覺終究一切會是一場庸碌，可是，庸碌一場不正是自己向來所預期且深刻認知的人生真諦嗎？

我從而想到已經可以預見且不久就要來臨的老年問題，老年從什麼時候開始呢？有的人一跨入五十歲就已經被老年所籠罩了，不但老態龍鍾，而且了無生趣，但有的人邁入七十歲了卻仍步伐穩健，而且生趣盎然。但就生理這一環而言，老年永遠離不開衰敗這一事實，多麼殘酷而莫可奈何呀！有人說，老年說得上是上天對人類的最大懲罰，也許吧，但我總覺得一定有應付老年的妙方，只是還没想到而已，應該趁早未雨綢繆才對。《百年孤寂》中老來每天做小金魚打發日子的上校說：享受金色晚年的秘訣是與孤獨結盟。

五月

5月分：對樂透

一日（星期日）

下午兩點多來到研究室，然後馬不停蹄批改學生期中考的試卷，直到半夜兩點才完工，真是疲倦不堪，度過了一個最索然乏味的星期日。

在索然乏味的過程當中，我這才注意到，研究室內的書本和桌上以及書架上的擺設已經擁擠不堪。書本永遠是最令人感到頭痛的處理對象，這兩三年來，不斷讀書，但同時也購進更多的書，要是讀書的速度和分量能夠趕得上買書就好了，可惜經常會事與願違。

我望著書架上英文版的《榮格全集》，不知道什麼時候能夠一本一本讀完，還有Bakhtin全集、Henry James全集、Dickens全集。我心裡不免在想，何必那麼貪婪呢？喜歡一個作家，非得讀遍他的所有作品不可嗎？這倒很像看電影，非得把喜歡的導演作品全看遍不可。偉大的作者也有令人失望的時候，馬奎斯的《迷宮中的將軍》就教人看得意興闌珊，Mauriac的小說除《恨與愛》（蛇結）之外，沒有一本看得起勁，真不知道是怎麼回事。

好了，購書應該要有節制，讀書也是，何必給自己添麻煩，何必無謂浪費時間和精力！可是，坦白說，我生活上最大的樂趣就是不停從事心智活動，而這種活動的根本就是不停讀書，不是嗎？

我看著桌上兩隻玉雕的貔貅，覺得很擁擠，心想，過兩天拿一隻送給Angie。

四日（星期三）

中午下課在餐廳吃飯時碰到文庭澍，我問她：你最近在忙些什麼？而且，You look so tired?她說：我父母最近相偕死亡，只隔兩個月。我當下大吃一驚，怎麼會有這等事情。她接著說：不是巧合，他們早在一年前就已經在策劃這件事了。我問：自殺嗎？如果不是，那麼是安樂死了？她說：也許，算是吧，他們用自己的方式向這個世界告別，一方面不拖累旁人，另一方面也維護了自己的尊嚴。

文庭澍特別強調，她的父母死得很安詳，一副此去無悔的姿態，想來多麼的令人欽羨。我回頭想到自己的父親，他八十三歲那年辭世，我當時人不在家，但根據事後判斷，他走的方式相當瀟灑，完全不拖累旁人，這跟他的本性並不吻合啊！就我幾十年來對父親的了解，他始終是個固執而幼稚的人，性格上極不成熟，我從未看出他具備什麼智慧可能看破生死的障礙。他七十幾歲時，我感覺他的生命似已差不多完成了，每次看到他時，都是坐在躺椅上打盹，我和他之間没什麼話好講，他也懶得理會任何人，真不知道他心裡在想些什麼。

我這才注意到，老年的特徵之一就是疲倦和冷漠，這主要來自生理上身體機能的退化，心理上則是對生活產生某種說不出的厭倦。是的，對生活產生厭倦可以說是一個人老化的最重要殺手。當一個人對生活感到厭倦時，生存的意志力便逐漸在開始剝削了。

六日（星期五）

為了系上下個星期為我舉辦的一場有關馬奎斯的學術演講，晚上又拿出《百年孤寂》細細品讀。這是第四度讀這本小說，令我感到有趣的地方是，竟然一開始讀就不忍釋手，在讀小說經驗中，這畢竟是少有的現象，以往重讀一本小說，大多是選擇其中精彩的片段，即使從頭重讀一本小說，也很少像讀《百年孤寂》這樣，充滿極濃烈的興味。

這本小說最精彩且最不可思議的地方是，全書從頭到尾充滿著極別出心裁的隱喻，有政治的、社會的、經濟的、家庭倫理的以及愛情的，其中最引人遐思的，莫過於有關愛情的隱喻。馬奎斯顯然是個擅於描寫愛情的能手，他的人物經常陷入愛情的陷阱，這裡頭少不了強烈的情慾部分，他是少數真能掌握愛情本質的當代偉大作家。他的筆觸機智幽默，在故事情節的佈局方面，又那麼的宏偉壯闊，他除了會說故事，還會分析人物的心理狀態，讀他的故事和技巧手法，的確是一種享受，他是當代少見的會教人讀來不忍釋手的小說家。

《百年孤寂》的寫法說明了另一個值得開發的小說語言的空間，除了魔幻寫實的手法之外，那就是獨樹一幟的一氣呵成的敘述章法，簡單講，就是說書式的敘述風格，在現代小說而言，帶有復古格調卻又不失創意，我想這相當困難。

七日（星期六）

下午到了研究室之後即埋入《百年孤寂》的世界，三個鐘頭下來一口氣讀了大半本，六點半時張教官（靜德）帶來一個德國豬腳，我們在研究室一起啃掉這個大豬腳，飯後一起談天到九點多。我們從最近政治新聞如連戰和宋楚瑜訪問中國大陸受到熱烈歡迎談到藝人倪敏然自殺的電視誇大報導，我說，這沒什麼，有時只覺啼笑皆非而已，但這不是壞事，這代表我們正身處一個真正民主開放的多元社會。連宋訪問大陸一事，我敢說這是五十年來中共最漂亮的一次統戰表現，雖說肉麻，卻也沒什麼好挑剔，要挑剔什麼呢？

隨後我談到上個月北京和東北之行的見聞，張是瀋陽人，我談了許多我在瀋陽和哈爾濱的所見所聞，他感到極大的興趣，末了我說：等退休之後我要去大陸養老，我選定了桂林。為什麼不去東北呢？我說：冬天太冷了。

回想昨晚石莉安請我在新光三越的「上海湯包」吃晚飯（她曾稱我為大師），席間她說我看來沒有大師的架勢，反而倒像個態度親切而善於言談的朋友，然後突然說：你非常聰明。我笑了笑說：我這上半輩子一路過來不知幹了多少難堪的蠢事，這能叫做聰明嗎？她立即說：只有聰明的人才幹蠢事，越聰明幹的蠢事越多，而且越大條，你不覺得嗎？

我當然不認同，卻又無法反駁。我甚至這麼想，要是過去三十年來能避開一些愚蠢想法和愚蠢行為，現在應該更聰明些才對，但是，天曉得！

八日（星期日）

我發現一個月以來都不必買香菸，原來上個月從大陸回來時在機場海關免稅店買了四條，不久「中友」百貨精光堂賣手錶的小姐去瑞士參加錶展回來，又買了兩條送我（以回報上次跟她連買兩個高級手錶），前陣子薇薇從英國開會回來，又送我兩條，全都是黑白裝Davidoff。研究室到處堆滿香菸，一位學生看了驚嚇萬分，就說：老師最好自我節制些！Angie也說了：真像公賣局分店！我說：這是精神糧食呀！

幾個月前有一次去西屯路上一家耳鼻喉科看病，醫生的年紀比我年輕三歲，可是看去卻蒼老許多，他問我如何保持年輕氣旺，他說他在現在這個位置上已經坐了整整三十年，數十年如一日，如今卻深刻感受到，不知道人生的樂趣和意義在那裡。我說：你賺取了財富。他卻說：如今已不覺財富有何意義，因為他覺心靈異常空虛，而且現在又未老先衰，高血壓、糖尿病，甚至已經不舉。我說：去嘗試別的女人看看。他笑笑說：不敢。我說：不敢的話就一切免談，你永遠改變不了你的困境。

九日（星期一）

《百年孤寂》寫到故事中女主角Ursula活到一百歲時，感嘆說：「如今歲月的過法和往昔不同。」她只覺現在的一切都變得很匆忙，彷彿時間飛逝得特別急。她老來寂寞，檢討家庭中最微不足道的事情，眼光竟銳利得出奇，第一次看清以前忙碌時未曾發現的真相。這時她才真正了解自己的兒子和女兒以前一切行為背後所涵蓋的意義，她的腦子竟變得清明無比。

最近常在想一個問題，為什麼小時候或年輕時，對時間的感覺會跟現在那麼不一樣，以前總覺時間的流逝很慢，三年五年的過去，總是有慢慢咀嚼體驗的感覺，現在則不，五年十年在彈指之間一晃眼竟過去了，而總覺其間竟然一片空白，這如何解釋呢？張愛玲在《半生緣》一開始這樣寫道：「日子過得真快，尤其對於中年以後的人，十年八年都好像是指顧間的事。可是對於年輕人，三年五載就可以是一生一世。」這倒真正說出了我以前和現在對時間的不同感覺。時間不斷在堆積記憶，我們不停往前生活，心中不斷背負記憶的累贅，直到老死。

今天在課堂上放映Satyajit Ray拍攝於一九五〇年代的兩部經典名片：《Pather Panchali》和《The World of Apu》。隔了一段長時間之後再重看這些片子，還是覺得精彩好看，主要是因為影像風格細膩，情感濃烈，一部好電影的條件不外就是這些而已。Ray當年拍第一部電影的經驗全寫在〈我如何拍攝我的第一部電影〉這篇文章裡頭，其中困難重重，真可說是血淚交織而成，他早期這兩部片子如今看來，即使充滿許多缺點，還是精彩傑作。

晚上八點半，我看到C從街對面走過來時，我幾乎認不出來，因為她穿了一條花裙子，而她是不穿裙子的那種女孩，原來她的腳因為前陣子追火車跌傷了。我說：你今後應多穿裙子，你腿長，穿裙子好看。晚上我們去「新光三越」看《愛神》，看電影前我買了一本《愛在瘟疫蔓延時》送她。

《愛神》是一部由安東尼奧尼所主導的三段式影片，其中王家衛負責第一段《手》。整部電影看來很乾燥乏味，特別是王家衛這一段，他所塑造的鞏俐這個歡場女子角色，簡直是忸怩作態至極，像個沒血肉的傀儡，倒是張震這個角色富有魅力（令人聯想《花樣年華》裡的梁朝偉），可惜以年紀看又老大了些，他應該更嫩些，才會犧牲在情慾蹂躪底下。這部影片另外兩段更是乏善可陳，安東尼奧尼是位令人景仰的大師，可惜年齡偏大了（九十好幾了？），真不知道他要表達些什麼。

晚上看到C拿出香菸要抽，我訝異了一下，就說：怎沒看你抽過菸？剛開始？她說：有一陣了，想到時才抽，還沒癮頭。我想到女兒也許有一天也會抽菸，心想，隨她去吧！

十日（星期二）

《百年孤寂》中Amaranta這個角色的死亡寫來別樹一格，她在年老時每天忙著為自己縫製壽衣，直到有一天她預感到自己大限已至，就叫來木匠為自己打造棺材，仔細量尺寸大小，活像要量製新衣服似的。神父要來為她行臨終懺悔，她說自己良心平安，沒這個必要，她要像出生時一樣，清清白白離開人世間，接著她向年紀更老邁的母親Ursula要一面鏡子，四十年來第一次照照那張因歲月和犧牲而變得憔悴的老臉，想不通她的容貌怎麼跟想像中的自己那麼相符。這個家族的前面三代大多老邁孤寂而死，但也有離奇死去，比如第二代長子舉槍自盡，血從耳朵流出一路拐彎抹角流到他母親跟前，另外第四代長女美人兒Remedios有一天抓著一條床單升空而去，從此離開人世。第二代老二，也就是鼎鼎大名的 Buendia 上校，老邁時有一天頭頂著一棵大樹小便時，竟不聲不響死了。

想必馬奎斯在寫這部小說時，根據自己對家族歷史的記憶，對家鄉的印象，以及國家社會的發展歷程，然後再加上天馬行空的想像，創造出這部充滿隱喻的現代史詩。可惜馬奎斯在這本作品之後，寫了《愛在瘟疫蔓延時》尚有可觀之處外，就再也未寫過什麼了不起的作品。《迷宮中的將軍》讀來索然無味，只有《預知死亡紀事》還稱得上精彩好看，但顯得格局偏小，希望他在死前好好寫完自傳之外，能再寫出一部偉大傑作，他是那種生命力旺盛創作力源源不絕的作家。

十一日（星期三）

中午吃過午飯後，趁下午演講馬奎斯之前，在研究室躺椅上小睡休息一下，不想竟作了一個怪夢：我在大庭廣眾前從後面緊抱著 Lee，雙手不停撫弄她的乳房，兩個小奶子刹時慢慢膨脹了起來，突然間她大聲喊叫道：夠了！我被她這一叫竟嚇醒了過來，這才發現底下那話兒正硬邦邦頂著褲襠子。心想，好怪異的一場夢呀！這是什麼意思呢？

下午在做了兩個鐘頭有關《百年孤寂》的演講之後，我這才想到，這本小說在基調上和《追憶似水年華》多麼相像：都在描寫時間的過程（Im Lauf der Zeit）。故事進行的道路是時間，時間主導一切，這中間充滿許多數不盡的零碎記憶，而記憶這種東西，在日漸增多的負荷中，最後形成為一種累贅，誰敢說自己不是背負著記憶的累贅在往前生活呢？這麼說來，馬奎斯和普魯斯特實在是最會描寫時間之運動的兩位現代作家，也許可以再加上湯瑪斯・曼和吳爾芙女士。

晚上上完英文課之後，九點鐘時，我約 Lee 去「巴登」喝咖啡，同去的還有另一位叫 Sammi 的女孩，我們談笑風生，Sammi 說我下午的演講真是精彩，我不好意思跟 Lee 說今天中午作夢夢見了她，當然這種事是不可能講出口的。我只是很難理解會作這樣的夢，真的解釋不出來，竟突然在心中產生了一股莫名罪惡感。

十二日（星期四）

為了下星期一在「8½非觀點」的上課演講，今天晚上又拿起《追憶似水年華》的第一卷《去斯萬家那邊》（*Du côté de chez Swann*）來閱讀，我對十幾年前聯經那套中譯簡直是失望透頂，只能用不忍卒讀四個字來形容。這次時報出版重譯的版本，是好一些，但坦白說，仍好得相當有限，的確普魯斯特是不好譯。

我隨後又想到普魯斯特和馬奎斯的這兩本傑作（《追憶似水年華》和《百年孤寂》）的真正基調是描寫時間，但更進一步看，則是描寫時間過程中的愛情，我們這才體會到，時間正是愛情的終結者，簡單講，愛情的的確確是有時間限制的。

我們經常會看到男人對某個女人的愛，幾乎完全是由於尚未滿足的慾望所激起的想像產物，一旦慾望滿足了，想像就會因慾望的實現而告粉碎，這時愛情也就開始凋謝了，可見愛情畢竟是經不起時間的考驗。另一方面，當愛情要消失時，只有醋勁有可能暫時喚回愛情，但那終究也只是暫時。一般來講，愛情在時間的創傷下，大抵是一去不復返的，破鏡重圓只是一廂情願的說法，那是神話，試問，破鏡如何重圓呢？即使重圓了，也是有裂痕呀！

在《斯萬的愛情》這個部分（大約是全書寫得最好的部分之一），作者描寫斯萬第一次在劇院經朋友介紹認識奧黛特時，這樣寫道：「這位朋友曾經談起過她，說她是個非常迷人的女人……結果一見之下，他覺雖然不能說她不美，但覺得那是一種他不感興趣的美，這種美不能激起他絲毫的慾念，甚至會引起一種生理上的反感。這樣的女人我們都會遇到，儘管大家所遇到的各有不同，但總是屬於和我們審美感官所要求類型互相對立的那種。她臉上的輪廓線條未免太硬，皮膚有欠彈性，顴骨太高，臉上肌肉也不太豐腴。」可是，後來斯萬又是怎樣跌入奧黛特的愛情陷阱的呢？這是普魯斯特在此所呈現最精彩的有關愛情心理學的部分。這第一卷的最後，斯萬和奧黛特已經結褵許多年，還生了一個女兒，這時，斯萬才警醒道：「誰能想得到呢？我浪費了那麼多年，一想到就恨不得想死，我竟然把我一生中最真摯的愛情給了一個我實際上並不愛的女人！」在西方文學作品中，真再也找不到刻劃愛情本質那麼鞭辟入裡的手筆了。

十三日（星期五）

下午去中興大學演講之後，驅車載女兒的外婆，也就是前妻的母親一起北上。前幾天她打電話來要我今天開車載她去一趟台北，她要去喝喜酒。自從十年前和她女兒離婚以後，我們竟成為要好的朋友，沒事就一起北上到她姊姊家打牌，她會跟她的牌友介紹說：這是我女婿，別小看，他是大學教授，而且，牌品奇佳。當然，除了她姊姊之外，沒有人知道我已經和她女兒離婚了，她姊姊有時會不識趣問我：嘿，有沒有可能復合？我來不及回答，她會立即插入：閉嘴！離婚就離婚了，大家少嚕嗦！她是天底下我所見過最上道的女人，這種女人不多，她是其中一個。三年前我從法國回來，剛好瀕臨年關，身上沒半毛錢，我跟她說：我沒錢過年。她立即拿出兩萬說；借你，要還！我後來當然還了錢，但我永遠記得這件事情。

我在「雙聖」吃晚餐，喝咖啡，對面坐了一個女孩，很漂亮，可是當我發現她十根手指頭竟有三根是戴著戒指時，就感到很倒胃口了，因為顯得蠢！這位女孩顯然疏忽了打扮的品味，沒有品味的女人就像一本劣書，空洞乏味，連美貌都無法拯救了。的確不錯，這年頭到處都是年輕漂亮女孩，但我不得不說，大多漂亮的很膚淺，眉宇間少了一股聰明氣息，當然更不要說有什麼品味了。

十四日（星期六）

重新閱讀《斯萬的愛情》這個部分，仍然可以感受到很大的閱讀樂趣，一旦開始讀就很難停下來。昨晚在前岳母的姊姊家打了八圈麻將之後，大約半夜兩點時想趁睡前讀一點普魯斯特，不想竟在滂沱大雨聲中一路讀到清晨六點時尚不肯罷手，可見小說吸引人的程度。近三年來，由於帶領讀書會，有機會重讀以前讀過的一些精彩文學作品，這才深刻體會到：好的文學作品應該經常反覆閱讀才是。回想二十幾年前開始讀英譯本《追憶似水年華》，有一段日子晚上失眠，就躺在床上捧讀普魯斯特一路到天亮，如今想來，那真是一段令人難忘的閱讀經驗，現在再重讀，感覺依然美妙。

晚上我請女兒和她媽媽在草屯的「貴族世家」吃牛排，席間女兒上洗手間時，她媽媽就說：你女兒最近在鬧戀愛，怎麼辦？我說：難怪成績這麼難看，怎麼辦，你恐怕要負一點責任，不是嗎？她說：你放屁！你沒責任？我頓時啞口無言，只好說：天要下雨，娘要改嫁，隨她去吧！女兒到思春期，總不能綁起來，不要她呼吸吧，要不就送去修道院不更簡便一些嗎？以前看年輕人在鬧戀愛總覺幼稚可笑，現在這種事情落到自己女兒頭上，已經不覺可笑，而是頭痛了。

十六日（星期一）

晚上在「$8\frac{1}{2}$非觀點劇場」演講《斯萬的愛情》時，我特別強調普魯斯特的《追憶似水年華》，其通篇主題無非懊悔兩個字而已，為錯誤的愛情懊悔，為虛度光陰懊悔，為生活中的一切懊悔。托爾斯泰也對生活的真相下過類似這樣的評語，契訶夫的短篇小說和戲劇也不時透露這樣的主題，普希金直截了當這樣說：「我帶著嫌惡回顧我過去的生活，我懊惱詛咒，我痛心疾首……」電影《過客》中的主角這樣說：「我們要是能忘記過去的一切多好！」可見我們過去的生活是多麼的不堪，是如何的充滿錯誤。可是，未來呢？如果我們能夠從過去的錯誤中吸取教訓，未來應該過得平坦一些才對，事實卻又不然，因為我們總會不斷犯相同的錯誤，同時又不停開發新的錯誤，因此，我們會一輩子都生活在懊悔當中，偉大的作家之所以偉大，就是他們能真確點出人類生活的真正本質。

昨晚為了趕一篇要在成大學術研討會發表的稿子，一晚沒睡，今天在朝陽上四堂課，晚上又在8½講座上課，真是夠累的，奇怪的是，竟也撐過去了，但別高興，那是假相，我心裡很清楚，現階段的體力和精力已大不如前了，現在該做的事情是，好好保養身體並調整心境以面對未來不久即將到來的各種試煉，還有煎熬。

十七日（星期二）

只有藉著觀察時間在與我們同年齡的人臉上所產生的效果，才像是面對著一面鏡子，看見了在我們自己的臉上和心中所發生的，那就是老年的入侵。我想起這一現象正是《追憶似水年華》最後一卷《追回的時光》裡普魯斯特所敘述的情節。故事敘述者年老時（也不過五十歲初頭）去參加一次晚宴，在這個場合裡他碰到了多年不見的昔日故舊：「我想起他是我的朋友，我不自覺計算一下他的年齡，他大約和我不相上下。我聽別人說他顯得很蒼老，我驚訝他身上有不少老年的特徵，於是我明白他果真老了，生活把他變老了……」

人變老是不知不覺逐漸形成的，但也有一夕之間突然變老的，像遭逢重大變故或生病，人可能一下子就跨入了老年的門檻，其實，在這之前，衰老的現象早就出現了，只是我們通常不太去注意或不願意去面對而已。可能的情況會是這樣：有一天我們發現只因稍稍一點不小心，在年輕時，像頭痛感冒那樣不必太在意的小毛病，這時卻緊緊把我們糾纏住，不消多久，我們的體力衰竭了，臉上失去光彩，眼睛的光芒也不見了，彷彿一瞬間，一切都一去不復回了。我們爬樓梯開始會腳瘓，有時站著小便必須一手扶著牆壁（我看過有的老頭就乾脆用頭頂著牆壁撒尿），更糟的是經常氣喘，好像呼吸隨時要斷掉一樣，（我知道有些朋友到了這時候那話兒早就不舉了）。我們都錯以為這些現象好像是突然發生似的，其實不是，不知道多久以前早已出現跡象了，但我們卻總是一再輕忽，到最後只得付出代價，開始過起自怨自艾的孤獨生活，這難道是上天故意設計好的連本帶利的總清算嗎？

十八日（星期三）

人要活到一定年紀才能看出生活是一場庸碌，為什麼以前沒能看出這個道理呢？我的看法是，不是以前沒看出來，而是看出來了卻沒警覺到，或是警覺到了卻不知為什麼而故意加以輕忽。我們總會不自覺去輕忽生活中不愉快的事實，然後認定未來會變得更好，但事實並非如此，未來並沒有變得更好，也沒有變得更壞，就是在生活而已，而仔細觀察其本質，就是庸碌兩個字，除此還有什麼別的嗎？有，懊悔。

下午上課前在研究室偶然再度聽到德沃乍克的四重奏〈美國〉第二樂章慢板，聽著那委婉哀怨的弦樂曲調，心弦跟著慢慢撥動了起來，多久沒聽這支曲子了？二十年？三十年？回想起學生時代，在華岡讀研究所的時代，多麼醉心德沃乍克、舒伯特、柴可夫斯基的音樂，還有華格納和韋瓦第，那肯定是二十幾年前的往事了。回想這些人的音樂曾帶給我多少快樂的時光，那真是一段黃金歲月啊！

有人說多接近古典音樂有助於緩和瀕臨死亡的恐懼，是嗎？我有點懷疑。據說沙特死前不久一直聽布拉姆斯和舒曼，不知有否緩和瀕死的恐懼，依我看恐怕還是有限，沙特是一個非常耽溺於肉慾和物質的人，他的哲學思想也談不上特別深刻，能真正看破生死這一關卡嗎？

晚上單德興來學校演講薩依德，我發問：《東方主義》有大家稱讚的那麼紅嗎？他老是在談阿拉伯世界，談他的巴勒斯坦，東方學中的中國在哪裡？我只是認為他一直被overpraised了。

二十日（星期五）

李敖說，大內高手被雜碎打敗了，大內高手指的是宋楚瑜，雜碎則是陳水扁。說的真是淋漓痛快，但我從不認為宋楚瑜是個大內高手，他只是個有擔當的政客而已，我從未看到他有什麼特別的政治理想或理念。至於陳水扁，用雜碎來形容他似乎有些過火，但距離事實並不遠，我只覺這是一個無比狡猾的政客，他當上總統之後，才真正暴露出這是一個多麼平庸無材的小人物，除了不斷搞小動作之外，他成就了什麼沒有？這次吳淑珍去美國參加他們寶貝兒子的畢業典禮，《壹週刊》揭發此行假公濟私，用公款從事豪華之旅，問題是，這不必揭發早就是預料中的事情，那是這個家族必然的行事風格呀！如果不是事實，為什麼不出面控告《壹週刊》呢？我覺得吳淑珍這種做法真叫丟人現眼，陳水扁也是，我真佩服《壹週刊》的道德勇氣，他們應該再接再厲。

我突然想起來，那天中午我正準備出門，看到大姊正在看電視上的《台灣龍捲風》，竟看得哭了起來，我問怎麼了，她說電視上兩個兄弟在母親死後反目成仇，她覺得很難過，很擔心自己兩個兒子在她死後也可能這個樣子，她擔心極了。我說，你死了之後就什麼都看不到了，何必擔心這種事情，何況電視上演的東西怎麼能夠相信，都是假的呀。大姊這幾年腦子退化得厲害，已經不太能正常想事情了，我為此覺得難過，但願她活得更健康些，同時也長壽些。

二十一日（星期六）

今天專程開車去成功大學中文系參加學術論文研討會，主題是「中文寫作的策略運用」我發表的論文主題是〈電影寫作〉。在會議中碰到詩人渡也（陳啟佑）和沈謙，都是二十年以上沒見面，我看到渡也時，他和二十年前樣子簡直判若兩人。我說：渡也，你以前看起來很流氣，頭髮經常抹油，像黑社會人士，現在可不錯了，像個學者。（我看他現在頭髮可快掉光了）。沈謙老了許多，頭髮都花白了，我問他退休了可好，他退休後跑去玄奘大學中文系，我說：住大陸去，包個二奶享福去！他哈哈大笑：不幹，没興趣住大陸，去玩玩可以，長住可没興趣。臨走時，我說：沈大師再見，後會有期！

林語堂先生寫過一篇文章叫做〈論老年的來臨〉，他說：「我們必須調整我們的生活型態，使黃金時代藏在未來的老年裡，而不是藏在過去的青春和天真的時期裡。」這倒給行將步入老年的人帶來一些可貴的啟示，的確，人過了五十歲之後應該活得更有勁才對，拋掉天真和不成熟的習性，然後紮紮實實過日子。所以，我希望我的黃金時代是在未來，而不是過去。

二十二日（星期日）

中午高大哥請我和 Angie 夫妻在他的飯店（君悅大飯店）吃飯，大家許久未見面，談興甚濃。我喜歡在這個地方吃飯，可以享有多樣特權，愛吃什麼就點什麼，美麗服務生隨侍在側，還有更重要一點，可以抽菸。高大哥經營企業，卻是少見的對西方文學狂熱，所以我們每次聚會，大多環繞西方文學聊談，他說我在這方面像是一部活字典，幾乎無書不讀，無所不知，但我懷疑這種看法的正確性，他甚至拿我和美國的 Edmund Wilson 和 Harold Bloom 或英國的 George Steiner 等著名批評大家相提並論，這倒令我感到惶恐。席間他談到愛情和英雄主義結合在一起如何詮釋，我說電影《北非諜影》或狄更斯小說《雙城記》就是絕佳例子。真正的愛情會激發出視死如歸的精神，一切殉情行為皆是由此而來，人只有在為愛情而死的時候，才會死得心甘情願，此去無悔，就沒什麼恐懼感了。

午飯吃到下午四點半，隨後我和 Angie 去一〇一大樓的 Page One 書店逛，許久沒來，這次我買了幾本新書，有企鵝新版的《追憶似水年華》英譯本，馬奎斯的《百年孤寂》精裝豪華英譯本，還有 Günter Grass 的 *Tin Drum* 的精裝英譯本，Angie 問說：這些書你都有了，也都讀過了，幹嘛還要買？我說：版本不一樣！

二十三日（星期一）

中午在餐廳吃飯時，大杜說：《包法利夫人》一點都不好看，反而《查泰萊夫人的情人》倒是精彩一些。愛瑪（包法利夫人）是個蠢蛋，像個花痴，整篇故事讀起來索然乏味。康斯坦絲（查泰萊夫人）則是個聰明的女人，她心裡很清楚自己要的是什麼，也知道自己在做什麼，她雖然也背叛了丈夫，但她值得同情，甚至值得鼓勵。我說，我們不能這樣看這兩本小說，《查泰萊夫人的情人》固然是一本精彩傑作，《包法利夫人》也絕對算得上，但重點不一樣，後者並不以故事情節見長，人物也算不上，主要在於敘述和文字等風格的展現，這時問題來了，翻譯的版本很難表現出這些，福樓拜這本小說在寫作風格上開闢了一種嶄新的敘述格調，所表現的是一種完美風格的法文文體，翻譯成別的語言，恐怕要打上折扣的。最後，我跟大杜說，可否等十年之後再重讀《包法利夫人》，你現在可能還太年輕，很難理解有關風格的問題。

接著我跟大杜說，另一個問題你没看出來，那就是《包法利夫人》這本小說的隱喻性，普魯斯特說的没錯，文學創作的內涵如果缺少隱喻，就不可能成就優美的風格，只有隱喻才能賦與風格永恆的意義，而帶有隱喻的風格所訴求的不是技巧，而是視野，這種風格可以越過事物的表面而更進一步深入其真正的本質，《包法利夫人》正是一本這樣的小說。

二十四日（星期二）

為了讀書會上課，最近又重讀毛姆的《人性枷鎖》，距離上回讀這本小說，中間間隔至少二十幾年，現在再讀，卻有了不同的看法。首先，孟祥森先生的中譯本就不甚高明，真不懂為何他要把God譯成高特，把Bible譯成紙草經（真那麼痛恨基督教嗎？），這暫且不說，他的翻譯又極為草率，甚至出現許多錯誤，本來毛姆的英文文體就已經不甚高明，甚至平庸，如今落到孟先生的手上，竟變得更加平庸。回想早年讀毛姆這本自傳小說時感覺多麼興奮，對Edmund Wilson所寫的尖刻批評頗不以為然，但今天再讀這本小說，恐怕不得不認同了。毛姆有他的優點，但就嚴格眼光看，他還是流於平板簡單，他那本《世界十大小說及其作者》即有頗多可議之處。前些日子在讀書會上重讀史坦貝克的《憤怒的葡萄》與此現象近似，以前讀這本小說特為激賞，但這次重讀可不然了，已經感覺拖泥帶水，甚至索然乏味。

二十五日（星期三）

中午下課時，Pearl 在教室門口不遠處叫住我，她說要送我一瓶 Centrum Silver，前陣子去美國時買的，她說：人過了五十歲吃這個有好處。的確，Centrum 是很好的綜合維他命，吃了讓人看起來氣色好些，精神也抖擻些。

近幾年來，真正步入中年之後，我一直想努力證明現階段活得比以前快樂，也更自信些。事實果真如此嗎？也許吧。近些年來深入細讀弗洛依德，無疑大幅度拓寬了我的心靈視野，能夠更真確了解人類內在的本質，然後用弗洛依德去詮釋許多文學作品和電影，竟然能夠得心應手，且大多言之成理，大大增長了我看人情世態和分析事理的能力及信心。

晚上再度仔細聆聽舒伯特那首未完成的鋼琴三重奏，從而獲得心靈上的莫大慰藉。喔！舒伯特，多麼撩人的音樂，他在三十歲之前早已完成了許多人活到八十歲都做不到的事情——譜出撼動人心的偉大生命樂章，許多人活到了三十一歲，恐怕都還未真正踏入人生，他卻要結束了，因為他已經完成了人生中一切高貴的要素。還有，舒伯特的鋼琴奏鳴曲也顯得特別迷人。

晚上九點英文課下課後 Sammi 和 Lee 來我研究室，我發現 Sammi 抽菸的樣子挺好看，就決定送她一個二手的都彭打火機，她很高興。非常難得的是一個保險系的學生竟那麼狂熱讀文學作品，上回演講馬奎斯時，她竟請假來聽演講，我心裡很感動，除了送她一些書（外加一個打火機）之外，不知道還能做什麼？去為她動心嗎？我心想，這個年紀恐怕不宜自作多情了。

二十六日（星期四）

近幾個月來每個禮拜四的行程總是一成不變：早上搭九點半的豐原客運上台北，上車前在車站買一份中國時報，然後在車上看報紙和睡覺補眠。十一點半車抵達台北承德路，先在路旁吃八個鍋貼，買兩百元樂透，到附近小歇喝一杯咖啡，抽兩根菸，然後跳上計程車前往爾雅，從一點到三點看電影，三點半到五點上課講評電影。接下來七點到十點到木柵文山社區大學上電影課，下課後坐計程車到承德路，十點四十分抵達，路旁吃一盤米粉，一碗豬血湯，最後搭十一點十分的統聯客運回豐原，半夜一點半準時抵達家門，這時候心裡最真確的感覺就是疲憊兩個字。

生活中經常感到疲憊，但是仍令人感到欣慰的是，我從未對生活產生厭倦的感覺，我一直努力在生活，不斷嘗試開發新的生活樂趣。我相信不斷閱讀會是保持生命活力的重要泉源，讀書讓人心靈寧靜，而且思路更加活潑。

唯有今天例外，下午四點高大哥找我去君悅大飯店一樓喝下午茶，我邀請萬琴一起去，Angie夫妻也來了。感覺每次在君悅吃飯或喝午茶總是非常愉悅。而高大哥每次都會問許多有關文學方面的問題，我都很樂意回答，一方面互相切磋學問，另一面也可藉此顯現我在這方面的知識淵博，剛好滿足了我的虛榮。我推薦他讀 David Lodge 的小說 Therapy（〈治療〉），他說的確好看，尤其五十幾歲的中年男人讀這樣的小說更覺心有戚戚焉，這是一篇中年男人內心情感世界的真情告白。

二十八日（星期六）

晚上去「九九 Pub」喝雞尾酒，離開時竟然把手提公事包遺忘在那裡，難得的是店家竟有辦法查到我的手機號碼，打電話要我回去拿。事後我忍不住納悶：我是怎麼了？公事包內放著全部家當：信用卡、身分證件、電話簿、存摺和印章、學生名冊，還有日記本子，要是弄丟了怎麼辦？我隨即想到，人一到了某種年紀之後，免不了會越來越糊塗，甚至會糊塗到誤事情的地步。我一直誤以為頭腦還很精明，因為我覺得自己還能夠準確思考事情，讀過的東西還能記住且適度加以運用，然而我今天看得比較清楚，那可能是假相，我恐怕再也不能遮掩一天一天衰老的事實了。

大杜和小杜是孿生姊妹，對讀西洋文學作品狂熱到了極點，隨時一書在手，手不釋卷。我說：你們讀大學階段，該好好玩一下，交男朋友。小杜說：對團體遊戲沒興趣。至於同年紀的男孩子，一個比一個幼稚膚淺，提不起興趣！大杜說：沒錯，讀小說有趣一些！因此，我一有機會就送書給她們。我說，要是我女兒有她們一半愛讀書就好了。

當我們在中友百貨地下樓豆花店坐下來吃豆花時，她們立即拿出書來閱讀，兩個人又長得幾乎一模一樣，一個在讀《兒子與情人》，另一個讀《香水》，整個景觀看來還真有那麼一點超現實的味道。

二十九日（星期日）

下午風和日麗，雖然還有一點燠熱，小余來電話約我四點正在中正公園旁的中山堂門口見面，有許多兒童在那裡玩耍，我老遠就看到他坐在石板凳上抽著香菸。他一看到我就說：我過兩天要去中國大陸。我說：去找女朋友？說著我從皮夾子拿出七千元塞給他，他不肯拿，我說：拿去，我知道你要用錢。小余是卡車的貨櫃工人，前陣子愛上了一位假結婚來台灣賣春的大陸妹，這位大陸妹後來被警察捉到遣送了回去。小余每隔一兩個月要過去看她。我曾對他說：這種事情不能太認真，你還太年輕，何況你是在那種場合認識的對象，對方又是那邊的人，可能更加不可靠，當然你現在正在熱頭上，什麼話都聽不進去，只是要小心，別吃虧上當，到時候落得一場空，徒然增加悔恨和懊惱。小余説：不會的，我們真心相愛，我不計較她幹過那種行業，她也不嫌我幹粗工。我心裡想，但願如此；只是我直覺認為，事情恐怕不會那麼樂觀。小余身材魁梧，且又年輕力壯，最高紀錄可以一次打三個人，而且把三個人全擊倒在地，那是之前幹流氓時的光榮紀錄，現在為了愛情，努力重新做人，靠體力賺錢，全為未來的幸福著想，我仔細想，這有何不好呢？

三十日（星期一）

晚上在「$8\frac{1}{2}$非觀點劇場」重看奇士勞斯基的《愛情影片》和《殺人影片》，感覺還是很震撼，特別是《愛情影片》看得人情緒為之起伏不已。羅蘭·巴特説的没錯，戀愛是一種病態，是一種精神官能症，人一旦陷入戀愛，精神狀態立即淪入不平衡的危險處境，生活就不免跌入一片紛亂，因為一旦陷入愛河，就不可能輕鬆自在。這個時候就難免脱離現實，一切言行不免顯得愚蠢，或如羅蘭·巴特所説，娘娘腔的。

以奇士勞斯基的case而言，他在《愛情影片》中把愛的意象附著於一個十九歲的年輕人身上，愛情像一張没有污點的白紙，其真正樂趣竟只是建立在用望遠鏡偷窺上面，當他必須正面去面對他所期待的對象，且不期然要面對性的挑逗時，他崩潰了，如同羅蘭・巴特在《戀人絮語》一書中所說：「在劇烈發作過程中，由於戀人感覺到戀愛境界猶如一條死胡同，一個他深陷其中而不克自拔的陷阱，這時寧可毀滅自己。」這時的愛情顯然就是一場災難了。

事實上，如同影片中的男孩，愛情對許多人而言，就像是純真的破壞過程，也是人生幸福幻象之破滅的起點，我們從此再也不肯相信愛情了，因為愛情有時間性，是會腐蝕的，至終是會變質的，所以必然是痛苦的。剛開始跌入愛河的青年男女大多蒙蔽了雙眼，錯以為愛情是永恆的，但到頭來總是失望的時候居多，因為愛情並不如他們所期待的樣子。

三十一日（星期二）

人在步入某個年紀之後，其中一個明顯的特徵就是：不耐煩。是的，不耐煩——開車等紅綠燈不耐煩，到郵局和銀行辦事排隊不耐煩，去教室上課等電梯不耐煩，晚上躺在床上睡不著不耐煩，等吃飯不耐煩，小便時尿慢一點出來也不耐煩，甚至連爬上二樓走幾步樓梯也覺不耐煩——這是怎麼回事呢？難道連呼吸也覺不耐煩嗎？恐怕也是，有時候。

另一個悲哀的特徵是：記憶上會出現空隙。記得前年七月裡某一天夜晚突然接到一位陌生女子打來電話，她自稱姓周：我們整整二十年沒見了，你可能記不得了，一九八三年在台中來來百貨公司的電影欣賞會上。的確，我完全記不得了，她說二十年前她是台中一家報館的記者。一九八三年十一月中，他們在來來百貨公司的十一樓舉辦電影欣賞系列活動，其中有一部是 Costa-Gavras 的名作《失蹤》，想請我講這部片子，因為他們聽說我談這部片子談得特別好，她負責出面邀請我，我們還一起喝咖啡聊談了很久。

然而除了《失蹤》這部影片的放映還存有印象之外，其餘無論如何我再也記不起任何細節了，記憶的匣子裡出現一段空隙。二〇〇三年七月中的一個晚上，也就是說打過電話之後，周和我約半夜十二點半在誠品敦南店旁的「雙聖」見面，整整二十年沒見，可是我怎麼樣都想不起來二十年前曾和她一起喝過咖啡，對我而言，眼前是個全然陌生的女人呀！末了，她說她移民美國快二十年了，女兒都唸大學了，這次回台省親，突然想到要和我聯絡，看我是否還活在世上。

只可惜我的記憶完全喚不回來，一片空白，望著眼前這位美麗性感的中年女人，我只感到一陣迷惑，臨走前我特別到誠品買了一本《電影語言》贈送她，因為她說已經很久沒讀到我美麗的譯筆了。

啊，記憶！

六月

6月分：郊遊、踏青

一日（星期三）

有人問：你害怕什麼？我說：我害怕變成沒有，簡單講，我害怕死去。

今天可真是一個黑色的日子，上午醒來就覺渾身不對勁，完全沒胃口，不想吃東西，不想喝咖啡，而且，連菸也不想抽，這表示事態嚴重了。上午英文課，我跟學生說，我今天沒勁，不想上課，大家自修，不想留下來的人就請便，滾吧。Pearl 跑進教室一看，認為我中暑了，就當機立斷要為我刮痧，我說：動手吧，可別把我給弄傷殘了。

中午根本不想吃東西，我跑進廁所大吐特吐，然後趴在馬桶上喘氣，額頭不停冒汗，心想：這回死定了！

三點多我在電影課堂上宣布：報告一個重大消息，我中暑了，快掛了！學生竟以微笑相報，這是什麼意思呢？這時候 Sammi 打來手機，說她祖母今天上午去世了，晚上不能來上課。我心想，也好，我今天生病，臉色蒼白，最好不要讓她瞧見這副狼狽德性，不要見面最好。

晚上的英文課草率上了一個鐘頭之後就撐不下去了，只好宣告下課。Lee 說我看起來不像生病的樣子，還有力氣講笑話，像生病嗎？我請她喝了一杯冰咖啡，然後說：我去做腳底按摩，要去嗎？她說：當然，我陪你去。（真感謝她陪我渡過一段黑色時光）。

按摩之後，感覺病已痊癒，但仍覺這實在是黑色的一日，和死亡那麼接近。

三日（星期五）

中午坐在椅子上小睡時，竟夢見了死亡，我夢見自己在慢慢死去，然後感到無比的恐懼，想著：死亡就是這麼回事嗎？我不斷掙扎，最後終於醒了過來。

羅蘭・巴特有一段短文以「亞哥戰艦」來說明結構主義此一概念，言簡意賅，而且貼切中肯：

亞哥號艦艇（le vaisseau Argo），金光閃閃，古希臘時代亞哥號上航員不斷一點一滴改裝這艘艦艇，不斷加以翻新，最後產生了一艘全新風貌的艦艇，卻從未想要改變其名稱或形狀。這艘亞哥艦艇象徵一種有著永恆不變結構的物體，而創造這種東西的不是天才，不是靈感，也不是決心或進化，而是兩種平凡的行為：更替（一塊接一塊，好像選項結構）和定名（名字本身和各部位的穩定無關連）。內部不斷變動，但名號永遠不變：亞哥號艦艇除了名字不改，形狀不變，其他內在部位早已都不是原貌了。

由此看來，結構主義實在是一種了不起的普遍概念，可以用來詮釋宇宙現象以及人世間的一切行為和活動。在文學上而言，透過結構主義便可以用很寬廣的視野去詮釋文學創作的內容和閱讀文學的方式。

個人的生活也帶有結構主義性質：我有兩個生活空間，一個在豐原家裡，另一個在學校的研究室，這是兩個截然不同的空間，卻同樣提供我賴以存活的一切所需：讀書、寫作、思考、作夢和幻想……這說明著一種結構主義現象：系統的運作勝過物體的外貌存在形式——在不同的空間從事一樣的工作。

四日（星期六）

行使民主政治的至大弱點是太多庸材冒頭，然後這些庸材又不肯以謙卑為懷的姿態任事。英國的布萊爾是庸材，法國的席哈克也是庸材，台灣的陳水扁更是大庸材，而且還狡猾，但他最近似乎謙虛了些，因為第一，「考試作弊」，不知什麼時候會被揭發（相信一定有人默默在做調查工作）。第二，認識到了自己能力的局限，換句話，覺悟到自己是個庸材，而且圍繞身旁的更是一群次等庸材。我真不懂像教育部長杜正勝這樣的蹩腳貨色為什麼還不肯下台，他已經不是庸材的問題，根本就是個大蠢材。現在真不得不相信湯瑪斯・曼這句話：庸材的相乘並不就能得到聰明的領導人材。

當然，現在是民主的時代，我們不可能開倒車，回到從前，只是大家太過於專注在政治的民主上面，以為有了選舉就是民主，這未免是太幼稚簡化的觀念了。民主是一種觀念，不但尊重多數，同時也尊重少數，這是一種心胸開放的生活方式，也就是尊重別人的生活態度，伏爾泰說的：「我不同意你所說的，但我擁護你發言的權利。」真是一句至理名言。

只不過是，行使民主，你必須時時刻刻忍受庸材騎到你的頭上來。

五日（星期日）

下午三點多來到研究室之後就投入閱讀《一四二一：中國發現世界》，一路讀到半夜一點半才歇手。已經很久沒這樣長時間連續讀一本書了，覺得很有意思。這本書主要在企圖證明鄭和第六次下西洋的時候，中間有兩年的時間三個分隊的行蹤成謎，原來是去發現新世界去了。我對鄭和下西洋的事蹟向來就非常著迷，這本書適時填補了我的許多想像的空隙，真是有趣極了，作者（英國人Gavin Menzies）的主要觀點跟我不謀而合：中國在過去某個歷史階段曾經是很了不起的。

這本書拓寬了我們看鄭和下西洋這段歷史的視野，也吻合了金觀濤在《興盛與危機》這本書中所抒發的論調：中國在歷史上曾經萌發許多偉大傲人的成就，但大多曇花一現，如今鄭和下西洋這個事例更進一步證明了這樣的論調。

如果 Menzies 所寫內容屬實，那麼近代世界歷史不是要重寫了嗎？也許吧！但作者在書中所言，一四二一至一四二三兩年之間，也就是明成祖永樂十九至二十一年，鄭和的船隊除了到過非洲東岸可以證實之外，其他還到過：繞過好望角到達南美洲和通過麥哲倫海峽，北美東岸，環繞格陵蘭到北極，並發現澳洲和紐西蘭。這是多麼偉大的壯舉呀！以當時鄭和的航海技術和條件，似乎不是不能做到，但我們欠缺直接證據。（鄭和第六次航行之後不久明成祖死了，新任皇帝不願再從事海外航行，就把這次的航行紀錄全毀了）因此我們如今只能用旁敲側擊的方式，或如 Menzies 所做的尋求間接證據方式，來揭開這個謎底，讀了這本書之後的第一個感覺是，Menzies 所做的是一項艱鉅的工作，他所提出的間接證據似乎也都言之成理，但問題是，大家要不要相信呢？如果他所說的全是真的，那麼近代五百年的世界歷史非重寫不可了。依有稽可查的史料來看，鄭和當時的船隊的確是全世界第一，真正的所向無敵，不但有強大的載運能力，而且作戰能力也是首屈一指，要從事史無前例的環繞地球航行，似乎也是可能的，真要教人扼腕的是，那第六次航行的紀錄為什麼要被毀掉呢？

大家在研究近代五百年來的世界歷史時，只看到中國的沉淪墮落過程，卻忽略了曾經有過的輝煌成就，英國歷史學家 Paul Kennedy 在寫《世界強權的興衰》時，把西元一五〇〇年定為西方的興起和中國的衰落之分水嶺，這是一個粗枝大葉卻又不失為正確的劃分方法，因為吻合歷史的事實，我忍不住在想，一個曾經飛黃騰達的民族，在敗壞了五百年之後，差不多已跌到谷底，如今要再往上躍昇，這是多麼困難的事情啊！

八日（星期三）

在楊德昌的影片《一一》片中，電影開始不久老奶奶跟孫女說：「我老了，覺得很累。」簡單一句話，卻教人印象深刻。的確，年老的特徵之一就是覺得很累，繼而對生活感到灰心，不但對外在世界，連同對自己都感到厭煩，真不知道要怎麼樣才能活得稱心愉快。

有人問我，近十年來最了不起的華語片有哪些，我的答覆如下：《戲夢人生》、《大紅燈籠高高掛》、《一一》以及《花樣年華》。這四部片子分別代表了四種不同類型的影片形式和內涵，也都見證了極特殊風格的展現以及極深刻的人文精神。三十年前，我們作夢都無法想到國片可以好到這個地步，那是李行、白景瑞的文藝片當道的時代，實在完全看不到有任何冒頭的跡象，如今時代變了，一切都變了，不僅經濟成就是奇蹟，電影也是，真想不到。

李行曾說，國片毀在「你們」這些人手裡，我感覺這是一句幼稚無知的話。想當年，亦即三十年前，國片起飛的時候，他和他的同行曾經拍過什麼像樣的片子沒有？最近有機會重看當年的一些片子，如《秋決》、《養鴨人家》等片，感到十分驚訝，當年我們竟能忍受這麼拙劣的影片，這要有多麼寬大的胸懷啊！

十日（星期五）

晚上和公主去全球影院看Angelopoulos的新片《悲傷草原》，片長三個小時，即使和美女一起看這部片子，感覺還是疲乏不堪，甚至覺得相當乏味。這部片子根本就是三十年前《流浪藝人》的翻版，一樣透過一群流浪音樂家述說當代的希臘政治歷史，影像風格刻板單調，節拍遲緩煩人，真看不出這部片子除了煩悶之外，可會有什麼魅力可言。電影結束時，公主問我：你覺得好看嗎？我說：我出去抽菸兩次，中間睡著兩次。她說：你的意思就是說，不好看囉？誠然，教人一時忘了這是《永遠的一天》導演的近作。公主說和我一起看電影戰戰兢兢，不敢讓自己睡著，怕被批判沒水準。

後來在「迪卡斯」喝晚茶時，王榮範和Louisa也都認為《悲傷草原》並不好看，即使片中展現了細膩的哀傷情節，卻挑不起他們的感動情緒。我請公主吃一客牛排，我在和Louisa她們高談闊論時，她只在一旁巧笑倩兮。十二點多時，我和公主一起去「金錢豹」跳舞，她的探戈跳得好極了。和美女一起跳舞，感覺真是舒暢，甚至有點心曠神怡昏昏然的。

公主說等大學畢業後想去報考空中小姐。

十五日（星期三）

晚上考完英文期末考，Lee 說想讀這一期的《印刻文學生活雜誌》，因為這期的專題是邱妙津。這位有才情的少女作家十年前在巴黎自殺，我當時剛去巴黎還曾在她自殺的房子住過幾個晚上，那時忍不住納悶，她為什麼要自殺呢？自殺為何要選擇異鄉？

考完試之後，我到學校敦煌書店買了一本印刻送Lee，Sammi也在場，我買了一本Schlink的*Der Vorleser*（《我願意為妳朗讀》）送她。晚上九點我們一起去「迪卡斯」喝晚茶。Sammi向來愛笑，突然說她前晚獨自一人幹掉了一瓶洋酒，我當下大吃一驚：怎麼了？她說：還不是感情的問題，想和男朋友分手。我說：好極了！有不對勁的感覺就要當機立斷！Lee 在一旁巧笑倩兮：我從來就沒這方面的問題。末了，我對Sammi說：有什麼情緒問題，拿出來談，不要一個人獨自喝悶酒。

十八日（星期六）

昨晚夢見放屁放個不停，彷彿感覺整個床上到處瀰漫著屁味，甚至清醒後仍覺屁眼不停有屁竄出，好像連珠炮一般響個不停，等定神之後，感覺空氣中到處都是屁的味道，我懷疑到底是作夢放了屁，還是實質上睡中不停在放屁，我已經分不出來了。

我曾經想過死後要如何處理自己屍體的問題，首先用火燒毀大約無庸置疑，但接下來要如何處理骨灰呢？拿去灑在大海上？或山上？或是餵給貓狗吃掉？另外，要怎樣死比較體面呢？當然，死掉絕不會是體面的，首先必須面對他人同情憐憫的目光，這大可不必，死亡是我個人的事情，未必要轟轟烈烈但絕不要驚動他人。死亡最好像一隻狗一般，躲到一個没人的角落，剎那間安安靜靜斷氣（可不能有痛苦掙扎過程，那不好玩）。總之，這一天遲早會來臨的。

晚上和女兒及她媽媽在她們家看電視上播出影片《大醉俠》。記得這是四十年前讀初中時極愛看的一部影片，今天重看，感到吃驚的地方是，當年怎麼能夠忍受這樣拙劣的一部影片，不但劇情幼稚好笑，連武打場面都粗俗不堪。女兒的媽媽最後說：「你邊看邊罵了整整兩個鐘頭，為什麼不及早閉上鳥嘴滾蛋，何必陪我們活受罪？」我嘴巴終於閉了起來。

二十日（星期一）

晚上大家在「8½非觀點劇場」看《花樣年華》，我老是強調這部片子真正百看不厭，我談到男女陷入愛情困境的問題，其中有關相思的部分，我引用羅蘭・巴特的《戀人絮語》：

「相思大多屬於女性的專利，要追溯歷史的話，傾訴離愁別緒的永遠是女人。女人待在一個狹隘的生活空間，男人外出四處奔波，於是女人釀出了相思的情愫，並且不斷加油添醋，因為她們有的是空閒時間……由此看來，一個男人若要傾訴對遠方情人的思念，便會顯出某種女人氣；這個處於等待和痛苦中的男子竟奇蹟般地女性化了，然而，一個男子之所以變得女性化倒不是因為其位置顛倒的關係，而是在於——他陷入戀愛了。」是的，戀愛令人變得娘娘腔，昏頭轉向，把自己捲入一個狹窄的意識空間，再也認不出自己的真面目。戀人這時發現戀愛是由許多無法理喻和百思不得其解的頭緒所糾成的一團亂麻。這時他失聲吶喊：「我想弄明白。（我是怎麼了？）」怎麼辦？要不要繼續下去？這時，最好去開闢一個懶洋洋的小角落，去慢慢整頓自己的思緒，然後決定要不要再玩下去。《花樣年華》裡的梁朝偉始終都是娘娘腔（適巧也是他在這部片子裡最迷人的地方），陷入愛情困境的男人都會是女性化的，而張曼玉呢，她陷入了一個自我禁錮的陷阱，她像一個坐在窗子旁邊的「等待的女人」。

二十三日（星期四）

中午陳萬琴請我和隱地在重慶南路上的「馬可孛羅」吃中飯。席間隱地講了一則他剛在報上讀到的趣聞：一個四十幾歲的男人欠另一個四十幾歲的男人一筆錢，一時還不了錢，就講好把自己的老婆以每月二萬元代價租給對方使用，恰巧的是，對方也欠別人錢，也是一時無法償債，就把租來的臨時老婆以每次五千元代價，讓另一方使用藉以抵債，但幾次之後另一方嫌一次五千元太貴，就主張用看的方式（他們做給他看），免費但債款可延後免息償還。然而不久之後女方不勝其擾（因為另一方每次觀看時都會忍不住伸手粗魯扭弄），終於鬧到警局。

隱地慨嘆，天下事真是無奇不有，而且這類怪事似乎每天都在發生，甚至就發生在你我身旁。我就說，地方上小趣聞經常會是文學寫作的絶佳題材，以前托爾斯泰和福樓拜不就從地方新聞取材而寫出不朽的偉大傑作嗎？

回想那天晚上Rita和Erin考完了期末考，我們相約去老虎城看《史密斯任務》，看電影前我們在樓下咖啡座喝咖啡。Rita突然問我：你到底幾歲？我沒正面回答，只說屬龍。她說，那該是四十一歲了。我不置可否，只是笑笑。記得讀過蘇童寫的一篇文章，談到人到中年後，提到自己年齡時，總是鬼鬼祟祟，我覺得我現在的德性正是如此，尤其在年輕貌美女孩面前更是如此。

二十五日（星期六）

下午出門時一直以為今天會下雨，結果並沒有。

晚上去唐醫師那裡上電影課之前，開車行走在西屯路上時，突然想起來有一次Sammi告訴我她在西屯路上一家PHS手機專賣店當雇員賣手機。我出於好奇就四處看看，竟也找到了這家店面，我推門進去時一眼就看到Sammi坐在櫃檯後面。我說：小姐，我要買手機。她一逕地笑個不停，我坐下來說：你今天真漂亮！不，你一向都很漂亮，今天更加特別漂亮。事實上，我說的是真話，Sammi是真的很漂亮，她愛笑，又有點含蓄，所以她的漂亮帶有謙虛的家常風格，不會有太大的壓力。

不知何故，晚上和Sammi講話時臉上不停發熱，真不懂是什麼道理，我只得不時把臉望向別處，望向門外，看著路上的車輛和行人。當我回頭講話時，甚至都感覺到有點咬音不準，後來看看手錶，早已過了上課的時間，就趕緊離開，匆匆上路。我突然想到《長日將盡》裡的情節，女人的美貌果真會干擾人的情緒，會教人心神不寧，你變得無法正常運用思考，甚至會失態。唯一的抵抗方法就是，趕緊避開，不要回頭。

到了唐醫師那裡之後，心裡還在納悶不已，女人的美貌，特別是像Sammi那樣溫和無害的美貌，難道真有干擾的作用嗎？

二十六日（星期日）

想一想，我的床頭書有哪些呢？我向來主張要多讀古典，所以我想到的第一本床頭書就是《格列佛遊記》，這恐怕會是一本永遠的經典，而且百讀不厭。這本書最近有單德興的中文譯本，還附上了極詳盡的註釋，我看單德興似乎把Swift和有關這本書的所有資料全部一網打盡了。這是一件很了不起的學術性工作，我自嘆不如。不過我向來認為，要讀Swift這本書，應該讀英文的原文，因為Swift迷人的地方正是他那典雅可親的英文文體。

我想到的第二本床頭書應該是普魯斯特《追憶似水年華》的第一卷《去斯萬家那邊》和最後一卷《追回的時光》。這裡的問題仍舊是，應該讀法文的原文，最起碼讀英譯本。我總覺中譯本有些不對勁，老是展現不出普魯斯特的真正魅力，因為普魯斯特的法文文體是獨一無二的。

第三本床頭書會是《卡拉馬助夫兄弟們》，相信我這輩子的最大遺憾就是無法閱讀俄文原文的杜思妥也夫斯基和托爾斯泰，讀懂俄文只能是夢想而已。我常常翻開書中那一段曹西瑪長老的臨終遺訓，還有法庭辯論那一段，從而感到極大慰藉。

第四本床頭書是湯瑪斯・曼的《布頓柏魯克世家》，這實在是一本百讀不厭的精彩小說。其他的床頭書可能還有哪些呢？《戰爭與和平》、《雙城記》、《偽幣製造者》、《恨與愛》、《魔山》、《百年孤寂》、《生命中不能承受之輕》、《山之音》、《一位女士的畫像》等等。

三十日（星期四）

半夜時來到何懷碩的新店碧潭旁家裡，從窗口望出去，居高臨下，可以綜覽美麗的碧潭夜景。我們抽著菸聊天，他突然說：我以後可能選擇自殺來結束生命。我大吃一驚：為什麼？他說：人的死亡方式有三種。一種是生病老死，這種死亡方式會是一種折磨，最好避免。另一種是意外死亡，比如撞車或坐飛機出意外，這可能會是不錯的方式，因為出乎意料，而且不會拖延，最不能忍受的死亡方式就是拖延。最後一種死亡方式是自殺，這個方式的最大好處就是可以自己慢慢詳盡策劃，萬無一失，但不易實現。

我不太明白為什麼何懷碩會有老來萌生自殺的念頭，當然我自己也如此想過，但只是想而已，我並不認為自殺是浪漫的行為（除了殉情），自然也談不上壯烈。總之，死亡是不體面的，我比較嚮往無病老死，叫做無疾而終，壽終正寢，這可能是最好的死法。

人要是生活快樂充實，在正常精神狀況下應該是不會想去尋短的，至少我就不太可能會去幹這種事，不過，要是得了不治絕症，我會盡其所能去尋找安樂死的方式。

七月

7月份：游泳去.

二日（星期六）

晚上高大哥在他的君悅大飯店請我和 Angie 夫婦以及歐茵西老師一起吃晚飯。我特別敬仰歐老師，一方面她是俄國文學專家，精通俄文。另一方面她說話溫文儒雅而又相當有主見，聽說她在台大外文系上課頗受學生歡迎，想當然耳。

這一餐吃得極為豐盛，也極為愉快。同時有美麗女侍在一旁殷勤服務，大家又相談甚歡，最成功的飯局不過如此。

吃飯中間 Angie 說，有學生跟她反應，說我上課滔滔不絕鬼扯個沒停，根本就是天馬行空。她進一步評判，學生水平太差，跟不上，因為只有大師級的人上課才可能天馬行空式的滔滔不絕。歐老師插進來說：我就沒這個本事。

我聽了 Angie 的話之後很覺安慰，虛榮立時獲得了極大的滿足。

五日（星期二）

晚上睡前拿起《齊克果日記》再度閱讀。回想這是大學時代最愛讀的書之一，裡頭充滿格言式的智慧，直接指向頌揚個人精神的存在主義思想——努力去做自己。

其中有一則日記這樣寫道：

關於迷信有一個很奇怪的現象：一個人作了有惡兆的夢，但這個夢並未變成事實。我們或許會以為這個人從此會放棄有關惡夢的迷信，實則不然，他恰如買樂透彩券不中的人一樣，不會因為不中就從此放棄購買彩券。

事實上，購買彩券此一行為就是在作夢，在作很難實現的發財夢，換個角度看，其實也已經很接近精神官能症的病徵了。

蘇童那篇文章談到人年齡的問題，打了一個比喻很有意思：蒼老和年輕我都不要，年輕是一件穿過的T恤，變小了，洗壞了，再也不能穿了。蒼老是一件睡衣，穿上就得準備上床睡覺了，可我還未有睡意，怎麼辦？著急也沒用。

七日（星期四）

我突然又想到蘇童談人到中年之後對自身年齡敏感的問題，我覺得今後對外應該盡量少報自己的實際年齡，比如說至少少報一輪（十二歲），人家會輕易相信的，因為我的言談和外貌差不多就在那個位置上面。前陣子公主打來電話，先說謝謝我送她書和《法國中尉的女人》及《新天堂樂園》的DVD。我在書的扉頁上這樣寫道：贈給親愛的公主，Love, Francis

贈。她很感動，末了她說，上回同去看《悲傷草原》，我去她住處接她時，被住附近的一位同學看到了，後來就說：公主進入一部黑色轎車，和一位三十幾歲的帥氣男人約會。我聽公主這麼一說，真是心花怒放極了，那個三十幾歲的帥氣男人，指的不正是在下嗎？這話真是中聽到家了，仔細想，實在是一派虛榮。

事實上我已經五十三歲，這在以前（古代）可要叫做瀕臨晚境，甚至許多人還活不到五十歲就翹辮子了。一百多年前，人的平均壽命不是才四十五歲而已嗎？母親死的那年才四十九歲，真是歹命的女人！父親雖然活到八十三歲，但一輩子還是白混了，真為他感到惋惜，我並非在批評他，只覺我們之間的世界實在是距離太遙遠了，父子之間一輩子的感情竟連陌生人都還不如！

晚上陳萬琴請我、高肖梅、鍾惠民和郝碧蓮等人在「百鄉」吃晚飯，我照例點鯖魚飯，大家談興甚濃。上禮拜四我對陳萬琴說近日要去大陸旅行，正缺盤纏，她立即拿出兩萬資助。（我說借，她說隨便），真夠意思。我把和公主約會被誤看成三十幾歲的事跟她提了。她說：那個人該去看眼科醫生。

八日（星期五）

最近幾年視力退化得很厲害，我曾想過，要是有一天眼睛瞎了，我就決定自殺，因為再也不能看書，對我而言，過這樣的日子已經沒什麼意義了。法國作家Henry Montherlant七十幾歲時眼睛就舉槍自盡，沙特也是老來眼瞎，卻沒勇氣自我了結，像個糟老頭一般在苟延殘喘。波赫斯六十歲眼瞎之後雇人唸書給他聽，直到八十幾歲老死，還有誰呢？荷馬在眼瞎之後才寫出曠世傑作《伊里亞德》和《奧德賽》，還有John Milton！

愛看書的人，一旦眼瞎再也不能看書了，就好比一向耽於肉慾的人一旦變成性無能了，真不知要如何往下過活，除了自我了結，還打算怎麼樣嗎？

前陣子看有關柏格曼的DVD訪問，談他自己過去所拍的片子，二〇〇三年拍的DVD訪問，當時柏格曼已八十五歲，還算耳聰目明，但已流露很不堪的老態了，他這些年退休之後都在做些什麼呢？一個創造力那麼豐盛的藝術家，不再創作之後，他能幹什麼呢？難道等死嗎？昨天高肖梅提到柏楊的老境，已經八十八歲，十分的老態龍鍾了。柏楊的生命力向來不是很旺盛的嗎？人一旦進入老年，什麼狀況都可能出現，最佳狀況就是仍保持頭腦清明，少有病痛折磨，否則再繼續活著就沒什麼意思了。

九日（星期六）

很奇怪，昨晚夢見一直都和Sammi在一起，中間甚至要求和她親嘴時，她不但沒拒絕，而且還很熱情配合，這到底是什麼意思呢？這難道說明了「夢是願望的實現」這層道理嗎？的確不錯，我曾想過如能和她接吻應該會是很迷人的事情，但卻從未想要去和她怎麼樣，如果僅止於親嘴而已，我相信這大概並未違反人情。然而，這場夢畢竟還是騷擾了我內心的平靜，醒來後很久尚不能平息。我為什麼不夢見公主，卻反而夢見了Sammi呢？事實我對她們並沒什麼特別慾望，只是偶爾想想而已，想歸想，可並沒犯規啊！

薇薇最近要去上海度暑假，我要去東北，今天Angie就請我們兩人去「迪卡斯」喝下午茶，算是餞行。我們盡談系上事務，互相交換意見，談得非常起勁，Angie已經肯定不想繼續幹系主任了，薇薇和我準備交出升等論文。

我忍不住在想，今晚睡覺會不會又夢見Sammi，也許公主，先前已夢過Lee了，她還可能再出現嗎？當然，Sammi如果繼續在夢中出現，我會很歡迎的。

十日（星期日）

晚上女兒的外婆請我去她家吃飯，房間沒開冷氣，感覺異常悶熱，不過這頓飯還是吃得十分愉快，女兒的媽媽和阿姨也在場，大家相談甚歡。飯後我和女兒去南投冰果店吃冰，她突然問：你到底有沒有結交女朋友？坦白從寬，抗拒從嚴！我說：沒有，保證沒有。她說：真的沒有？以前也沒有？我吞吞吐吐：有……沒有！我有許多很要好的女性朋友，但沒有真正的女朋友，而且，你看我這等年紀了，交女朋友合適嗎？好了，專心吃冰！

回到學校研究室的時候已經十一點多，為了寫一篇有關《格列佛遊記》的諷刺和隱喻，就把這本書的第三部有關 Laputa 飛島的部分仔細再讀了一遍，覺得依然精彩好看，總覺 Swift 的英文文體真教人百讀不厭，讓人感受到什麼叫做簡單明瞭和閱讀無礙而又不矯揉做作的文體。今天的作家大多喜歡賣弄文字，教人望之生畏。我同時想到 Simenon 所寫的偵探小說會那麼吸引人，有一大部分因素即是他簡易明瞭而又不失之平板的法文文體，這是一種乍看簡單其實是最困難的風格。我今天從事中文寫作，努力要追求的，就是這種風格。

最近讀蘇童的散文和莫言的短篇，深覺他們的中文文體相當突出，我可能要自嘆弗如了。

十一日（星期一）

晚上去周醫師那裡看牙齒，看完時他準備打烊，不知怎的，我突然問：這年頭好像很少聽說有人吞鴉片自殺了，是嗎？他說：要吞鴉片不如服安眠藥，服安眠藥不如吸一氧化碳，吸一氧化碳不如注射氰化鉀……怎麼，你有自殺打算？我說：我這種人最怕死，不可能自殺，我只是好奇，想探索好死的方法，換句話說，我要尋求安樂死之道。

的確，安樂死是文明世界未來必須面對的問題，也就是說如何設計可以無懼、無悔、無痛、無疑的狀況安然離開這個世界，這是多麼困難的境界啊！如今醫藥已經這麼發達，安樂死顯然輕易可行，但事實上事情並不是那麼簡單。

寫完了關於《格列佛遊記》的文章，我必須再寫一篇關於卡夫卡的短篇作品，因此晚上重又翻看英譯本的卡夫卡短篇全集，這裡有幾篇經常重讀，百讀不厭：〈蛻變〉、〈地洞〉、〈絕食的藝術家〉、〈女歌手約瑟芬〉、〈流刑地〉，還有〈鄉村醫生〉、〈中國長城〉及〈判決〉等等。最近讀到殘雪所寫的《靈魂的城堡》一書，可以感覺這是一位深刻了解卡夫卡的作家，她在《審判》這本小說和〈地洞〉這個中篇上面發表了許多鞭辟入裡的真知灼見，我對卡夫卡的理解恐怕還沒那麼深入。

十二日（星期二）

下午去Angie的辦公室，在門口碰到朱炎老師夫婦，今天朱老師看來氣色絕佳，心情似乎也特別好，竟然和我擁抱起來，還稱我為劉大師，真教人受寵若驚。在Angie辦公室時，她用信封袋裝著三萬元遞給我：這筆錢是國科會經典譯註的頭筆稿費，剛好你要去大陸可派上用場。我很覺意外，當然也喜出望外，Angie是那種重視朋友而不重視金錢的女人，這樣的女人真不多見。

晚上Angie約她丈夫林中明，我們三個人一起去文心路上的「真北平」吃涮羊肉火鍋，七月大熱天，來這裡吃火鍋的人還挺不少。飯後我們去Scott開的Mojo咖啡館喝咖啡，我們坐在廊下的座位上一邊喝冰咖啡，一邊抽著菸，看著行人來往經過。

回到研究室之後開始讀Kafka's Last Love，大約讀了一個多鐘頭，然後重讀卡夫卡的〈地洞〉這篇中篇，真是精彩極了。我至今仍不明白小說以第一人稱「我」在敘述故事的這隻小動物到底是什麼，是鼴鼠？還是狐狸？或者如殘雪所言：一隻奇異的小動物。它為自己建造了一個地洞藉以棲身，以阻擋隨時可能從外界來的侵害，這是這隻小動物為自己建造地洞的邏輯前提，可是一旦造洞的行動開始，邏輯就被推翻了，小動物像鐘擺一般不停來回奔忙，時刻在恐怖中猶疑不決，始終處在內心的矛盾衝突之中。

殘雪說，這是一隻愛表現自己的小動物。

十三日（星期三）

我一直以為我已經讀遍了所有卡夫卡的作品，事實不然。今天晚上又翻閱他一些短篇和日記，甚至Max Brod所寫的《卡夫卡傳》，竟感覺像是初次接觸卡夫卡。我等於重新在認識卡夫卡，這是怎麼回事呢？原來卡夫卡的隱喻實在太豐富了，而由此隱喻所延伸的詮釋就變成無邊的了，他因此永保新鮮，隨時翻開他的作品，永遠都會有新穎印象浮現。其實，讀卡夫卡最好先從他的生平著手，比如他和父親的關係（〈給父親的一封信〉），他的工作和寫作之間的對立關係（參閱Brod寫的《卡夫卡傳》），還有他的情感生活（給Felice和Milena的情書集）。我們幾乎可以這麼說，卡夫卡的作品全都是他自己矛盾心靈世界的深刻剖析，這又少不了精神分析的要素。

我仔細重讀〈地洞〉這篇東西，真叫愛不釋手，配合讀殘雪所寫有關這篇作品的精湛分析，我發現自己現在每天的生活就像在營造和翻修屬於我自己的地洞。家裡的臥室、學校研究室，甚至那看不見的內在世界的煩惱和疑慮，這些全包含在我個人的地洞裡頭。建造地洞正是生活的隱喻，如果說生活是藝術，那麼生活就像是一場徒勞無功的藝術創作過程，永遠到達不了理想的境地，好像一場空虛的夢幻，充滿矛盾和無聊。我們在觀察這隻小動物的內心劇烈鬥爭之際，終於可以體會到無法擺脫的生存之痛苦，還有那無止盡的由於意識之糾纏所帶來的不自由，也就是說無邊的煩惱和疑慮。

十四日（星期四）

福樓拜在寫給友人的信上這麼說：「我需要戀愛，但可不要太長久，那種正常的、規律的、維持得好好的穩定兩性生活，可會教我付出太多，會令人厭煩。一旦進入這種生活狀態，對肉體世界的專注就會讓人分心，無法好好做正經事情，我每次企圖幹這類節目，就會帶給自己傷害。」這倒說出了我此際心中的想法，但退一步想，穩定的兩性生活和正規的家庭生活，這又有什麼不好呢？首先是自由被束縛，你做任何事情都要考慮到對方，你要每天為瑣碎事情傷腦筋。總之，你脫離不了牽絆。好處是你會有個伴侶，生活上有個伴侶畢竟不是件壞事，問題是，理想的伴侶哪裡找呢？寧可獨自生活，有趣一些。

前天我跟 Angie 說，這兩天為了寫一篇三千字關於卡夫卡的文章，竟又投入大幅度精神讀卡夫卡了。她說：卡夫卡的東西你不是都讀過了嗎？我說：我正在重新理解卡夫卡。的確，卡夫卡歷久彌新，他是作家中少數會令人想不斷重讀他的作品的人。

十五日（星期五）

晚上，半夜時我拿下書架上的班雅明（Walter Benjamin）四大冊精裝英譯本選集，這是兩年前夏天在台北書林買來的書，至今尚未完全翻閱，這些昂貴的書難道只是買來為了裝飾好看的嗎？我翻到他一九三四年所寫紀念卡夫卡逝世十周年的文章，仔細讀了老半天，卻不知他在寫些什麼。我忍不住想，為什麼要用那麼天馬行空的方式去談卡夫卡呢？

他另有一篇文章談 Max Brod 所寫的出版於一九三七年的《卡夫卡傳》，他的看法和我大約一致：這是一本個人的印象回憶多於公允評介的傳記。Brod的最大問題是，他一點都不客觀，好比柏拉圖在寫蘇格拉底或是托洛斯基在寫列寧，胡亂吹捧。但有一點事實我們不能否認的是，多虧 Brod 這號人物，我們今天才能全面性讀到卡夫卡的所有作品。

晚上（其實已經快天亮了）躺在床上再讀卡夫卡寫給 Felice 的情書集，覺得真有意思。卡夫卡認識 Felice 的時候已經二十九歲了（一九一二年），為什麼只見過一次面，就排山倒海一般情書猛寫個不停，幾乎沒什麼遮掩？從照片上看，Felice 並不是個多麼有魅力的女人，卡夫卡為何對她那麼著迷呢？這恐怕會是一個值得研究的心理學問題了。不過有一件事實不該忽略，卡夫卡即是從這個階段開始寫出他的不朽傑作，一九一二年九月情書開始之後陸續寫了〈判決〉、〈變形記〉及〈在流刑地〉等精彩短篇。

十六日（星期六）

有一件事頗令我感到訝異，那就是我可以從下午四點來到學校研究室，一路待到隔天凌晨四點才離開，在這十二小時中間，並未真正做到什麼正經事情，時間一下子就這樣過去了，這真令人感到吃驚。這裡牽涉到的恐怕是如何得當去掌握時間的問題，第一，我必須專心一意從事某件事情，比如寫一篇文章或讀一本書。第二，我必須每天 regularly 在固定時間之中從事一項每天非做不可的事情，比如寫日記或進行一本書的翻譯工作。相信只有這樣的方式才能真正圓滿充分利用時間，否則只是平白懊惱而已。

事情很簡單，應該每天過規律化的生活方式，才能真正做出一點事情，同時要盡量避免無謂的雜務。

我現在比較深刻體會到，要好好深入研究卡夫卡，精神分析會是一個絕佳的方法，兩個角度，一個針對作者內在的心理，另一個針對作品中人物的行為，然後加以比較對照。卡夫卡的所有作品，幾乎都是他當下心理生活的產物，他很真確地反映了人類意識生活的折磨，從而說明了存在的痛苦。人的意識生活充滿了矛盾衝突，因而是焦慮不安的，而且本質上也是孤獨寂寞的，卡夫卡的作品寫出了這些，就這麼簡單。殘雪把他的長篇《審判》看成是一種個人的自省式審判，因此故事中的「法」並非外來的迫害，而是個人心靈自審的最高依據，我認為這個觀點很有說服力。

十七日（星期日，海棠颱風）

越是仔細再讀卡夫卡給 Felice 的情書，越覺得卡夫卡在感情上實在是個莫名其妙的人，他不斷一廂情願在向對方發放他的感情，一天一封，有時一天兩封，很可惜沒機會讀到 Felice 怎樣回他的信。她和卡夫卡後來訂婚的合照，看起來像個阿姨，令人感覺是個老氣橫秋而極度性冷感的女人，而不像卡夫卡筆下所述想吻她一萬下的小親親。

不過話說回來，坦白講，卡夫卡的情書即使內容那麼幼稚可笑（問題是戀愛中的人哪個人寫的情書或講的話不幼稚可笑？），那麼的不可理喻，但他的文體還是相當迷人，已經可以深深感受到，這是出自偉大文豪的手筆，他的德文文體公認是二十世紀第一大家，他不知道他在幹戀愛這檔糊塗事的同時，也正在撰寫二十世紀的偉大文學篇章哩！一九一二年十二月六日這封情書一開始，我們這位多情的偉大作家這樣寫道：「哭吧，親愛的，哭吧，放聲大哭的時候到了，我的小說〈變形記〉中的主角剛剛死去。為了讓你放心，我想告訴你他是在十分安詳且與所有人和解之後死去的……」卡夫卡不會知道，他正寫下了一篇西方文學上罕見的偉大傑作。

Harold Bloom在那篇不知所云的談卡夫卡的文章裡至少有一點說對了：Agonizing as Kafka's letters frequently are, they are among the most eloquent of our century.（卡夫卡的書信經常充滿痛苦焦慮，卻堪稱為本世紀最流暢生動的文字之一）。

十八日（星期一）

海棠颱風，這颱風可真怪了，還不肯走。

晚上不知何故，突然拿取書架上《伽利略的女兒》一書來閱讀，然後一發不可收拾，竟一口氣讀到天亮整本書讀完。也許是為了好奇，想印證伽利略的生平故事，特別是他和大女兒Virginia之間的關係，和布萊希特的戲劇《伽利略》裡頭的描寫有否一致，結果竟是大相逕庭。

其中對女兒Virginia的命運的刻劃出入最大。她十三歲即依父親意思進修道院做修女，直到三十三歲去世為止。這中間透過書信往來和父親維持極為親密的關係，而不像布萊希特筆下所寫一直生活在父親身邊，還和一貴族子弟論及婚嫁，後來伽利略被宗教法庭軟禁期間，她還始終服侍父親的生活，事實上伽利略被軟禁時她已經死了。這些都與史實不合，布萊希特為什麼要這麼做呢？也許為了戲劇效果，但伽利略畢竟是個家喻户曉的人物，他的事蹟搬上舞台時，似乎不該隨意扭曲事實，布萊希特倒是想藉他宣揚反英雄主義精神，但從傳記上看，伽利略並未經過任何掙扎即向宗教法庭認錯：地球是宇宙的中心，哥白尼的理論是完全錯誤的。

似乎有必要再好好重讀布萊希特這齣劇本。

二十日（星期三）

今天下午和 Angie 去五權路上的台中書林購書，Angie 主要是去為系上選書，我自己買了三本，一本是 Terry Eagleton 新近剛出版的新著 *The English Novel*，其實我對此君並未抱持多大好感，多年前讀他所寫廣受好評的《文學理論》（*Literary Theory*）一書，並未覺有何了不起之處，甚至覺得相當平凡。他那種大而化之的寫作風格並未引起我太大的興趣，這是一個學究型的作者。

另一本是由 Harold Bloom 所新編的也是新近所出版的有關普魯斯特的評論集。Bloom 是另一個並不引起我什麼好感的學者，主要源於他的《西方正典》這本書，他太過偏執於英文作家了，特別是美國作家，我真看不出有哪個美國作家有資格躋身在西方正典之林（他列舉了 Emily Dickinson 和 Whitman 等詩人，真叫莫名其妙）。他談卡夫卡很不知所云，但不能否認他談普魯斯特和吳爾芙女士卻談得真好。他有學問，有獨特見解，但品味卻大有問題，偏狹不說，而且還武斷得要命。這次還買了 Garcia Lorca 三齣劇本的最新英譯本，找時間好好讀一下。

今天是Lee的生日，發了一通簡訊給她，不知道收到沒有，只用英文寫了Happy Birthday兩個字而已，希望她不嫌棄，至少我還記住了她的生日。

二十一日（星期四）

十幾年前有一陣子十分著迷十九世紀末的法國印象主義畫派，同時也一起欣賞更早期的一些畫家的作品，記得當時特別著迷十七世紀荷蘭畫家 Vermeer 的畫作，還買了一本他的畫冊，這時才想起來，普魯斯特不是也極著迷這位畫家嗎？他在《追憶似水年華》的第一卷《去斯萬家那邊》一書中，透過對主角斯萬在藝術品味上的描寫（特別是音樂和繪畫），充分展現了他在藝術上的偏好，其中一個就是對Vermeer的瘋狂著迷。他描寫斯萬在迷戀奧黛特時，總是經常拿她和 Vermeer 筆下的女性意象互相比較，繼而更加迷戀這個女人，而事實上一起始他並不是真的那麼熱愛這個女人的，她根本不是他所鍾愛的那種類型，但 Vermeer 竟影響了他，這還真應驗了王爾德那句名言：「人生模仿藝術遠甚於藝術模仿人生。」

Vermeer 的畫有一種特殊風味，有一種説不出的特別神韻，他擅於描繪日常生活中簡樸女性的形影，捕捉某種稍縱即逝的剎那光輝，比如〈倒牛奶的廚娘〉或〈女主人與女僕〉。也許這恰好是令普魯斯特傾倒的地方，難道這反映了也見證了他筆下的斯萬在追逐奧黛特時所深刻體驗的：生活和愛情是一連串枯燥乏味的難堪折磨，只有某些剎那片刻才是真正令人感到振奮的？

二十二日（星期五）

回想那天去書林時，江宇民送我一本他們新近出版的翻譯新書《厭女現象》（*Misogyny; The Male Malady*），回來後約略讀了一下，覺得很有趣。misogyny 是一種討厭女人的思想，或者説討厭女人的病症（如果誇大直接一些，我稱之為「陰户恐懼症」），作者列出一張長長的作家名單，他們不停在作品中顯露憎惡女人的思想：史特林堡、史威夫特（《格列佛遊記》）、D·H·勞倫斯、詩人 Alexander Pope，甚至像海明威和莎士比亞也名列其中。他們莫名其妙擺出反女性態度，把女人看成是有害的自然力量，採取完全敵視女性的姿態，有時似乎和其精彩的作品內容並不相稱。對女人採取完全鄙視觀點的，我認為叔本華的〈論女人〉一文大可一讀，連女性朋友讀到這一篇文章都會覺得很娛樂。叔本華在這篇文章一開頭先引用與他同時代法國作家的一句話來稱讚女人：「如果沒有女人，在我們生命的起點將失去扶持的力量，中年失去歡樂，老年失去安慰。」然後他就不客氣指出：女人最適於擔任養育嬰兒和教育孩童的工作。為什麼呢？因為女人本身就像個小孩，既愚蠢又淺見……然後他又說（充滿惡意的偏見）：唯有理性被性慾所蒙蔽的男人，才會以「美麗的天使」這樣的名銜贈給那矮小、窄肩、肥臀、短腿的女人……不論是對於音樂、詩歌或是美術，她們都不會有真實的深刻感受……

二十三日（星期六）

叔本華另有一篇文章談閱讀很有見地：「我們讀書之前應謹記決不濫讀的原則，不濫讀有方法可循，就是不論何時，凡為大多數讀者所歡迎的書，切勿貿然買來讀。例如正享盛名，或者一年之中再版多次的書都是，不管這種書是屬於政治、宗教或是小說、詩歌。我們要知道，凡為愚者所寫作的人是常會大受歡迎的。因此，我們不如把寶貴時間用來讀名家所寫已有定評的傑作，只有這些書才是真正開卷有益的……」

現在的出版業大多喜歡出版流行的新書，以迎合低級的口味，事實正是如此，因為大多數的人都喜歡讀新出版的書，而無暇閱讀前賢的精彩作品，所以連作者也不得不只停滯在流行思想的小範圍中，我們的時代就這樣在自己所設的泥沼中越陷越深，無法掙脫，把閱讀的品味拉低到無以復加的地步，我們應多讀有定評的古典作品。

前陣子我們談到《達文西密碼》正是叔本華所說「正享盛名，一年之中再版多次，專為愚人所寫作的書」，這本書除了增加談話資料之外，實在一無可取。

晚上又拿出法譯本的卡夫卡日記閱讀，一九一三年七月中有一則這麼寫道：Je hais tout ce qui ne concerne pas la littérature……（我討厭那些不讀文學的人……），我並未像卡夫卡那麼文學至上，但至少不讀文學會是人生的一大遺憾。我最討厭聽到有人說：我是學理工的，我是學商的，我對文學沒興趣，那是學文的人的事情。多麼膚淺的評斷！

二十四日（星期日）

今天在報上讀到一則消息，陳水扁南下視察水災的災情，說了一句很莫名其妙的話：如果明年再淹水，你們都要摘烏紗帽！這真要教人感到啼笑皆非，為什麼要摘烏紗帽呢？我忍不住猜想，陳水扁心中一直錯以為他和他的屬下都在做大官，他的官最大，他給那些人官做，隨時可以把官要回來（如果你們不乖，或是老子心裡不爽）。這次陳水扁趁機會用這種口氣罵這些部下（當然罵給大家看，以示負責），只是沒想到竟暴露了他長久以來窩伏在潛意識裡頭的封建帝王心態。

叔本華的意志哲學中，談到人類性慾的觀念時，竟和弗洛依德的原慾（libido）觀念那麼驚人的吻合，他們一致認為性慾是人類生命力的泉源，也是文明動力的源頭。叔本華這樣說：「性的關係在人類世界扮演極重要任務，它帶著各式各樣面罩到處出現，是人類一切行為不可見的中心點……只因性慾是生存意志的核心，是一切慾望的焦點，因此我把生殖器官名之為『意志的焦點』。不單如此，甚至人類也是性慾的化身……性慾是求生意志最完全也是最明確的表現型態。」

榮格和弗洛依德意見相左的最關鍵點即在有關性的觀念上的差距。就我自己的立場而言，我擁護叔本華和弗洛依德的看法，性慾確然是人類生存的核心動力，這說明了許多人類的行為現象。

二十五日（星期一）

今天接到政大俄文系來函邀請參加明年五月他們要舉辦的俄國文學研討會，這次主題鎖定在二十世紀的俄國文學。這時我才警醒，我對二十世紀俄國文學的認識竟然那麼的貧乏，以至於想不出可以談哪個作家，巴斯特納克？索忍尼辛？蕭霍洛夫（《靜靜的頓河》）？不管談哪一位，幾乎都必須從頭開始。我想了想，也許可以鎖定索忍尼辛來談，記得二十幾年前第一次在歐洲大陸旅行時，隨身攜帶一本當時在倫敦買的索忍尼辛短篇小說集英譯本，讀到其中Matriona's House一篇時，甚感訝異，覺得索忍尼辛寫得真好，只可惜後來一直沒找機會好好讀他的長篇作品，比如《第一層地獄》或《古拉格群島》，現在看樣子機會來了。

二十六日（星期二）

報紙上有人說，這陣子媒體不勝其煩猛烈報導第一名模林志玲受傷的消息，雖然令人反感，但畢竟還是好事，因為大家可藉此機會少看到政治新聞和政客的醜陋嘴臉。我覺得這是自由而多元的時代，雖然媒體的作風有些好笑，但他們帶來許多娛樂，讓我們覺得活在一個熱鬧的世界之中，這有什麼不好呢？比如像《壹週刊》，就是一個很有手腕且很有道德勇氣的雜誌，除了充斥八卦新聞之外，它多的是由狗仔隊所主導的挖瘡疤動作，滿足一般人愛看人出醜的心理。此外，它也刊載很有水平的社論文章，我們為什麼要批評這樣的媒體無聊呢？

二十九日（星期五）

聯副宇文正小姐囑咐我下個月的城市專題是倫敦，我必須寫與這個城市有關的作家。我心想，與倫敦有關的作家可多了，而且我對倫敦又熟悉。以近代來講，首先想到的就是狄更斯，特別是狄更斯的小說背景大多離不開維多利亞時代的倫敦。《荒涼屋》（*Bleak House*）會是一部值得談的作品，小說一開始即描寫一場倫敦的大霧，髒亂的泰晤士河畔，然後以一場纏訟多年的遺產繼承官司拉開故事的序幕。一般論者都認為這是狄更斯所有作品中最好最成熟的作品，甚至有人認為這是十九世紀英國最偉大的文學傑作。

第二個作家是以寫福爾摩斯偵探系列而聞名於世的柯南・道爾，這套小說幾乎全以倫敦為背景，霧、馬車、泰晤士河……還有福爾摩斯所居住的貝克街，地址是貝克街二二一號B棟。記得一九七八年我第一次去倫敦時還特地搭地鐵去貝克街尋找這棟公寓，可惜找不到，想必當初柯南・道爾在創造這個故事地點時，街道是真的，住宅則是虛構的。說來好玩，我是真正的福爾摩斯迷，我搜集各種福爾摩斯的版本，每次去倫敦時總會去Charing Cross Road上的Murder One書店找不同版本的福爾摩斯。前陣子在台北書林書店買到一套新近出版的版本，不但有繪圖，而且還有註解，為這套書寫序的人還是鼎鼎大名的 John le Carré，書印得相當精美，是一套很值得收藏的福爾摩斯。我突然想到，多久沒再讀福爾摩斯了。心想，最近去中國大陸旅行，也許應該帶一兩本，坐長途火車時看。

第三位作家是吳爾芙女士，特別是她的《達洛威夫人》一書，這是一本完全以倫敦為背景的小說。很多人抱怨這本小說讀不下去，就像在抱怨讀普魯斯特一樣，他們都是意識流的寫法。吳爾芙利用兩百多頁篇幅只寫達洛威夫人一天之中的簡單生活過程，利用意識流手法，竟寫出了人的意識生活裡的折磨和喜悅。我想我最喜歡的吳爾芙的作品應該是*Orlando*這本書，既是傳記，又是小說，極精彩的後設小說。

第四位作家寫倫敦的，我想到T.S.艾略特的《荒原》這首艱澀的長詩，很奇怪最近二十年已經很少聽到有人提T.S.艾略特了，這怎麼回事呢？從一九二〇年代《荒原》一詩的出版以至一九六〇年代，他曾經那麼顯赫一時，現在竟然快被淡忘了。像《荒原》這樣顛覆傳統的作詩方法，使用那麼多典故，原作者都必須加上許多註解，真不知道讀這樣一首詩的樂趣在哪裡，讀喬伊斯的《尤利西斯》也面臨相同問題，讀來真是無比厭煩，詩和小說不是在表現文字遊戲啊！

三十一日（星期日）

後天要去中國大陸旅行，有很多時候可能要搭長途火車，要隨身帶什麼書好呢？帶一冊

《蒙田論文集》或是《伏爾泰英倫書簡》，那可能會太假了，旅行時讀哲學，騙得了別人，卻騙不了自己。帶一本小說好嗎？今天在 Page One，陳萬琴極力推薦我在旅行路上可以讀《帶珍珠耳環的少女》或史帝分・金的《四季奇譚》，我想了想覺得有道理，特別是前者，關於荷蘭畫家 Vermeer 的愛情故事，每次看到畫中的那位少女，心裡總想，有一個這樣的女兒應該會是挺不錯的。

晚上高大哥在他的飯店（君悅）請吃日本料理，我們也把朱炎老師夫婦一起請來，當然還有 Angie 夫婦，陳萬琴也來了。飯後大家到二十二樓的 VIP 室喝咖啡，大家隨意聊談，笑聲不斷。

陳萬琴今晚把她辦公室的按摩躺椅送我，臨走時她說：每當你躺在椅上按摩時，就想成是躺在我懷裡好了。

晚上半夜一個人去敦南誠品逛到凌晨三點半才驅車回台中，買了一堆書，有一本是 Vermeer 的畫冊，啊，好久沒買書了！

八月

一日（星期一）

晚上在研究室把〈作家的倫敦圖像〉寫完，我最後談到的是喬治・歐威爾的《一九八四》這本小說。歐威爾於死前不久所完成的《一九八四》一書，把未來的世界鎖定在一九八四這一年，故事背景是已經淪為共產極權統治的英國倫敦，這顯然是一篇有關未來世界裡人類尷尬痛苦處境的現代政治寓言，從今天眼光看，即使一九八四年已經過去，蘇聯的共產政權也早已瓦解，但這本小說的文學價值和尖銳的政治寓言隱喻卻從未過時。這本小說打破傳統小說的慣例，巧妙結合了科幻、諷刺、寫實主義或甚至parody，其真正力量主要來自作者對現實政治環境及社會意識型態的深入觀察和體認，那是史達林主義最囂張跋扈的時刻，歐威爾從熱烈擁抱社會主義到對共產極權主義的失望覺醒，寫下了《動物農莊》和《一九八四》，除了諷刺揶揄，自然多少也帶有警世作用。

相對於赫胥黎更早寫於一九三〇年代的《美麗新世界》一書，《一九八四》也一樣都是以反烏托邦觀點去刻劃未來的世界，人類自古以來嚮往烏托邦世界，共產主義就是企圖在追逐一個人人平等的烏托邦社會，一九一七年蘇維埃共黨革命成功後，托洛斯基曾說，他和列寧終於建立了一個人類有史以來第一個「符合人性的社會」，曾幾何時，這樣的社會終究還是由於違反人性而瓦解，如今看來，歐威爾寫《動物農莊》和《一九八四》，不但是個傑出作家，同時還是個政治先知。

二日（星期二，廣州）

在香港機場不知道已經過境多少次，今天才真正走入香港。不知何故，總是覺得對香港沒什麼好印象，特別是這個新機場，真正叫做大而無當。香港已經回歸中國有八年之久，但殖民地氣息仍然很重，機場的官員，甚至賣東西的店員，多少還擺著傲慢的姿態。

從香港坐巴士進入廣州必須經過兩個關卡，一個設在香港邊境稱之為皇崗口岸，再過去就是入境中國的深圳關卡了。我感覺到進入深圳之後，即使到處還是廣東話，卻有一種親切感，中國這些年改進許多，移民局官員大多年紀很輕，不但完全沒有官僚氣息，甚至還相當的親切，我認為這是一個國家的進步起點。

在香港出境大廳時，我走進特闢吸菸室抽菸，裡頭煙霧瀰漫，我看這些人真可憐，必須被趕進像毒氣室的小房間吸菸。我突然想喝杯可樂，口袋掏了老半天，就是少了一塊錢港幣，旁邊有三個國泰航空的空姐，一邊用廣東話在激烈聊天，一邊吞雲吐霧，我就用廣東話跟她們說：美女們，誰身上有一塊錢，施捨一下行嗎？三個美女一聽立即停止談話各自掏出一塊錢。我說：只要一塊就夠了，多謝。事後，我只覺整個場面很超現實。

第一次來到廣州，晚上住進流花路上的東方賓館。這家賓館真大，很像迷宮，而且這條路名之為流花路，名字真是別緻。

五日（星期五，廣州—上海火車上）

這是一列從廣州開往上海的快車，上午九點十四分準時開動，沿途將穿越湖南、江西和浙江三個省分，隔天中午十二點抵達上海，算算時間，我將要在火車上待上二十七個鐘頭，這會是一個漫長的旅程。

我把行李置放到軟臥的架上之後就逕自前去餐車吃早餐，一客早餐包含一杯牛奶、一個荷包蛋、兩片土司，賣價十五塊人民幣，我聽到旁邊有人輕聲說：這簡直在搶錢！我覺得還好，就草草吃了這趟早餐，後來我覺得很想喝一杯咖啡，就問女服務員，可不可以不要牛奶，換咖啡。她說：行，再加十元。她說著就把牛奶端走，我回頭看到她走到廚房門口時一口把那杯牛奶喝了。

就這樣，在火車往北飛奔中，我享受了一杯像洗碗水的咖啡。在北方的火車上根本無咖啡可喝，甚至在大城市的街上，比如瀋陽或哈爾濱，也很難得找到喝咖啡的地方，這次我出門就隨身帶了一袋雀巢的隨身杯咖啡，以備不時之需。如今火車上這杯咖啡雖然難喝，但畢竟還是聊勝於無了。

那天早上淩麗來廣州車站送我上火車，淩麗是重慶人，在廣州工作了好幾年，說得一口流利廣東話，罵人時特別悅耳動聽，她算不上漂亮，卻很性感，說廣東話時更顯得性感。前兩天我看她在路旁罵一個出租車司機，真叫我大開眼界，真是恰查某一個，但又覺她滿有個性的，這恰好表現在她的廣東話上面，我第一次感受到廣東話的悅耳動聽。

六日（星期六，南京）

火車奔跑了一個晚上，半夜在路上停了幾個站，我根本無心睡覺，每次一停站，我就好奇跳下車，在月台上走動一番，順便抽一根菸。有一次，火車停靠在江西境內一個叫做鷹潭的站時，我照例跳下月台走動，就在我四處觀望的當兒，火車突然動了，起先我以為火車在換車頭，沒加以理會，可是接著發現火車繼續往前加速滾動，這才感覺不對勁，趕快扔了香菸，追起火車來了，車廂女服務員一手拉著車把，另一手伸出來要拉我一把，我口中大叫：不要緊張，看我！說時遲那時快，我雙手抓住了把手，兩腳騰空飛甩，上了車啦！這時我聽到女服務員用廣東話罵道：丟他老母的嗨，火車要啟動也不響鈴，這違規的呀！

火車在黑夜中繼續飛奔著，我還是沒睡意，我把軟臥床舖讓給一對母子睡，他們昨天在廣州上車沒買到軟臥舖位的票，一直窩在餐車和大夥聊天，到了晚上，那七歲大小兒子想睡覺，又補不到舖位，我就說，去睡我的舖位吧，早上再把舖位還我睡。母親很感激，就說：如果每個人都像你那麼體貼和體諒人，中國一定有希望！是嗎？我心裡想著，但願如此，大家彼此互相關照，那是應該的，但求大家長進一些。

天亮時，火車抵達浙江的金華，我回到床舖睡覺，才睡不一會兒功夫，有人把我搖醒，那個小孩站在我床前，說：叔叔，我和媽媽要下車了。我一看，火車已到了上海的前一站嘉興，那對母子就在這裡下車，臨下車時，那位母親留了電話和地址給我，說：下次有機會來嘉興玩，一定來找我們。

在上海車站下車時，風雨交加，這才知道瑪莎颱風追到上海來了。

我冒著風雨在南京路一帶找旅館，後來一想既然上海有颱風，留在上海似乎沒什麼意思，何不直接繼續搭火車去南京呢？何況在南京有正事要辦，要去馬家街的江蘇出版社看我那本《電影的意義》一書出版了沒有，想著就叫了一部出租車回去上海車站，買了前往南京的車票，一路直奔南京。

從上海到南京車程才三個鐘頭，沿路經過蘇州、無錫、常州、鎮江等著名城市，以前讀太平天國歷史，後期名將李秀成幾乎是圍繞在這幾個城市艱苦奮戰，最後還是功虧一簣。每次讀到洪秀全楊秀清一干人打入南京之後這段歷史，總要扼腕嘆息，已經打下了半壁江山，簡直是士氣如虹，最後竟然還是失敗了，而且還被修理的很慘，道理在哪裡呢？像石達開和李秀成這樣優秀的人才最後都死於非命，為洪秀全賣命很不值得，但太平天國卻因為有這兩個人物而顯得特別壯烈。

八日（星期一，南京—北京火車上）

這是晚上九點〇六分從南京開往北京的直達特快車，一路不停，途經安徽和山東兩省，隔天一早七點抵達北京。這是中國大陸目前最高級的列車，夕發朝至，只行駛於幾個大城市和北京之間，四月初已經坐過一次從哈爾濱到北京，對這個系列的火車印象非常良好，只能用乾淨舒適四個字來形容，不但速度快，而且服務又好。

火車在黑暗中飛快奔跑著，我來到餐車點了一杯咖啡喝，回想這兩天在南京的經過。來大陸之前，有一次林中明說：為什麼要去南京呢？沒錯，那裡是六朝古都，不但古色古香，同時又山水秀麗，但是，殺氣太重。首先是明初的靖難之變，然後是太平天國時代的兩次大屠殺，一次楊秀清和韋昌輝內訌，另一次是曾國藩攻陷南京屠殺，最後日本人的南京大屠殺。

那天在薄暮中走出南京車站，前面就是著名的玄武湖，但感覺卻是一片荒蕪。我完全看不出有什麼大都會的格局，而且，共產黨的氣息仍很重，你會感覺來到了一個共產黨統治的國家，這在今天中國其他城市早已感覺不到了。今晚在火車軟臥車廂內，一對來自深圳的夫妻，帶著女兒第一次往北方遊玩，他們也一致同意，南京讓他們感到很失望，像個破落的城市，根本看不出欣欣向榮的樣子，也看不出曾經有過什麼輝煌騰達的面貌。

真沒想到瑪莎颱風竟然一路從上海追到南京來，昨天南京下了一整天的雨，只能躲在旅館裡，奇怪，想看書也看不下去，看電視又沒興趣，直到傍晚時雨停了，就出去附近遛達順便吃晚飯。到處泥濘不堪，髒兮兮的，我隨意找了路旁一家小館子吃晚餐，兩菜一湯，才十幾塊人民幣，真是便宜，這大概是這回到大陸以來吃得最簡陋的一餐了。

今天下午去馬家街江蘇教育出版社，一到了那裡，我在樓下門口張望了一會兒，一個穿制服的警衛走出來，問：有事嗎？我說我來找總編輯，他上下打量我一番，叫我等一下，他隨即回到櫃檯打電話。我心裡想，感覺真像來到了衙門，這令我想起四十年前台灣的公家機構，正是這副德性。

出版社的辦公室很大，卻只看到兩個人在辦公，一男一女，我真想問其他人都跑哪兒去了。女的弄清楚我的來意之後，告訴我說負責出版我那本《電影的意義》的人此刻正在北京的出版社分部，她就代我約了明天下午在北京見面，我問她書出版了沒有，她根本搞不清楚，一副無辜模樣。

火車在黑暗中繼續飛奔著，外面一片黑暗，中途沒停靠，所以弄不清楚火車到底在什麼位置上，夜裡下起了雨，雨點打在車窗玻璃上。

九日（星期二，北京）

早上天才剛亮，火車抵達了北京，外面正下著大雨。據說那是颱風外圍環流的影響，我心裡一怔，瑪莎颱風竟然追到北京來了。

車站外頭一片人潮，我花十元人民幣隨手買了一把雨傘，雨落個不停。依上回經驗，在火車站前面是絕對叫不到出租車的，我就隨便搭上一部公車，到達離車站一小段距離下車，然後在路旁隨手一招就搭到一部出租車了。我覺得在火車上和大城市的火車站裡外最能感受到大陸的人口壓力，特別是火車站，經常是黑壓壓一片人潮，心裡忍不住會想，這些人都是從哪裡來的？永遠那麼多人！

上回四月裡住過故宮紫禁城後面沙灘後街的「沙灘賓館」，印象非常良好，這回內心打定主意再度住這裡。結果他們說客房都滿了，要等到中午，我看時辰尚早，才七點多，就把行李寄放在旅館櫃檯，然後搭出租車去秀水街遊逛去了。

中午小睡一下，起來後前往西直門的江蘇教育出版社，接見我的人是席雲舒先生，他第一句話是：你來得真巧，你的書《電影的意義》昨天剛出爐，你看，書還滾燙的！說著，他遞了一本給我。

這是一個看來聰明謙遜的年輕人。

十一日（星期四，北京—西安火車上）

下午去美術館東街的三聯書店編輯部，進門之後我就近問一位女孩：我要找一位文靜小姐。女孩說：為什麼找她？本人就是。

大約兩年前，文靜小姐和我在信中和電話中曾經互相接觸過，她當時為三聯書店編輯一本與電影有關的書，書名叫《樓上樓下》（為什麼要取這樣的書名，我一直不理解），希望我為他們寫一篇，記得我當時寄了三篇讓她挑選，她選上〈時時刻刻〉那篇，她說這篇寫得好。我一直以為她是個和我同一代的人（從電話聲音和寫字的字跡判斷），結果她說她才剛從清華畢業三年，而且專業還是理工科（自動控制工程系），我說怎會選上當編輯，她說：愛好文學嘛！這是一個相貌看來很聰明的女孩。後來我在樓下三聯書店門市買了一些書，她答應幫我郵寄過來。

從三聯書店出來後，我信步前往王府井大街遊逛。這是北京最熱鬧的地方，我在一家西藏禮品店買了一個木雕面具，然後在附近一家烤鴨店吃了半隻北京烤鴨，就準備搭夜車啟程前往西安了。

記得一九九〇年第一次來北京時，那時共產黨的氣息還很重，甚至吃飯還要用糧票，如今不一樣了，變了，北京已經改頭換面了。

十二日（星期五，西安）

西安像個火爐，根據電視上的氣象報告，今天的氣温已經很接近攝氏四十度了，天呀，這輩子尚未經歷過這般火熱的天氣，我懷疑我是否中暑了，頭昏昏然的。我站在鐘鼓樓一帶大路旁的屋簷下，看著馬路上來往的車輛和行人，身上汗冒個不停。

我包了一輛出租車前去郊外看兵馬俑的遺址，大熱天，竟然遊客如織，外國人很多。以前心裡常想，我最想旅遊的大陸城市就是西安，這裡除了是千年古都之外，還潛藏著一股說不出來的魅力（對了，我發現西安的年輕女孩大多很漂亮，醜的都跑哪裡去了呢？）

在抵達兵馬俑入口時，一位細瘦高脁的女導遊過來要充當解說員，兩個鐘頭三十元人民幣，我一口答應了。我們在一號館和二號館的人群中穿梭著，全身不停冒汗，我不停喝礦泉水，我說，真熱呀！女解說員說：來，不要怕熱，咱們繼續往前走，你看，這個武將的臉孔像誰？我說：魯迅。她說：你真不簡單，竟看出了這個兵馬俑像魯迅！

西安是一個很容易引發人思古之幽情的地方，前不久讀過賴瑞和先生的《杜甫的五城》一書（這本有關旅遊中國的書寫得真好），書中提到來西安的經驗，他跟賣火車票的人說：我要到長安。對方說：是西安，我們現在不是唐朝，早不叫長安了。他說，在往後的幾天，他總還是把西安說成長安。

看到西安大街上美麗的年輕女孩不禁想到杜甫詩中的形容：「三月三日天氣新，長安水邊多麗人」，但是另一句「肌理細膩骨肉勻」恐怕會更能貼切形容今天西安的麗人了：皮膚細白、骨架均勻，而且，臉上五官的輪廓細膩分明。

遊完兵馬俑之後，時辰尚早，出租車師傅就建議我順道去看看驪山的華清池——以前楊貴妃洗澡的地方，還有近代西安事變蔣介石落難的場所，當然，還有秦始皇的墳墓，不過目前尚未挖開，沒什麼看頭。

十四日（星期日，西安－岳陽火車上）

這是一列由西安開往廣西南寧的長途列車，晚上八點四十八分準時開動。昨天下午兩位年輕長安麗人自願當導遊陪我遊逛西安郊區的碑林，又是熱不可擋的火爐天氣，熱得人頭昏腦脹。我在碑林買了兩個藏書刻章，一個自己用，另一個打算回來後送給 Angie，此外也買了幾幅生肖水墨畫。

昨晚請那兩位小麗人在一家廣東館子吃大餐，然後她們高高興興陪我去火車站送我上車。早先在廣州時就和凌麗約好八月中一起遊長江三峽，當時我無意中提起長江三峽水壩築好後再也不能去那裡遊玩了，她說，她家就住三峽的萬州（萬縣），還是可以去玩的。她已經一年多沒回家了，想最近回去一趟，當下一拍即合，決定由她當嚮導，一起搭船遊三峽。

凌麗由廣州北上，我由西安南下，我們約好在湖南的岳陽碰頭，然後再取道湖北宜昌搭船逆流而上，經三峽到萬州她家玩兩天，這個主意真是精彩極了。因為我遊完三峽之後可以順便一遊四川成都和重慶，再取道廣州回家。

這列火車的乘客真多，從西安到岳陽十八個鐘頭車程，我翻閱一下地圖，發現火車並不是直線往下，而是往右繞道河南，到了鄭州之後九十度轉彎往下直走，經武漢之後才到岳陽。

火車在夜裡飛快奔馳著，這次沒買到臥舖車票，只好在硬座上乖乖捱上十八個小時，真正嘗到了擠車的滋味，也感受到眾多人口的壓力。車過鄭州往下直奔時，由於是夜晚，並未感受到賴瑞和在《杜甫的五城》裡所說河南大平原所帶給他的那種「遙遠」感覺。在車上認識兩個從洛陽上車的年輕人，我們在車廂門旁抽菸時親切聊談了起來，他們建議我有機會應該去古城洛陽玩一趟（那不正是「洛陽紙貴」的地方嗎？），我很欣賞這兩個年輕人的言談舉止，是比利時著名漢學家 Simon Leys 所說的最善良安分中國人的典型。Simon Leys 一輩子研究漢學，也長時間住過中國，娶了中國老婆，曾對中共嚴苛批評，他說過，全世界人種中，最善良的是中國人，最惡劣的也是中國人，這話說得真有意思，充滿了玄機。

這兩個年輕人在駐馬店（好別緻的地名）下車，我還跳下月台和他們說再見，直望著他們的身影消失為止。火車在中午時分經過武漢，跨過著名的長江上的長江大橋後，岳陽已經不遠了。

在岳陽火車站見到凌麗時，她第一句話就是：丟他的老姆的嗨，昨晚那趟車坐得真是累死人了，你咁好嗎？

晚上和凌麗吃了一頓口味絕佳的湖南菜，包括一條鮮味無比的洞庭湖黃古魚。

十六日（星期二，長江三峽船上）

回想昨天和凌麗去洞庭湖畔的岳陽樓，我發現岳陽是一個很空洞而且也很破爛的城市，天氣熱，許多男人都赤裸上半身在街上行走，真不雅觀到極點，街上的出租車一部比一部破爛，整個景觀和南京有些相像，是個不繁榮的老城。

岳陽樓矗立在洞庭湖畔，真是單調得可以，實在看不出有什麼迷人之處。記得高中時代讀范仲淹〈岳陽樓記〉，驚為奇文，從此對岳陽樓就無比嚮往，直到今天真正身臨其境，竟覺不過爾爾。

我和凌麗對岳陽樓感到失望，想趕緊脫離岳陽，我們搭昨晚十一點二十三分的夜車前往宜昌。我看一下時刻表，這列火車從廣州開來，從岳陽到宜昌車程要十二個小時。火車上擠滿了人，我們上車很匆忙，根本買不到臥舖位。上車之後，我們先到餐車點東西吃，然後我去找列車長，希望能補到臥舖位，即使硬臥也好。列車長問：您是哪個單位的？我說：中央。他露出驚異神色：北京中南海？我說：不，台灣中央。這時他的眼睛睜大了：陳水扁？我說：才不！他又問：宋楚瑜？我說：不，台灣中部。他說：我知道了，胡志強！我說：您對台灣政壇挺熟悉的。他說：知彼知己，百戰百勝，您先回餐車，等會兒我把臥舖票給您送過去，兩張是嗎？

火車在中午時分徐徐進入宜昌車站，我們在附近餐館飽餐一頓，然後搭兩點半客輪啟程。大型客輪緩緩啟動，離開了碼頭，我竟感到有些興奮，因為我終於了卻一樁長久的心願：遊長江三峽！我說：長江的水怎麼是黃褐色的呢？凌麗說：怎麼，要不然你以為應該是什麼顏色？是綠色？還是黑色？我是喝長江水長大的呀！

長江上面的輪船分兩種，一種是遊輪，專門乘載外來遊客，從宜昌到重慶三天三夜。另一種是客輪，專門乘載當地外出的乘客。因為我們只到萬州，一天一夜，所以商議結果，決定搭乘客輪，買票時，凌麗說買二等艙就可以，一張票兩百五十元人民幣，後來賣票的人說再加一百元即可住頭等艙，我想了想，就這麼辦了，凌麗說：浪費金錢！

旅遊手冊上這樣寫道：長江三峽是長江中最為壯麗雄偉的一段大峽谷，西起重慶奉節縣的白帝城，東至湖北宜昌市，由瞿塘峽、巫峽和西陵峽組成，全長一九三公里。三峽水壩工程完成後，老三峽神韻不減，新三峽風光無限。

船經過葛州壩之後，一路緩緩逆水前進，凌麗開始吟誦李白的詩句：朝辭白帝彩雲間，千里江陵一日還，兩岸猿聲啼不住，輕舟已過萬重山。

真找不到更貼切的文字來形容三峽的險峻了。以前讀林語堂先生寫的《蘇東坡傳》，書中有一段描寫蘇家父子三人（蘇洵、蘇軾、蘇轍）從四川西邊老家要前往河南的開封京城赴任當官，一共走了四個月才到，其中有一段水路即是走長江三峽，林語堂先生花費許多筆墨描寫長江三峽這段旅程，原來在古代（至少蘇東坡那個時代），坐船經過三峽是一段生死攸關的危險行程，大家往往在入峽前要焚香拜神，等出峽後再一次拜謝神明。

晚上八點多船抵達新近剛落成的長江三峽大壩，一共有五個閘門，一次四艘船，一層一層往上浮，這個過程至少耗去三個鐘頭以上，我趴在窗口觀看這個過程，後來就跑到船頂上去眺望，這真是一個奇妙而壯觀的過程，等船離開大壩之後，在一片黑暗中繼續航行，回頭看時，大壩一片燈火，壯觀至極，然後漸去漸遠。

回到艙房後，凌麗問我去了哪裡，我說我去衛生房大便，我把窗打開，一邊大便一邊和對面船上的人揮手打招呼。凌麗問：他們有看到你在那個嗎？我是說光著屁股……？我說：一清二楚，什麼都看到了，我終於有幸能在長江大壩上留下珍貴紀念品。

凌麗說她是喝長江水長大的，她說：你注意到沒有，長江沿岸的女孩皮膚特別光滑細嫩，那都是喝長江水的結果。

可是，我想到長江上運載著許多糞便哩。

有人說，到中國旅遊，沒來長江三峽一遊，等於沒來，誠哉斯言！

十七日（星期三，萬州）

船在下午四點半左右徐徐靠向萬州的碼頭，昨晚睡得遲，今天中午醒來時船正在破浪前進，我把窗打開，涼風不斷吹進來，這時張教官從台灣打電話，問我旅遊到哪裡了，我說：我正在長江上的船上的床上。他說：啊，床上，一個人？我說：你說呢？這時凌麗正躺在對面床上看電視，我的確是一個人躺在我自己的床上，所以我接著說：當然一個人，對面床上也躺著一個人，女人，但我們很清白。的確，我說的是事實。

萬州真是個漂亮乾淨的小城市，街上的出租車也很新，路上的行人也都穿著很乾淨整齊，整個街道景觀和岳陽相比，真是不可同日而語。

晚上我請凌麗的父母在一家廣東餐館吃晚飯，據凌麗說，她的父母和我同年紀，可是不知何故，他們讓我感覺竟像長輩一般，他們可能會認為我是凌麗的男朋友。凌麗今年二十七歲，我的年紀剛好她的兩倍，和她的父母同年紀呀！事後她的父親跟她說：嗯，這個年輕人很老實穩重，幾歲了？嗯，我猜他大概在三十五、六歲上下吧？凌麗說：猜得真準！

凌麗知道我的年紀，她隱瞞得很好。「這個年輕人很老實穩重」，這不正是在下嗎？

晚上投宿在國營的「太白賓館」，才索價一五〇元人民幣，房間在十六樓，可以遠眺整個萬州市和長江。

十八日（星期四，萬州）

晚上凌麗的父母回請我到他們家吃飯，下午凌麗陪我到萬州街上的一家百貨公司買送給她父母的禮物。我買了一個手提包送她媽媽，至於她父親，凌麗說就送我在北京秀水街買的仿冒名錶。我說：這恐怕不妥吧？凌麗說：無妨，何況這種錶看起來又那麼的美觀大方。

凌麗的父母家住在郊區一個斜坡上的社區，客廳收拾得很乾淨，她母親準備了一桌的麻辣火鍋，辣得真是過癮到極點。

飯後我們在社區裡散步，許多人在路旁自家門口納涼，手上拿著扇子，一邊搖著扇子，一邊聊天，這是一幅多麼熟悉的景觀啊！四十年前在台灣中部鄉下的生活，我讀初中的時候，不正是這個樣子嗎？這勾起了我對童年的記憶，也勾起了對過往寧靜生活的鄉愁，我心裡在想，萬州有點像是一個與世無爭的江邊山城，也可能是最適合終老的地方。我跟凌麗說，也許以後退休了，來這裡住。

我們來到一處空曠地方，在路燈照耀下，許多男女老幼在這裡跳舞，整個氣氛是那麼悠閒，那麼的祥和，似乎有些世外桃源的感覺。

晚上，我不斷在反省，我們的生活有比他們優越嗎？有比他們快樂嗎？我只知道我們在文明社會裡的生活一直都是不愜意的。

十九日（星期五，萬州—成都火車上）

這是一列從萬州開往成都的特快火車，晚上七點四十五分準時啟動。萬州原來只有長江水路的交通，並沒有火車通達。據說通往成都的這條火車路三年前才開通的，往昔要去成都必須走長江水路或陸路繞道重慶過去。我看一下時刻表，這趟車程要走十二個鐘頭。

凌麗帶著她的小姪女到火車站來為我送行，下午我去旅館旁的旅行社買萬州到成都的軟卧火車票，竟很順利買到了，可是從重慶到廣州的火車票竟無法買到，櫃檯小姐說：從重慶到廣州車錢七百元人民幣，車程三十個鐘頭，多累人，為什麼不坐飛機呢？一個半鐘頭，票價九百元。我說：我不敢坐貴國的國內線飛機，不可靠。小姐說：誰說不可靠？告訴我誰說的？我們現在進步很多了，試試看吧，不會要你的命的。凌麗在一旁說：怕死就什麼事都不能做了。那位小姐接著又說：何況，現在又沒有火車票，看來你只有這條路可走了。我掙扎了很久，最後只好硬著頭皮買下一張後天晚上七點四十五分從重慶到廣州的機票，臨走時凌麗說：萬一出事了，我會為你收屍，然後把賠償金親手交給你女兒。

火車在夜裡往成都方向飛奔著，軟臥舖幾乎沒什麼人，和我同房的是個年約四十歲的父親和他讀小學四年級的兒子，我們無事可做，就到車廂門口去抽菸聊天，這位父親說他是鐵路工程師，我們現在正在奔跑的這條鐵路就是他築的。由於大部分時間都是在夜裡行車，車窗外一片漆黑，沒機會看到著名的成都平原，每當車一停靠車站，我就好奇跳下月台，四處張望一番，等車快開動時，車廂服務小姐就會對著我大叫：快上，快上，車要啟動了。半夜裡外頭下起了大雨，雨點不斷撲打在車窗上，外頭依然一片漆黑。

我又回想起前天晚飯後和凌麗在她家附近散步的情形，多麼悠閒的夏夜景觀啊！同時也是令人嚮往的生活面貌啊！也許我看到的只是外觀而已。誰敢說那樣的生活沒有煩人的問題呢？我只是覺得那是另一個我們曾經失落的迷人的生活風貌，和我童年的記憶緊緊連結在一起。

我踏遍中國大江南北，感覺是那麼親切，又是那麼的遙遠。

二十日（星期六，成都）

火車早上六點多抵達成都，外頭正下著毛毛細雨，我搭上一輛出租車，一上車我就說：師傅，帶我找家旅館投宿吧，價位在三〇〇元左右。我坐在出租車內，觀賞著成都街道上早晨風光。成都給人第一眼的感覺很好，寬廣的街道，自行車和三輪車來往穿梭著，很靜謐祥和的感覺。

我投宿在「成都人口賓館」，好怪異的名字，一進入房間之後，由於昨晚在火車上沒睡好，倒頭就睡，一覺醒來已經是中午。附近有一條大街，我去遊逛了一會兒，就近在一家類似大塊牛排的餐廳用餐，裡頭擠滿了人，我叫了一客牛排，等了一會兒不見送來，我想抽根香菸，就問一位女服務員可不可以抽菸，她說：用不著問的，想抽就抽吧！餐廳裡人那麼多，抽起菸來總覺心裡不安，但心裡想，大陸畢竟較開化吧，較能容忍異端。

吃飽中飯後，在餐廳門口叫了一輛三輪車，我一上車，就說：師傅，載我四處逛逛吧。車夫說：到天府廣場？我說：行！我喜歡坐三輪車遊逛，回想讀大學時，台灣的小鄉鎮還有三輪車，每次一回到員林，約女朋友出來玩，就一起坐三輪車去看電影，晚上再坐三輪車送她回家。一九九〇年第一次到北京時，到處還看得到三輪車，也坐了好幾回，這次來就少見了，還有一些，但已經不多了。

我坐著三輪車一路來到天府廣場，車夫說：看到沒有？那就是毛主席銅像，要不要拍張照片留念？我說：好主意，幫我拍一張吧。我心裡想，這尊大銅像還能矗立多久呢？也許過不了多久，時代再進步一些，這個銅像恐怕就會被拆除了，但我今天畢竟和毛主席一起合拍過照片了。

逛了一會兒天府廣場之後，決定去都江堰看看，這才是我此次來成都的真正目的哩。我搭上一輛野雞小巴士一路前往都江堰，旁邊坐著一個胖子，自稱是人民日報通訊員，我們一路聊了起來，下車之後一起遊都江堰的水利工程風景區。

真無法想像這是兩千多年前的水利工程，這裡的風景真正叫做風光明媚，十分宜人，我們走過吊橋，再坐電車去看李冰父子所築的水壩，景觀壯闊無比，四周圍的風景又是美麗迷人，感覺非常舒服。

傍晚時我和胖子包了一輛出租車從都江堰回去成都，胖子一路在責備司機的四川口音太重，這是個年輕帥小子，老是說著四川話，胖子說：你們這裡每天做外來遊客生意，為什麼不把普通話學好呢？帥哥說：哎呀，從小講慣了嘛，一時改不過來，請多多包涵呀！

我忍不住在想，在共產黨時代，也就是一九四九到一九九〇年之間，這裡的人到底是怎樣在生活的呢？我實在無法想像，我問胖子，他曾經當過紅衛兵，他說，他也想不起來了。

二十一日（星期日，成都—重慶—廣州）

早上起了個大早，叫了一部出租車前往長途巴士旅運站，搭十點二十分的巴士前往重慶，走高速公路車程三個半鐘頭。全車差不多坐滿了，我旁邊坐了一位看似從鄉下來的年輕人，有點內向的樣子。中午時分車子抵達中途休息站，讓大家下來吃午飯，我買了四根玉米充當中餐，然後又上車繼續趕路。車子啟動不久後有人抱怨車上廁所太髒不能用，服務小姐在前頭說：大家要這麼弄，我有什麼辦法呢？開車前我可已經打點過了呀！這時後頭有人說：真不敬業！這時小姐有點火了：什麼敬業不敬業的？我可不是婢女呀！你要是不滿意，儘管去投訴好了！

這時我旁邊的年輕人竟突然開始嘔吐，我連忙遞一個塑膠袋給他，後來看看光景好像不夠，我連忙去前頭向服務小姐又要了兩個塑膠袋，這才止住了年輕人的嘔吐，後來他就閉起眼睛睡著了。等車子抵達重慶後，大家魚貫下車，那位年輕人在我後頭叫住了我：這位大哥請留步，這裡有一袋桃子，自家種的，挺甜的，請不要嫌棄。我看了一下，一手接過來說：太客氣了，剛好我愛吃桃子。

我望著這位年輕人的背影消失在人群裡，我只記得他在車上靜靜嘔吐的樣子，一點都不顯出狼狽，生怕被旁人嫌惡，但是，為什麼要嫌惡呢？人總是有困難難過的時候呀！

成都的街上有許多自行車，在重慶則半輛都見不到，因為這裡到處是斜坡，而且道路也大多很狹隘，真的是一個造型奇特的山城，依著長江的城市差不多都是山城，萬州即是，重慶在格局上要龐大許多，街景也熱鬧繁華得多，特別是解放碑廣場那一帶，高樓大廈櫛比鱗次，車水馬龍。車子行經一大橋時，我問駕車師傅：底下是長江嗎？他說：不，是嘉峻江。啊，嘉峻江和長江在這裡會合。

晚上從重慶的江北機場坐四川航空的飛機起飛，我回頭眺望這個精緻美麗的機場，漸去漸遠。這真是一個美輪美奐的機場，既新穎又舒適，是一個少見的漂亮機場。九點多，飛機安全降落在廣州新白雲機場，然後坐大巴士前往市區，又住進流花路上的「東方賓館」，至此總算鬆了一口氣。

三十日（星期二）

真令人感到訝異，國家律師考試竟然引用陳水扁講的話當做作文考題：「律師考試與國家性格」，怎麼會有人拍馬屁到這種地步！（真難為了考試院長姚文嘉和典試長張正修了）

這彷彿是五、六〇年代威權專制時代幽靈的再現，準備要把這群律師考生當奴才了！國民黨兩蔣時代誠然培養了許多奴才，今天的民進黨又何嘗不是，而且還青出於藍！聯合報上的社論這麼說：「真是悲哀呀！社會大眾無不期許這群優秀青年未來出任律師時，能挺身保障人權，勇於對抗威權，如今卻在第一道門檻，就得跟當權者低頭（按照他們設定的框框說話），獨裁領導的最高境界，實莫過於如此的不露痕跡。」說得真是淋漓痛快。

從一開始，老覺得這個由陳水扁所領導的民進黨政府很不對勁，這是一個傲慢無能的執政團隊，像一群童子軍，真看不出這當中有什麼特別了不起的人材。我覺得陳水扁是個自戀很深的誇大狂，卻察覺不出自己能力的平庸，總之，這是一個極令人討厭的政客，看那副說話時的傲慢臭屁模樣，總覺得人應該謙虛些才是。

三十一日（星期三）

最近又把托多洛夫的《失去家園的人》稍事瀏覽一番，我並不覺這本書有何了不起，不過書中有些觀點倒是值得玩味，特別是其中對當代法國知識分子的批評最為貼切中肯，我認為這是作者寫得最好的部分。在他眼中看來，法國向來存在著兩種互相對立的知識分子，一種是頭腦清醒的思想家，另一種則是「希望製造商」，沙特即是這第二種的典型代表（我認為還有文學家紀德、亞拉岡及馬侯等人也是），這些人的最大問題是，腦中總存有烏托邦幻想，然後要求別人也要跟他們一樣，問題是，當共產主義不發生在你身邊時，要去搖旗吶喊和起鬨是很容易的，知識分子大多缺乏現實感，他們喜歡迷戀沒有經過驗證的漂亮理論，可惜沙特沒機會活到一九九〇年代，要不然看到共產世界瓦解時，心裡不知道會作何感想。

托多洛夫因此在書中提到這樣的質問：西方國家在兩百年前已開始走向民主道路，然而知識分子卻仍將選票投向殘暴的極權制度，為什麼呢？這是傳統，自柏拉圖以來，西方知識分子總是不自覺支持貴族式專制政治，卻不同情民主，這是現實主義作風。另一方面，知識分子輕易迷戀理論，在政治上總會傾向烏托邦思想，這是浪漫主義作風。他們常會被某些理論之美矇住眼睛而看不清現實，以致經常導向悲劇，前蘇聯和東歐都是現成例子，二十世紀的中國難道不也是嗎？

托多洛夫的筆調再清晰不過，他批判沙特的浪漫和不夠清醒，可說言簡意賅，中肯至極。至於文化方面，他則批評道：這是個文盲主義高漲的年代，因為讀書的傳統漸被丟棄。閱讀偉大的文學，是文化救贖的不二法門：「透過接觸文學，平庸的生活才得以補償和改變。」讀文學絕不是逃避生活，反而是把握生活秩序和瞻望未來美好生活的最佳管道，因為文學中的「虛構」最能冷靜反映真正的現實，然後帶給人生活上不如意的最大撫慰，這是一種無可取代的生存智慧，偉大的文學向來不正是如此嗎？

九月

9月分：中秋節

一日（星期四）

有一件事我一直覺得很感動，前些天為了搜集升等用的個人資料，譬如發表過那些文章、參加過那些學術研討會發表了什麼論文，我竟沒自己保留下來，一方面是疏懶，另一方面則是因為我自己認為沒什麼。結果，Angie 說過去三年來她都幫我注意而剪下收藏了下來，當她遞給我一疊剪報時，我心裡真是感動到了極點。我覺得她就像我姊姊一般，對我照顧無微不至，我在電話中告訴高大哥這件事情，他說：這是人生中難得的緣分，她就是會特別看重你、關心你，你看，你發表了文章，出版了書，她會引以為榮，在同行之間，像她那樣心胸寬大的人真是少見。

最近林中明拿給我兩本有關太平天國的書，《人禍》和《斷裂》，因為他知道我對太平天國的事蹟極感興趣。

我一口氣把這兩本書讀完，深深被吸引住，故事從洪秀全定都南京寫起，直到石達開帶領三十萬大軍出走四川，在大渡河被誘捕為止。這是一段沉淪墮落而可歌可泣的故事，林中明說，你看，從廣西打到南京，一路所向無敵，可見這時的滿清王朝多麼脆弱，為什麼到了南京之後，會起這麼大的變化，直到完全被消滅呢？這段歷史很值得玩味。

我覺得這不單是內訌的問題，固然內訌讓其元氣大傷，但其致命傷是缺乏正規的文官系統，只有武將而沒有真正的文才，而且其中心思想又大大違反中國倫常，譬如詆譭儒家思想，崇尚半調子的基督教義，不准人民膜拜祖宗，而自己又一派迷信。

太平天國最初能勢如破竹，這跟滿清王朝的腐敗有關，可惜洪秀全、楊秀清這批人成不了氣候，一到了南京就喪失了志氣，更糟的是竟淪於爭權內鬥而互相砍殺，這徒然成為笑柄。

太平天國不是沒有人才，至少曾國藩就很怕石達開和李秀成這兩個人物，只可惜要成就帝國大業光靠兩個人還是成不了氣候。

我和林中明談到一件事情：如果當年太平天國的革命成功，打進北京，取代了滿清政權，情況不知道會怎樣。

我們一致認為情況會很慘，那將會是中國人歷史上的至大浩劫。太平天國之亂是一場殺人如麻的殘酷戰爭，走的是恐怖主義和野蠻主義的鬥爭風格，在那之前中國歷史上多的是連綿不斷的戰亂，但從未有一個叛亂集團像太平天國那麼野蠻殘酷的，這個革命行動從一開始就註定要失敗了。

二日（星期五）

Annie從紐西蘭回來，帶給我幾份她在那裡辦的華語雜誌，其中刊登了上回在「非觀點」

上課時的講課內容，有關一部紐西蘭影片，即 Jane Cameion 的《鋼琴師和她的情人》，我認為這部影片拍得很好，我說，首先這是一部有關溝通（communication）的電影，其中所設定的溝通層面有兩個，一個是語言的溝通，另一個是感情的溝通。片中為語言溝通所設定的基礎是口語和文字，而感情溝通的基礎則是音樂，在片中那架鋼琴則形成為影片的重要「中心主題」（leitmotif），整部影片故事的推展以及人際關係的演變，全都藉由這個中心主題的存在而產生豐富的意義。

當啞巴的女主角艾妲無法用口語和外界溝通時，她只能使用手語或透過文字書寫來表達意思，但她認為說話溝通並不重要，因為人際溝通的語言大多是廢話連篇，她因此特別要求心靈方面的溝通互動，她的媒介是音樂。當她從英國遠道嫁來紐西蘭時，她完全失望了，因為她的丈夫竟然把她經過千辛萬苦隨身攜帶的鋼琴當做物品去和當地土著交換一塊他心中所想要的土地，她的新任丈夫顯然並不理解也不重視她的心靈世界，這時候，那塊土地的主人毛利人班斯竟只要求上「鋼琴課」來交換那塊土地。他是真正了解艾妲的人，他雖然不認識字，也完全沒有文化教養，但卻是個感情細膩而頗能理解女人的人，這時候藉由「鋼琴課」他和艾妲之間真正展開了心靈上的細密溝通，而產生濃烈的愛情互動。

「鋼琴課」是全片的溝通核心所在，從另一個角度看，這也是一個精神分析的治療過程，其治療媒介就是音樂，班斯和艾妲藉著對音樂的共同強烈感受，而互相開啟了各自封閉壓抑的心靈，班斯向艾妲證明在這個世界上能夠理解她並真心愛她的男人是存在的。我們常說精神分析的至大功能乃在於解開一個人的生命盲點，同時由此化解心靈上的桎梏，艾妲的心靈桎梏主要來自她的失語和父權對她的無理壓抑，如今透過「音樂課」中音樂和愛的薰陶，她的禁錮內在世界終於解套了，她因而獲得了新生。在班斯而言，他的新生和救贖則是來自他對艾妲的體諒及愛的付出，而他的姿態是成熟而理性的，他說：「我愛你，可是如果你對我沒感覺，那麼就請你離開，永遠不要再回來。」電影最後，艾妲在他的細心呵護之下，變成一個尋找到自我而完全沉浸在甜蜜愛情中的嬌順女人，她說：「我很滿足。」

這部電影的優點很多，充滿隱喻的豐富內涵，還有導演在攝影意象上的細膩展現，我們看影片開始時海邊印象主義式的畫面鋪陳，上鋼琴課時班斯那些充滿性感的挑逗動作和充滿野性的眼神，都捕捉得極為傳神，當然，在影像風格上而言，導演最傳神的地方還是在於對紐西蘭蠻荒風味的細膩捕捉，文明和野蠻的對立，言語和沉默的互動，以及艾妲那獨特不群的琴音，珍康萍把世人所不熟悉的紐西蘭面貌完美呈現了出來，如果說世界上有所謂民族電影的話，真看不出有比《鋼琴師和她的情人》更具紐西蘭民族風味的電影了。

我最後做一個總結，這部影片可以看成是現代版的《查泰萊夫人的情人》，查泰萊先生的人生之最大敗筆不是他的性無能，而是他對人生欠缺 sense，電影中那位失敗的丈夫也是，他比不上一個目不識丁的半毛利人，他拱手讓出老婆，並無不合時宜之處，他缺乏人生的

sense，只是個粗鄙的 philistine 而已！

四日（星期日）

一般人都太過於低估「享樂主義」（Epicureanism）這個詞彙的正面意義，事實上這是一種講究實際的積極人生哲學，至少這個學派的始祖，古希臘哲學家 Epicurus 就主張倫理道德和教養乃是通往人生至善的不二法則。

享樂，顧名思義，好像是好吃懶做的同義詞，喜歡吃好的用好的，一切以享受為出發點，事實未必盡然。我們如果說，某某人是個「享樂主義者」，即多少帶有貶義的成分，其實，一個真正的享樂主義者，指的是懂得積極生活，同時重視人生倫理法則的人，這樣的人多少帶有個人主義的風格。他們絕不相信貧窮可以磨練人格，苦行和禁慾可以提昇人的道德操守，但他們是懂得追尋安逸生活然後培養自我提昇能力的一群人，這是享樂主義的真正意思。

這種哲學多少彰顯了西方一百多年來中產階級的生活風貌：努力追求財富、提昇生活品質，然後免不了也崇尚虛榮。問題是，合乎理性的追求虛榮有什麼不好嗎？人經常在虛榮心的驅使之下才追求到進步的，難道不是嗎？

五日（星期一）

昨晚我夢見凌麗帶著一個小男孩來到我的夢中，她說：這是你兒子。然後我就醒了過來，真奇怪，怎麼會作這樣的夢呢？上個月中去凌麗長江三峽的家裡玩時，晚飯後我們在社區的公園裡散步，氣氛是那麼的恬靜，我突然說：要是以後退休了來這裡過生活，似乎並不錯。凌麗說：誰給你洗衣煮飯呢？我脫口而出：你，是你呀！

我喜歡小孩，我常想，要是有一個合宜的妻子，家中養育六個兒女，這會形成多麼熱鬧有趣的家庭生活啊！

我常回想小時候家裡熱鬧的情形，特別是逢年過節，家裡會有許多客人來吃飯，許多小孩到處跑來跑去，晚上很晚了，大家都還不願意上床睡覺，因為玩得十分起勁，Lewis Carroll的詩句：We are but older children dear, Who fret to find our bedtime near……

不知從什麼時候開始，家裡逐漸變得落寞淒涼，想起從前，多麼不堪回首呀！

可惜凌麗不是我生命中註定有緣分的女子，要不然，我會願意和她生許多小孩。

八日（星期四）

打字，打字，每天打字到三更半夜，今天總算把一篇法文撰寫的論文打字完畢。坦白講，這完全是Angie的功勞，要不是她在背後認真嚴格敦促，依我疏懶的行事風格，是絕不會積極主動去做這件事情的。

今天開學，却没有開學的感覺，連續幾日忙著打字，一下子竟突然開學了，一時間還反應不過來。

真奇怪，面對新的學年應該高興才對，結果是心理上不停抗拒，為什麼呢？坦白講，那是對教學已經出現了反動和厭倦的情緒，教學的熱忱已經慢慢在消磨當中，真不知道不肯付出熱情的工作，還能支撐多久。

系上有一位已有二十七年教學履歷的同事Roger，突然宣布退休，據他說最近這十年的教學，對他而言真是折磨，之前他覺得還不錯，一直維繫著教學的熱忱，但十年前，他發現進到大學來的學生變了，而且一年不如一年，許多學生的程度連國中生都不如，只能不停摇頭嘆息，他說，這樣再混下去真没意思，只好提前退休，幹別的營生算了，因為實在已經忍無可忍。

十日（星期六）

週末，並未感到輕鬆，甚至還覺疲憊，不知何故，教了幾年書之後，竟開始萌生排拒上課堂的感覺，我慢慢在喪失教學的熱忱。

我現在反而又開始懷念起竟日不出門，關在屋內讀書和從事翻譯工作的日子，總算有真正在做什麼的踏實感覺。

十二日（星期日）

幾天前和公主約好今天見面一起吃飯，慶祝開學。我答應開車去彰化她家裡接她，她上車後說：我爸爸看到你了。我說：他有說什麼嗎？沒有吔，很奇怪，什麼都沒說。我心想，以後應盡量避免過分招搖才是，特別是不要隨意暴露自己的年齡，要好好注意服裝儀容，不要露出滄桑老態。蘇童說對了，人到了中年以後，免不了會對自己的年紀遮遮掩掩，一副鬼鬼祟祟模樣。

我心裡很擔心公主的爸爸會警告她：不要隨便和年齡不相稱的男人在一起，我們又不是沒行情！

其實，我從未想過要追逐公主，我只是欣賞她的美貌而已，難道鑑賞美的人或東西，也算有錯嗎？

難得的是，公主自始至終都很落落大方，她也不會覺得和我約會有什麼不對勁的地方，不會的，我也從未覺到有什麼不對勁，從未有過那麼自在的約會，沒壓力，沒什麼遐想，簡單講，就是輕鬆愉快。我不免在想，這可真是男女之間來往，沒年齡隔閡，沒感情壓力的優良典範呀！這是沒慾望的愛情。

公主最令我感動的地方是上個月七夕情人節我在西安旅行時，接到她的電話，她說：今天是情人節。我說：是啊，我倒忘了，我們是情人嗎？她說：你說呢？

是的，公主是我心目中的情人，就像女兒劉慕德是我心目中永遠的情人一樣。

十二日（星期一）

天快亮時我作了一場夢，我又夢見了死亡，我夢見了吳潛誠，他來到我的跟前，我說：你怎麼回來了？他說：我復活了，我又回到了人間。我說：這麼說來，死後的世界是存在的嗎？他答曰：正是，那是一個愉快無比的世界。

這無疑跟我的生死觀互相抵觸，因為我向來一口咬定，人死後不復存在，淪為無機狀態，無異於石頭草木，我甚至將死後輪迴的觀念斥之為無稽之談。人死如燈滅，永遠化為烏有，好比從未存在過一樣，人從無中生有，氣盡而亡，完全歸於塵土，是真正變成了「没有」。人死後腐而化之，怎麼可能還會存在呢？

前些日子，曹永洋寄來東方白的六大册自傳「真與美」，前面部分我看得津津有味，因為我發現我們在西洋文學方面的啟蒙方式很相像，但有一件事我不太理解，他提到他和他父親一向以無神論自居而覺自豪，可是一件事讓他這個觀念瓦解了：他高三時患憂鬱症休學，到處醫治不好，後來媽媽帶他問神。神説因為祖墳有問題，後來找出祖墳修了之後，病竟不藥而癒，而且還考上理想大學，他説他無法解釋此種現象。

我可以解釋：怪力亂神，一派迷信。

十四日（星期三）

這一、二十年來，分析起來作得最多的夢就是回到大學讀書，重新過著住宿舍的大學生活。

昨晚又夢見坐在教室裡上課，我坐窗旁位置，突然看到S.M.M.從外面廊上走過，對我露微笑招手，我就問她：你上哪兒去呢？她説：等你啊，等你下課，不是要一塊去看電影嗎？

我發現我正在上的是中文系的《莊子》，我把書扔了，連忙奔出去，聽到後面有人說：真不要臉！等跑到外面廊上時，S.M.M.竟不見了，在一陣驚慌中，我醒了過來。

是否在潛意識裡，即使到今天離開學校已經三十幾年，我仍很眷戀大學生活？還有S.M.M.？她現該有五十一歲了。

去台北讀研究所時去過幾次S.M.M.家和她爸爸下圍棋，她媽媽很鼓勵我追S.M.M.，我說：我此刻不正在追嗎？

一晃眼，三十年過去了，我只是忍不住要納悶：S.M.M.你在哪裡？

要是現在見到她，我無法想像五十一歲的S.M.M.會像什麼樣子，三十年前，她是多麼迷人呀！啊，時間！但願時光能夠倒流！

十五日（星期四）

在課堂上談論希臘悲劇《伊迪帕斯王》時，我說，伊迪帕斯年輕時，有一天旅行來到底比斯城，那裡正好在鬧瘟疫，Sphinx 設置一個謎題，誰能回答即可當王，並解除瘟疫。謎題是：什麼東西小時候四隻腳走路，長大後兩隻腳，老年時三隻腳？伊迪帕斯說：人。結果他順利當上了國王，我說，天啊，各位女士先生們，這個謎題多麼簡單啊，在兩千五百年前，只要能回答這個謎題就能當國王，不像現在，想順利選上總統，還得必須精心策劃槍擊案。此話一出，全班哄堂大笑，有學生大聲說：真是妙喻！

這顯示出，在許多年輕人心目中，三一九槍擊案是一樁經過「策劃」的非意外事件，記得今年三月底在台北誠品書店的一場偵探小說座談會中，我特別提到，日本松本清張曾寫過一本偵探小說集，書名叫《日本的黑霧》，全都描寫二次世界大戰後在日本發生的與政治有關的無頭公案，全無結局，抓不到兇手，我就說，希望有一天我也能寫一本「台灣的黑霧」，三一九槍擊案的內幕追查會列入首樁疑案。座談會後，有一位年輕人走過來跟我說，他目前正暗地裡在調查這件事，準備適當時機發表出來，但怕會危及身家安全。我說，別怕，我們渴望真相大白的人會聯手支持你保護你。

十六日（星期五）

再為 Jonathan Swift 的〈當我年老時〉補上幾條：

1. 要好好再學一種新的外語，選擇比較有挑戰性的一種，譬如俄語（我看到現今許多年輕人新學一種外語時那副缺乏耐性的樣子，真感到吃驚），學習外語最能挑戰一個人的腦力和耐力，還有恒心。

2.切勿老大和臭屁，人上了年紀之後最令人難以忍受的莫過這兩種德性，李登輝是這種老頭的最典型代表，不可愛至極。

3.持之以恒：每日讀書和寫作，甚或譯書亦可，直到最後一口氣。

4.盡量避免出現公共場所，如電視或會議及頒獎典禮等場所，那是不甘寂寞的表現，這是年老的大忌。

5.要外出時切記隨身攜帶證件，至少口袋放一名牌，以免暴斃時，屍體無人招領而被任意草率處置，至尷尬者莫此為甚。

十七日（星期六）

重讀川端康成《山之音》，這實在是一本散文式小說形式上的至高成就：六十三歲的尾形信吾在年輕時代就暗戀妻子保子的美麗姊姊，後來這位姊姊出嫁了，不久也死了，可是她那美麗的形像卻一直留在信吾的腦海裡，始終不曾磨滅。

信吾對現在的妻子有些不滿，老覺得一對姊妹不僅外貌上差距很大，連性情都很不同，他甚至對現在這位已結褵四十年的太太都感到嫌惡，如今他反而在媳婦身上找到了某種情感上的寄託：對年輕時未曾實現的戀情的一種補償。

他的兒子修一才結婚兩年卻已有了外遇，棄妻子菊子於不顧，經常不肯回家。同時，修一的姊姊房子帶著兩個小孩離開丈夫，投奔娘家準備離婚，因此小說故事在進行時，整個家庭充斥著一種鬱悶的氣氛。對信吾而言，修一的妻子菊子遂成為他唯一情感寄託的一扇敞開的窗口。

這種翁媳之間自然產生的親切情感，雖然始終未演變為違反倫常的戀情，然而其中微妙的感覺，卻形成為通篇作品的一大中心主題。信吾對菊子的愛，蘊含著對未成年少女美的一種憧憬，這毋寧是川端康成向來所熱衷的一大主題。

川端康成在寫這本作品時五十三歲，適巧反映了他對老年人心態的著迷，小說中不斷出現主角有關死亡和情慾的夢境，就心理學角度看，可以說非常寫實，因此從某個角度看，這是一本精神分析味道很濃的小說作品。

二十三日（星期五）

最近讀書會要討論湯瑪斯·曼的《布頓柏魯克世家》這本小說，晚上特別再拿出這本向來愛讀的作品，打算用跳讀方式讀完，因為時間不太充裕，但才稍稍翻閱一下竟欲罷不能，因為到處都是精彩的篇章。已經是第幾次讀這本小說了？第三次？還是第四次？我越來越相信重讀好作品的必要性，真正好的作品的確禁得起一讀再讀，而每次重讀不但感覺愉快，而且總會引發新的共鳴和感想。這個禮拜在「歐洲文學」課堂上，我要同學讀索忍尼辛的一篇短篇小說Matryona's Home，再重新讀這個短篇感覺還是很好，有點初次接觸的感覺，另一方面又覺歷久彌新。

有些作品重讀會感到厭煩，比如哈代的《嘉德橋市長》，史坦貝克的《憤怒的葡萄》，甚或毛姆的《人性的枷鎖》。可見這些作品在我的品味世界裡並不穩固，禁不起重讀。有幾個作家是百讀不厭的，首先是托爾斯泰、杜思妥也夫斯基、契訶夫，然後是湯瑪斯·曼、卡夫卡、普魯斯特，還有誰呢？易卜生、紀德、馬奎斯、……對了，還有希臘悲劇。

二十四日（星期六）

湯瑪斯·曼開始寫《布頓柏魯克世家》才二十歲，五年後，亦即一九〇〇年，小說正式出版，算一算這個時候曼也不過二十五歲而已，仔細一想，著實令人大大吃了一驚！這本小說怎麼看都不像是這等年紀能夠寫得出來，優美的文體不說，筆尖處處所流露的人情世故筆調，才真正教人讚嘆不已。我們常說「人情世故是文章」，這恐怕不是未經世故的年輕人能夠寫得出來的呀！曼在書中寫出商場上的圓滑練達應對，還有人際關係的變化多端，更寫出生活起落浮沉的必然規律，他寫來多麼的得心應手啊！

書中寫到第三代冬妮的愛情和婚姻部分，最能看出曼的人情世故：父親為了門當户對把冬妮許配給一個她不愛的對象，冬妮卻已經心有所屬，最後在傷心絶望下只得遵從父母的意思。幾年後大家才發現這場婚姻竟然是個騙局，最後父親黯然神傷把女兒帶回家中。寫得真是精彩無比，透露出曼在述説故事和塑造人物上的高超手法。

曼在小説後面部分更精彩寫出第三代主角 Thomas 對生活的覺悟而粉碎繼續活下去的生存意志，他在叔本華的哲學中看出自己過去生活的空虛和無意義，而引發對生活空前無比的厭倦，這時候，他的生存意志被擊垮了。

二十五日（星期日）

今天晚上在「非觀點劇場」播放柏格曼的《假面》（Persona），這是一部我個人極喜歡的片子，表面看起來很沉重，因為它觸碰到了生命核心的問題：意識的痛苦和折磨。我們不妨設定一種情況：一個人（女人）突然罹患了失語症，再也不願意開口説話，問題在哪裡呢？

這顯然是一樁精神病的個案，如何透過精神治療來治癒失語症問題。一個人突然不願意講話了，旁邊的人不知道該怎麼辦，在《鋼琴師和她的情人》片中，女主角之所以放棄語言能力，再也不肯講話，樂意成為啞巴，據她小女兒說，她媽媽認為世間的對話大多廢話連篇，所以她寧可三緘其口。

但失語症畢竟還是一種精神官能疾病，心裡失衡了，再也無法過正常的生活，甚至無法料理自己的生活，這時適度治療似乎是必要的了。但是就在我們追查病患的生活履歷之時，會發現這不會是一樁單純的精神疾病個案，這背後有許多生活的傷疤，而且早已結成了痂，要去化解多麼困難啊！

二十六日（星期一）

今天在電視上看到一則消息，一個向來為人治療精神疾病的精神科醫生竟由於罹患憂鬱症而自殺，我大吃一驚，一般人有精神疾病找精神科醫生，那麼，精神科醫生有精神疾病要找誰呢？而且，這件事也反映出，精神疾病專家根本就不可靠，自己都那麼脆弱了，如何為人治病呢？

現代年輕人品味之低劣可以從他們的服裝打扮和他們對通俗音樂的愛好看出來。女的打扮不端莊，男的打扮像浪人，走路的樣子無精打采，他們心裡在想些什麼呢？要他們讀一本書就像要押赴刑場一樣抗拒個不停，真不知道是什麼意思。

Jonathan Swift說絕不主動接近年輕人，但也不排斥他們，只可惜他們大多缺乏自我躍昇的意願和能力，最好什麼都不做，雖不沉淪墮落，但也不自我提昇。

不斷自我提昇的要求應該是一個年輕人身上最可貴的素質，這同時也是自我教育的要求，這應該是一種持續不斷的意願，我認為每個人身上都應該具有此種潛能，只是有些人由於種種因素而忽略了。

昆德拉在《生命中不能承受之輕》中說過一句很中肯的話：「對那些一看到書本就呵欠連連的大學生來說，這種自我提昇的力量他們是無法想像的。自學者和上學讀書的人的最大差別，不在於讀書或知識吸收的多寡，而在於生命力和自信程度的不同。」

二十八日（星期三）

最近在電視上看李敖在北大、清華和復旦等大學演講的轉播，我感覺他的演講真差，除了自戀和掉書袋，真不知道還有什麼。那些聰明伶俐的學生提問題，他總是避重就輕，要不就是顧左右而言他，真不知道這樣的演講有什麼價值可言。

李敖很容易讓年輕人著迷，記得我年輕時就曾經很欣賞他，覺得他思想敏捷，也很有道德勇氣，可是當我變得更為世故更為成熟之後，就覺得李敖很空洞了。不但很空洞，甚至還很媚俗，他在大陸的演講頻頻跟對方拋媚眼，甚至完全擺出投對方之所好的姿態。民進黨立法委員王世堅說：「大師李敖死了。」算是對李敖大陸之行提出了極中肯的批評，他同時甚至批評民進黨政府任命的新聞局長姚文智「不用功，庸材」，批評得真好，看來這小子相當有個性，我們的國會應該多一些這類大公無私的立法委員，而且還要有個性。

十月

10月分：双十節

三日（星期一）

下午去「爾雅書房」上電影與精神分析，大家看奇士勞斯基的《愛情影片》和《殺人影片》。每次看奇士勞斯基的片子，總是覺得很感動，他的人物總是在經歷一連串的精神歷練（好比布烈松的人物，比如《一位鄉村牧師的日記》或《扒手》），但是在《愛情影片》中，我更進一步看到的是：純真的破壞過程。這看來又很像Henry James筆下的人物，經常在經歷著單純本性的破壞過程，《一位女士的畫像》裡的伊莎貝肯定是個典型被破壞純真的女性，在她的世界裡充滿自我的獨立思想和行為，但是一個世故的世界並不可能依照你的意願去配合你，這時候如何去化解這種衝突就成為很棘手的事情。

在《愛情影片》中，我很為片中十九歲的年輕男孩感到難過，他無法接受超乎他自己所架構的愛情世界之外的範圍，比如，世故的愛情就必然無法避免肉體的接觸，你愛一個人，難道至終不是往肉體接觸的道路前進的嗎？女主角問他：你時時刻刻偷窺我，是否想和我上床睡覺，如果不是，你在企圖什麼呢？男孩說：我愛你，其他什麼企圖都不是。我們不得不相信，為愛而愛確實是存在的，但那是多麼純真的烏托邦世界啊！男孩排斥世故，最後終於崩潰了。

五日（星期三）

記得去年這個時候，一個在當流氓的朋友和人合夥在台中開了一家酒吧，開業那天請我去捧場，我去了。他的一位朋友，塊頭很大，知道我在大學教書，對我很感興趣，就親切聊了起來，因為他正準備法官的特考，聊到最後，他突然說：我最近正在施行禁慾。我說：為什麼？他說：以前縱慾太多，現在要實行節約政策。我說：為什麼？他說：根據醫學調查，一個男人一生只能洩精七千兩百次，再多就不舉了。我說：七千兩百次？夢洩和手淫算不算？

二十幾年前，有一次在電影資料館碰到李幼新，他戴著一頂帽子，一摘下來，露出一個大光頭，我就問：你那一頭飄逸的長髮呢？他說：最近真倒霉，在西門町被警察捉住了，以奇裝異服和性變態罪名被扭進警局，粉紅色襯衣被沒收，頭髮被削光了。我說：真是豈有此理，簡直是法西斯！他說：還不僅如此，最近真是霉透了，前兩天去看醫生……我說：又怎麼了？他說：尿道發炎，嘻，嘻，不好意思講……醫生問我有沒有去玩過，我就說自己玩算不算，嘻，嘻，嘻……

結果醫生說，自己玩也可能感染，因為手髒。末了，李幼新說：以後沒事要常洗手。

八日（星期六）

今天下午在國立台中圖書館的美國文化中心演講 Arthur Miller 的名劇《一位推銷員之死》，我首先釐清古典悲劇和現代悲劇的不同，在我看來，悲劇的真正意義應該是：

1. 追求高貴的生活內容和莊嚴的死亡方式。
2. 尋求精神的自由和理性的發揚。
3. 以有限的生命追求無限的宇宙世界。
4. 悲劇是一種至高意義的生命形式，因為它對抗神的權威，批判人世的不公，同時挺身抗拒命運的播弄。
5. 悲劇是一種有缺陷之生命的救贖方式。
6. 悲劇是一種積極觀照人生的方式，所以其基調是樂觀進取的。

這次演講女兒特別來聽講（因為我事先答應演講費分一半給她），薇薇和 Agens 及 Pearl 也來了，我心裡很覺感動，所以晚上請她們大夥去「真北平」吃涮羊肉火鍋，飯後我提議去看 Jodie Forster 演的新片《空中危機》，大家看得真是高興極了，只是後來喝咖啡時，薇薇批評這部片子前半很有看頭，後半部劇情急轉直下，很莫名其妙，我頗同意她的看法。過去西方傳統過於拘泥於悲劇的狹窄定義，認為只有古希臘悲劇以及莎士比亞和拉辛的悲劇才能稱為悲劇，但十九世紀末易卜生的時代以來，我們似乎有重新釐清的必要。在過去，悲劇僅屬於少數階層的特權，但一般人沒有悲劇意識嗎？現代的悲劇屬於everyman，屬於家庭倫理的層次（比如《傀儡家庭》和《野鴨》），屬精神官能症的範圍（比如《慾望街車》）。《一位推銷員之死》涵括了一切現代人所可能具有的悲劇特質：性格缺陷、資本主義戕害、錯誤的價值觀、失敗的人際關係等等。另一方面，作者又展現了空前傑出的舞台表現技巧：回憶、幻想和現實的美妙交叉呈現。

史特林堡和皮朗德羅寫的幾乎全是和精神官能症有關的個人悲劇，相當程度上透露了現代人在精神上的困阨。

伊歐涅斯柯寫的又是另一種精彩類型的現代悲劇：對人存在現象合理性的質疑。在荒謬劇場同輩中，沒有人比他寫得更好更有見地，在形式上沒有人比他更有創意，Harold Pinter呢？他顯得枯燥乏味，他不如伊歐涅斯柯有趣和有深度。

九日（星期日）

昨晚睡前躺在床上開始翻閱榮格的《心理類型》一書，我至今對榮格的精神分析觀點有些地方仍抱懷疑態度，比如對 libido 的觀念，他解釋成心靈能量，避開對性慾的認同，恐怕不如佛洛依德那麼有見地。不過從另一方面看，他有些觀念倒是很有創意的，比如「集體潛意識」，在他看來，在個人潛意識背後，還存在著一種更深廣、更隱晦、也更可怕的東西，那就是集體潛意識。這個現象指的是人類存在以來，億萬次人的社會活動的一種心理積澱物，經由種族遺傳的方式傳達給個體，這是一種無形的共識現象，是一種先天的精神模式，同時規範著人的精神活動。

晚上去新光三越買了一個皮夾子錢包（the Bridge牌子），計價四千多元。事實上，我身上正有一個一模一樣的錢包，問題是已用了整整十年，雖然還能用，但時間那麼久了，難道不該換個新的嗎？況且這個新錢包我已經注意很久了，汰舊換新有時是生活上無可避免的呀！以前讀Thomas Mann日記，他也提及買一個懷錶的事情，情況幾乎和我買皮夾子的狀況如出一轍，一點懊惱的感覺都沒有，事實上他在兩年之內已經買了五個懷錶。

十一日（星期二）

今天學校還放假，為了準備上課，把《羅密歐與茱麗葉》再讀了一遍，越感覺到這齣劇本的嚕嗦和膚淺，問題是，描寫青少年的戀愛，怎能不膚淺呢？這樣的愛情由於膚淺空洞，莎士比亞不得不用些嚕嗦瑣碎的言語來搪塞內容，甚至還讓情節顯得荒誕不經，不但突兀，甚至教人發笑，比如茱麗葉服用神甫給她的藥水，可以假死四十二個小時，羅密歐去藥房買劇烈毒藥自殺，這些情節都很可笑至極。

愛的悲劇性格很值得稱頌，劇烈的愛的感覺會激發人想赴死的慾望，這可以用心理學來加以適當詮釋，但這仍不能解釋莎士比亞這齣戲劇是成功的。如同《李爾王》一劇，一廂情願的情節編排，還有誇張的人生意識型態，都是莎士比亞的敗筆。

但我們必須從另一個角度來看《羅密歐與茱麗葉》，那就是愛的悲劇心理學，也就是Rollo May在《愛與意志》一書中所抒發的觀點：愛和死亡的陰影如影隨形，只要有愛的地方，死亡的意識必跟隨而至。

這些年輕人完全未有人生的概念，才剛認識就立即想結婚，當然莎士比亞在此呈露了有關愛情的悲劇主義，也大大揶揄了年輕人幼稚可笑的愛情觀。

不過，不能否認的是，義大利電影導演Franco Zeffirelli於一九六八年根據這個劇本所拍的電影倒是相當精彩，超越了原著。

十二日（星期三）

今天在晚間電視新聞上看到李敖在立法院質詢時罵一位女立法委員為醜八怪，而且連著罵三次，這很令人感到吃驚，我們看到的是一個被縱容的老人當眾撒野的幼稚行徑，完全像個小孩的野蠻行為，我們為什麼要容忍李敖呢？李敖在質詢中央研究院院長李遠哲（這真是極鄉愿的一位人物），由於過程太冗長嚕嗦，引起其他人不滿，那位女委員（名叫管碧玲）就挺身出來糾正李敖，可以停止質詢了（實在是質詢內容廢話連篇），這時竟激怒了李敖，而引發他連篇破口大罵：你給我閉嘴，你這醜八怪！這位女士修養真好，她笑笑說：我昨晚剛做了頭髮，我每次做完頭髮時，都會比較難看，請多包涵。

這年頭有如此涵養和幽默感的女人很難得見到，這是多麼寬廣的胸襟啊！

李遠哲是一個見風轉舵的鄉愿人物，五年前那次總統選舉時，就在投票前夕被陳水扁利用了，出來為他站台（我敢說這大大影響了選情），今天教改失敗了，一味推卸責任，還怪執政黨無能（當然這是事實），這充分暴露了讀書人無品格的醜陋面目，多麼鄉愿啊！李敖不鄉愿，而且還有真性情的一面，可惜，畢竟還是一個空洞無聊的人物。

十四日（星期五）

我看到報紙上記載今年的諾貝爾文學獎得主是英國劇作家 Harold Pinter，許多作家和學者紛紛發表他們的看法，大多是讚賞有加，極力推崇他在當代西方劇場上面的貢獻。

我的看法卻有所不同，我覺得他的創作大多枯燥乏味，讀後並不會留下什麼深刻印象，因為讀的時候並不覺得感動，而事實上他的英文文體也沒什麼特別特突出的地方，像《往昔時光》（Old Times），《生日宴會》（Birthday Party），還有《房間》（The Room）及《管理員》（The Caretaker）等等，只能看出其平凡乏味的對白，毫無文采和張力可言。也許應該尋找機會看這些劇本的實際演出，效果可能會不同吧。

不能否認的是，Harold Pinter 寫的電影劇本似乎精彩一些，從早期的為 Joseph Losey 寫的《僕人》（The Servant）、《車禍》（The Accident）和《一段情》（The Go-Between），以至前些年的《法國中尉的女人》，令人感覺他的電影劇本更為有力量一些，至少在結構上，可說相當有創意。

近年來他想干預當下英國的政治運作，比如他一直在尋求聯名罷免首相布萊爾，這是令人敬佩的道德勇氣，英國在政治上顯現退步的地方，就是像布萊爾這麼平庸的人竟然可以當家治國，真教人為英國的前途擔心，這證明了英國的國民素質在水平上已經每況愈下。

十五日（星期六）

今天驅車前往台北，和劉俐姐一起為一位訪台的法國作家充當法語的口譯工作，中午時大家一起吃中飯。這位作家名叫 Philippe Claudel，好像最近才冒出來。這次台灣木馬文化出版他的暢銷得獎小說《灰色的靈魂》（*Les âmes grises*），所以才邀他訪台演講。前些日子我把小說讀了，很感訝異，因為這本小說實在是平庸到了極點，讀來索然無味至極，我同時還去 fnac 書店找來他另一作品 *Le Bruit des trousseaux*，一樣平庸乏味，而據他自己說《灰色的靈魂》在法國已銷售了三十萬冊，此刻還搬上了銀幕，這真叫人吃驚，法國人的文學品味哪裡去了？這到底怎麼回事呢？

我和劉俐姐已近兩年没見面，我發現她的動作有些遲緩，她說她有時會心神恍惚，事實上她早已跨過六十歲門檻了。記得上回她曾問我這一向在忙些什麼，我說在忙著翻譯西蒙·波娃的《老年》一書，她說到時別忘了把書題贈給她：贈給一位正在老年門檻上掙扎的老婦。

我們晚上一起去遊逛書林和秋水堂，我買了一套四册的《太平天國史》，然後我請她在附近一家餐館吃晚飯，我說：我的升等論文用法文撰寫，校外評審可能會落在你手上，這頓飯就算是……她說：不行，太便宜了！

十六日（星期日）

老年是一種病，而且無藥可醫。

年輕也是一種病，無知和愚蠢是其主要特徵。不管是在校園或街上，或任何公共場所，很難得碰到年輕人，在他們臉上反映著自我提昇能力的跡象。我特別討厭看到走路無精打采或隨意喧嘩的年輕人，而這樣的年輕人卻又特別多。

每次一進教室，看到有人趴在桌上睡覺，我總要投以鄙夷的眼光，這些學生到底怎麼了？他們臉上永遠流露出一副茫然的蠢相，沒有學習的熱誠，沒有自我提昇的意願，在人生的門檻上，已經沒有了知識的好奇，他們往後日子如何繼續走下去呢？大學生不應該這個樣子，也許這些人不應該進大學。大學是菁英教育的場所，應該要經過精挑細選，把握寧缺毋濫的原則，但今天似乎不是這樣，我看西方世界的大學教育也好不到那裡，一大堆庸材在校園裡濫竽充數，這有什麼意義呢？

大學生沒有閱讀書本的意願，一翻開書本就哈欠連連，心裡在想些什麼呢？沒有人知道！我問一位學生，為什麼堂上規定要讀的課業不讀完呢？回答很理直氣壯：我沒有時間！

十七日（星期一）

很奇怪，老是感覺今天像星期日。

黃昏時走進青海路上一家樂器行，我要買吉他的鋼弦，也順便買一本吉他樂譜。最近的想法很奇怪，我又想練習彈吉他唱歌，這是什麼樣的想法呢？彈吉他唱歌讓人顯得更年輕嗎？也許吧，只是我會忍不住想起三十年前在華岡的日子，每天看電影和彈吉他唱歌，真如W.B. Yeats所說的，一連串的lying days。如今想來，那真是一段令人難忘的黃金歲月啊！

這時候我望向這家樂器行牆上的兩支長笛，我就問老闆，我想學長笛行嗎？老闆說：Why not?最近有一位退休的法院法官，六十五歲，才剛報名要學鋼琴。我說：要是我認真學長笛，一年後可能吹巴哈或莫札特嗎？我此話一說完，旁邊的一位小姐立即低頭暗笑，老闆說：大概只能吹些簡單的流行歌曲，至於巴哈和莫札特……這可能需要一些天分。我說：我有音樂天分，只是荒廢罷了。那位小姐又再笑了一次。

記得三年前，有一次經過中友百貨九樓的樂器部門，看到兩位小姐在演奏莫札特的二重奏，一個吹長笛，一個彈鋼琴，非常動聽，真是一幅美麗動人的畫面，當時心想，有一天我一定要學長笛，要演奏巴哈和莫札特。

十八日（星期二）

晚上在學校餐廳吃飯，碰到Angie也來吃飯，我跟她提到前幾天在報紙副刊讀到李歐梵那篇〈夫妻生活的交流藝術〉，我說一個退休的教授寫那種兒女情長的閨房文章實在很煞風景，我問：他是怎麼了？Angie說：他沒怎麼，他就是老來在跟新婚的太太熱烈談戀愛而已。我說：可是，何必暴露自己的閨中生活呢？這不顯得幼稚可笑嗎？Angie說：不會，比他幼稚可笑的人多的是，我們要同情他，他一輩子沒真正談過戀愛。我說：我也沒有啊，我就不會這個樣子。Angie說：你沒談過戀愛，誰相信？有一天你碰上了，依你這副德性，會比他更肉麻的，我們拭目以待。

我沒話可說，但總覺寫那樣的文章有些不對勁，記得二十幾年前，當時聯副主編瘂弦設飯局請一些人吃飯，我即是在那個場合和李歐梵見過一面，當時對他蠻景仰的，只是這些年來不知道他都做些什麼，總覺他都沒在做什麼，最近聽說再婚了，過著愉快的退休生活，可是，退休了還是可以做些積極的事情呀！

Angie說：做人要厚道些，不要隨便批評別人，看不慣就放在心裡，不必講出來。

我心裡想，算你有理。

十九日（星期三）

愛情入侵的時候，也就是死亡意識覺醒的時候，《羅密歐與茱麗葉》這齣膚淺庸俗的劇本之所以還值得重視的理由，就是作者在背後不經意點出了這層道理。

莎士比亞是在嘲笑愛情呢，還是歌頌愛情？顯然，兩者兼而有之，他一方面嘲弄年輕人愛情的幼稚可笑，然後又讚揚他們為愛殉情的悲劇性情操。人是害怕死亡的，只有當真正的愛情惠臨時，才會對死亡甘之如飴，覺得此去無悔矣。

真正的愛情可能激發視死如歸的英雄主義，這是千真萬確的事情。

二十日（星期四）

我特別想要學習長笛，主要是想證實，自己活到了這個年紀，再開發出新類型學習空間的可能性，這好比企圖學習一種新的語言（比如俄語或阿拉伯語），道理是一樣的。人到了一定年齡，學一種從未觸碰過的樂器或是一種新的語言，對智力和耐力都是一種極大挑戰，許多人做不到。首先要培養熱情，給自己設定期許：要學到什麼地步才罷休，比如學長笛要學到能吹巴哈或莫札特，學法語要學到能讀普魯斯特，學俄語則要能讀托爾斯泰和杜斯妥也夫斯基。

還有，我想學習長笛也是出於虛榮心態，虛榮有什麼不好呢？虛榮經常正是成就事情的原動力，我想讀許多書，我想多學一兩種語言，我想多賺些錢，這裡頭不能說沒包含有虛榮的成分。

有一天，我要昭告世人，我終於可以用長笛吹奏巴哈和莫札特了！

二十一日（星期五）

重新翻開《一位女士的畫像》，覺得還是好看。Henry James的敘述風格有其獨特而吸引人的一面，讀這本小說最能深刻感受到這一點。同時，作者對女主角伊莎貝爾性格的突出描寫，也是這本小說吸引人的地方。

伊莎貝爾的主要性格是好勝而傾向於理想主義，與其說是心理的，倒不如說是性靈的，是那種強烈追求自我自由的偏向，但這畢竟還是要付出代價的，她依賴自己的想像力和直覺印象，用自己的自由意志去判斷和選擇，這是其優點，也是缺點，因為這促成她的剛愎自用而帶來悲劇下場。

James在這本小說的序言中說「這是一篇一名年輕女子對抗自己命運的故事」，她夢想自由和高潔，相信寬大和自然，而且思慮敏捷，但是在現實生活上卻看不出自己的盲點而步入陷阱。

這本寫於一八八〇年的作品，一方面展現著歐洲寫實主義風格的精華，另一方面又顯露了現代主義的傾向，其中一個就是深入角色內心世界的細膩刻劃，我們稱之為「意識的戲劇」，這形成為未來 James Joyce 和 Virginia Woolf 意識派小說的先驅。

純真的破壞，也是 James 小說的一個重要主題，當純真被破壞之時，也就是世故入侵的時刻，也正是人生悲劇的開始，這是人的宿命，無可避免。

二十三日（星期日）

下午在「非觀點」重看布烈松的《扒手》一片，這次特別注意到片中的日記式個人敘述風格。布烈松為什麼要使用此種風格來傳達他電影中人物的內心世界呢？當然，「扒手」肯定是一部內省冷靜的影片，是一部述說如何解開心結並走向新生的影片。

人在生活上的至大束縛就是內在心靈的禁錮，這造成我們精神上的不自由，禁錮如何形成的呢？主要來自心中固著的結，我們稱之為心結或情結（complex），要掙脫禁錮，就必須解開心結，一層一層的剝開。可是，心中的結又是如何產生的呢？創傷。人從出生那一刻開始就面臨了創傷：誰強迫我來到這個世界的呢？接下來的生活履歷又將會是一連串的創傷：痛苦的成長過程，對自己失去信心、考試失敗、愛情失敗、人際關係不融洽……一連串的創傷形成了一個解不開的結，這時，精神官能症形成了。

電影中的年輕人是一個孤寂的個體寫照，他失去了愛人和被愛的能力，他十分冷漠，只有在從事扒竊行為時才感受到存在的意義，因為扒竊讓他感到興奮，像強迫症一般，他必須透過扒竊動作才得到快感，有一種自我完成的感覺，這樣的畸形心態必須等到有一天失風被捕，一個年輕女孩對他表示了愛情，才甦醒過來，齊克果說過：「在愛之中，每個人才重新開始。」

愛是一帖精神官能症的有效治療藥劑。

二十四日（星期一）

晚上我請高肖梅和陳萬琴在「百鄉」吃飯，我照例點鯖魚飯。中午時我跟陳萬琴說，今天我領到一萬元演講費，一定要好好請她和高姐吃頓晚飯，結果我們就選定了「百鄉」，這裡晚上客人稀少，非常寧靜，的確是吃飯談天的好地方。

我說，我如果中了樂透，要為她們各備置十個「面首」，好歡度一個不感匱乏的晚年，高姐說：我們又不是武則天，要的話一個就夠了。陳萬琴說：我們要有頭腦的面首，除了能幹之外，至少要愛好文學。

這是一個愉快而心情輕鬆的星期一夜晚，晚飯後，我們去「九如」買粽子，然後我一個人就近去遊逛誠品書店。這裡永遠有那麼多年輕人在遊逛，很難得碰到中年人來逛書店，他們都去哪裡了呢？有人說，我們社會上的中年人是不讀書的，中學生多少還會讀書，學校教師會推薦他們讀些有益身心健康的書，父母也願意給他們錢去買書，這肯定是好事。大學生呢？我已經很少看到大學生會主動去買書了，甚至課堂上的教科書，有許多人寧可借別人的去影印，大學生水平真低落啊！

高姐說她準備辦退休，因為電影資料館最近由上級塞進來一個副館長，是個大草包，大家都要聽命於他，實在很嘔氣。我說：民進黨執政的最大特點是外行領導內行，而這些草包外行又不肯謙虛任事。

二十五日（星期二）

再次閱讀 Rollo May 的《愛與意志》和弗洛依德的《性學三論》。May 在書中所提出的「原魔」（daimonic）理論，似乎就是弗洛依德的「力比多」（libido）觀念，但又不完全是。古希臘時代的哲學觀念中，「愛慾之神」（Eros）本身即是一種「魔」（daimon）。魔是人身上一股看不見的無形力量，可以把人提昇到一個很高的境界，但同時也可能把人推向毀滅的境地。

從另一個角度看，這個原魔可以看成是叔本華觀念中的「意志」，人的行為為一盲目意志所推動，這是生而為人的脆弱之處，然而，人的活動力恰恰又是由於此一盲目意志所促發。

Rollo May 的解釋：任何有能力佔據個人整體心智的自然作用，即為原魔，因此性與愛慾，怒氣與憤怒，以及對權力的貪念，都是原魔的實際呈現。這種情況有可能具有創造力量，也可能帶來毀滅，但通常是二者兼具。

當原魔的負面力量過度擴張時，即形成為一種精神疾病，亦即俗稱的著魔（possessed）。跌入愛河或瘋狂追逐權力並不停膨脹自我時，都是一種著魔現象，都是病態的表現。

原魔是一種無形的聲音，它會不經意召喚我們的良心，但也可能矇蔽我們的良心，這是多麼矛盾的東西啊！

二十六日（星期三）

記得有一次高大哥（徵榮）請我們在君悅吃飯，我和 Angie 注意到，他對屬下員工表現得非常客氣，完全沒有官僚氣息。我們都認為這實在很難得。高大哥說，在一個公司體制或任何團體裡，hierachy（階層劃分）是必不可少的現象，大家的階層不同，負責的事務也不同，但基本上每個人都是平等的。既然每個人都平等，即使身分貴為總經理，有何理由要擺出一副高人一等的姿態呢？

平等主義很難表現在陌生人和陌生人之間，在我們的社會裡，最難能可貴的表現就是如何善待陌生人。我們很容易呼朋引友，在公共場所喧嘩取鬧，無視於他人的存在，我們也很喜歡在親朋好友之間攀結關係，但要表現出對陌生人的尊重，這可能就十分困難了。一個文明社會最令人注目的地方，就是陌生人和陌生人之間的互相尊重和互相信任，這是多麼難做到的教化水平啊！

二十幾年前剛到英國倫敦時，放眼所見的英國正是一個這樣的平等主義社會，這真是一個令人無限嚮往又無比佩服的民族。

二十七日（星期四）

這次在撰寫有關北京的文學圖象時，我挑選了老舍的《駱駝祥子》，林海音的《城南舊事》以及陳若曦的《耿爾在北京》等三部作品。

《駱駝祥子》大約是中國在一九三〇年代的小說中，最令人印象深刻的一本長篇作品，除了老舍的北京話文體迷人之外，而且還真實反映了抗日戰爭前北京地區市井生活的真正風貌，以寫實主義這一環而論，在現代中國小說中幾乎是無可匹敵。老舍寫活了北京，當然也寫活了祥子這個角色。

老舍的北京話文體有其獨到魅力，再加上他特有的幽默風格，使得他的小說總是充滿盎然的興味，即使所處理像《駱駝祥子》這樣的悲劇性題材也不例外。據老舍自己所說，這是他富企圖心同時也是自己最覺滿意的一本作品，顯然也可算是寫得最好的一本。

單打獨鬥的個人主義作風改變不了社會，也提昇不了自己，中國社會的大環境向來如此。這是祥子的悲劇，也是許多中國人的悲劇，因為大環境不變，個人的奮鬥只能淪為枉然，甚至最後只好同流合污。本來像祥子那樣以拉人力車出賣勞力維生的卑微人物，根本不可能指望會有什麼作為，難怪老舍在小說後面指稱他為「社會病胎裡的產兒，個人主義的末路鬼」，老舍對當時一蹶不振的中國社會的觀察和批判，真是有夠嚴酷的了。

林海音的《城南舊事》是一本很有味道的散文式小說，她在書中所描繪的是一個狹隘卻安定的孩童世界，這顯然是一篇歡樂童年記憶的告白，偌大的北京城，在一個孩子的童年印象裡，只能偏向於親切的小小一角：城南的幾條街巷。這裡展現著最真實的北京小市民的生活風景，親切而有包容力。作者透過英子這個小女孩的眼光，重新捕捉了已經逝去的童年歡樂時光，對比成年世界的難堪經驗，童年總是快樂難忘的，這裡印證了英國小說家吉卜齡在《自傳》（*Something of Myself*）裡頭開始所說的一句話：「只要給我六年兒童的時光，其餘的你要，我全給你。」（Give me the first six years of a child's life, and you can have the rest.）

爸爸的去世是英子童年的句點：「爸爸的花兒落了，我再也不是小孩子。」作者輕描淡寫，卻寫出了這個小女孩如何堅強地從童年世界跨向深不可測的紅塵世界。英子以前期望趕快長大，現在卻又害怕長大，如今她終於不得不長大，跟童年揮手說再見了。

許多年前曾看過大陸導演根據這本書所拍攝的電影，影片拍得就像原著一樣，如行雲流水一般，在天真的童稚歡樂裡不時透露著一股淡淡的哀愁，英子的幕後旁白聲音始終教人難忘，只是不知道當年飾演英子的那位可愛小女孩，如今在哪裡？

二十八日（星期五）

今天許多到中國大陸旅行的人實在很難想像，在毛澤東時代，在文化大革命時期，那裡的人是怎樣生活的。那畢竟是一個早已遠離的年代，是一場苦澀的記憶，陳若曦的短篇小說集《尹縣長》會是一個很真實的見證。作家的寫實紀錄永遠不會過時，因為裡頭的情感永遠那麼真實。

〈耿爾在北京〉是這個集子裡頭的一篇，我認為是寫得最好的一篇，表面批判筆調最含蓄，實則諷刺意義最為淋漓盡致。然而仔細閱讀，這篇作品與其說在批評文革，倒不如說在反映一個中年男子的心境——愛情連番失敗的落寞心境。三十年前讀過，如今再讀，絲毫不覺褪色。

愛情失敗本來是件很平常的事情，要真正看開可並不容易。耿爾兩次失敗的愛情似乎由於文革時「當局」的干預而告流產，他只能默默承受，但是，如果沒有文革，誰又能擔保他的愛情必定成功呢？那是一個反常的時代，作者畢竟還是寫出了情感的真實面，如果抽離文革的事實，失敗愛情的寫法，可能又是另一番面目了。只是我不懂，當年寫得那麼好的陳若曦，後來為什麼沒有等量齊觀的表現呢？

二十九日（星期六）

我要再為Jonathan Swift所寫〈當我年老時〉補上幾條：

1. 當我年老時，我一定要清心寡慾，這時一定要有所收斂，不能再貪圖與自己年齡不相稱的東西，比如女色或權力。

我不要像李登輝那樣，從權力高峰退下來之後，竟會不甘寂寞，仍然想要繼續施展政治影響力，何必呢？人要懂得適時收斂行為，該退讓時就要全盤讓，不要有所保留，然後好好把握僅剩的有限人生歲月，最後無憾無懼離開世界（當然如能無病無痛則是更好）。

2. 平時養成讀書寫作習慣，老年來臨時，日子會更好過一些。人到了老年，如果從此斷絕腦力活動，會很悲慘的，看電視打麻將都不是正途，竟日無所事事則更糟。讀書，這可能會是年老時最好的一種活動，然後每日記隨筆或日記，把人生經驗和感想形諸筆墨，這可能會是最好的消遣活動。

3.記得以前李登輝曾公開說過，他退休之後最想做的事情是好好研讀哲學，可是從他這些年的行徑看來，他似乎並未達到願望。

讀哲學可能會是邁入老年之後最好的讀書方式，要讀如何參透人生智慧的哲學，或是如何安然面對死亡的哲學。

三十日（星期日）

為了對應Jonathan Swift的〈當我年老時〉。我應該寫出〈當我年輕時〉，藉以和他互相對應。我但願能再年輕一次，但必須有所修正：

1.少幹無聊蠢事，其中包括追逐女生，想想年輕人，浪費多少時間和感情在女生身上，到頭來懊惱不已，何苦呢？

要趁年輕時好好訓練不動情本事，沒事少跟女生打交道，不得已時，也僅止於禮尚往來。

2.逛窯子偶一為之可以，不可以沉迷上癮，一方面為了顧忌衛生，另一方面也為避免玩物喪志。奈波爾臨老臥病在床時，感嘆說：真要感謝年輕時，窯子裡那些娘兒們曾經帶給我許多快樂銷魂的時光。這話想來必是肺腑之言，所以年輕時偶爾逛逛窰子（妓院）並非壞事，只要節制即可。

3.一定要養成多讀書習慣，讀書和寫作是促進思考的不二法門，這樣的習慣一旦養成，會連貫一輩子，真會受用不盡。

4.切勿自戀，自戀是自我敗壞的開始，年輕人喜歡往自己臉上貼金，覺得天底下自己最行，這是最愚蠢的做法和想法。許多人臨老特別自戀，覺得全世界都對不起他，這種人早在年輕時即已有自戀習慣，只是如今為烈罷了，李敖即是這種人，他一輩子都生活在自負和自戀之中，臨老尚未能覺悟過來。

5.不要隨意為自己塑造偶像，在這個世界上，塑造偶像是要不得的行為，我年輕時曾經崇拜李敖，激賞王文興（《家變》的時代），如今這些偶像都破滅了，並不值得，甚至令人感到懊惱。

也許我們可以在古代聖賢或英雄人物中為自己塑造偶像，但也要有所保留，要先設定他們都是有缺陷的人物，這才合乎人性。可是繼而一想，既然有缺陷，如何塑造偶像呢？

三十一日（星期一）

晚上聯副宇文正小姐打電話來，囑咐我這次的城市文學圖象要寫德國的海德堡，我想了想，要寫哪些作家呢？首先是赫塞。

赫塞是許多人在年輕時愛讀的作家，我也不例外。記得在一九七〇年代讀大學時，在校園裡幾乎人手一冊赫塞的作品：《徬徨少年時》、《鄉愁》、《流浪者之歌》、《荒野之狼》等等，那是存在主義思潮風行的年代，大家似乎以一種流行的姿態在讀赫塞，企圖在他的作品中找尋追求精神自由的法則，如今好像大家不太願意再去觸碰赫塞了，為什麼呢？

我必須等到許多年之後才有機會讀到赫塞另兩本作品：《玻璃球遊戲》和《孤獨者之歌》，赫塞以前大多描寫自己騷亂不安和追求精神安定的過程，但在《玻璃球遊戲》一書則藉寓言方式寫出他心中的理想世界，事實上意境似乎是偏高了些。《孤獨者之歌》是赫塞的自傳體散文合集，是赫塞作品中最親切宜人的一本。

赫塞在四十到五十歲之間寫下這些自傳性散文，靈感大多來自一些日常小事，諸如遷入一所新居，妹妹的死亡或是一次紐倫堡之旅等，這些作品的寫作格調已不像以前的小說那樣純粹自省的風格，已經偏向外在的觀察，和一般性對世俗的沉思。總之，這是我個人所偏愛的赫塞作品。

十一月

11月分：慶祝女兒生日

一日（星期二）

昨晚才睡三個鐘頭，下午上法文課覺得很累，我提早十五分鐘下課，回到研究室後一坐上躺椅就立刻睡著了，然後作了許多夢，我夢見跌入水中，呼吸不過來，不斷掙扎著，想大聲喊叫，又不敢開口只能憋著氣，最後終於在一陣恐慌中醒了過來，好怪異的一場夢呀！

中午去餐廳吃飯前，在學校的書店稍事遊逛了一下，買了一本西塞羅《修辭學》，我覺得這本書的內容很精彩，我站在架前翻閱一陣之後就決定買下。我讀著讀著，感覺每一個句子都閃爍著智慧的火花。書中第一卷〈論公共演講的理論〉第一句話即深深把我吸引住：「我的私人事務使我如此忙碌，以至於找不到足夠的時間來投入學習，有幸得到的那一丁點兒閒暇，我通常又寧可花在哲學上面……」然後翻到〈論演說家的塑造〉這一卷，一開始這樣寫道：「我的弟弟昆圖斯，每當我想起往昔的美好時光，那些幸福的人總是在我眼前浮現，他們生活在這個國家最美好的時代，享受著他們的成就給他們帶來的崇高聲望和名譽，終其一生，既能參與各種沒有危險的活動，也能享受莊嚴的安息。我有時候想，我也擁有這樣的權利，等到我的公務生涯結束，而我的一生也趨向終結，無數的公共演講和遊説所帶來的無窮辛勞趨於停止，到那時候，我也可以有機會享受閒暇的時光，可以再次把精力用在我們兩人所愛好的高尚追求上面……」

這是多麼平易近人的文字，西元前一世紀，這位羅馬時代的大政治家、大演說家、大哲學家，他的言論多麼的簡潔有力，又是那麼的細膩可親，同時，他的思慮也一樣的嚴密周到。

晚上翻閱了西塞羅之後，決定睡前躺在床上開始讀Saramago的《里斯本圍城史》，這個月底的讀書會上要討論Saramago兩本小說，另一本是《盲目》（這可真是一本精彩絕倫的偉大傑作）。

二日（星期三）

奇怪了，昨晚又夢見了吳潛誠，最近常常夢到他。

我夢見在一狹小空間和一陌生妙齡女郎行房，我緊抱著對方吻個不停，手還在她身上摸來摸去，突然後面傳來一個聲音：嘿，節制點，你這樣子很難看！我回頭一看，是吳潛誠，就說：嘖，你怎麼又回來了？他說：做人不能這樣，讀書要專心，你不是說要讀Henry James嗎？那個女的是誰？這時，我一陣羞愧，就醒了過來。心想，這真是一個莫名其妙的夢呀！

事實上，吳潛誠離開這個世界已經整整六年了，我常會想起他，覺得他英年早逝，令人感覺心痛，但回頭一想，早走和晚走有什麼太大區別嗎？然而，我又堅持認為，我們應該盡量活長久一點，只是前提應該是，要活得快樂，活得有勁，我看吳潛誠最後幾年似乎活得並不快樂，甚至很鬱卒，為什麼呢？我注意到，他變得很暴躁，幾年之間，一下子變得十分蒼老，每次去他家吃飯，看到他跟妻子形同陌路人，卻每天還要睡同一張床，多麼難堪呀！夫妻關係不和諧，又不肯分手，經常會是一個人的致命傷，他不知何故，在這檔事上面看不開，真不知道他心裡在想些什麼。

我常常想起三十年前我們住在一起時那段短暫的美好時光，那段炎炎夏日的燠熱時光，如今想來，那麼遥遠，卻又歷歷在目。

三日（星期四）

下午我在西方戲劇選讀課堂上放映 Kenmeth Branash 拍攝於一九九三年的莎士比亞喜劇《無事自擾》（Much Ado about Nothing），昨天打電話給公主，希望她有空來看這部電影，她說要開會沒空，但答應晚上過來一起在第三餐廳吃飯。

今天晚上公主顯得特別漂亮，特別是那海倫式的美麗鼻子和那雙修長的腿。有一位女同學和她一起來，飯後我們在餐廳前露天咖啡座喝咖啡，公主突然說：要是你願意戒菸，我可以答應你任何事情。我說：包括和我成親嗎？她說：嗯……我可以慎重考慮。我說：要我放棄抽菸很難，真為難呀。那位同學說：香菸比美人重要嗎？我說：很不幸，是的！公主說：

哎，那你一輩子打光棍吧，真討厭抽菸！

公主吸引人的地方很多，人漂亮不說，功課也特別好，而且，愛笑又大方。我很清楚我們之間沒什麼緣分，年紀差距是問題，但主要是，我從沒在她身上動過什麼念頭，她的美貌不會讓人心慌意亂，是屬於溫和無害那一種，每次和她在一起總覺easy自在，沒什麼壓力，我嚮往這種不摻雜慾望的愛情。

晚上頭痛得厲害，後來去第一藥局找湯師父為我按摩，之後還是沒什麼改善，回研究室讀了一會兒西塞羅，吃了兩顆治偏頭痛的藥，到半夜兩點多，才感覺解除了痛苦。

四日（星期五）

下午連上四堂課，回到研究室裡累極睡著，我夢見來到一幢大房子，裡頭像迷宮一般，我到處走來走去，竟找不到出口，這時心裡開始著急起來，怎麼轉就是無法走出這幢房子，心想，我可能會死在這裡。越想心裡越慌，這時竟醒了過來，原來桌上電話響了，是Angie打來的電話。

《里斯本圍城史》前面幾章寫得很零亂，也有些乏味，甚至感覺已經幾乎快要讀不下去，但進入第四章之後就柳暗花明，突然開始精彩起來，心想，真是大師的手筆呀！最近十年來得諾貝爾文學獎的作家只數得出有兩個是夠分量的，一個是德國的 Günter Grass，另一個就是葡萄牙的 Saramago。

Saramago 的敘述風格有一股強勁吸引力，他會讓人無法停住而忍不住繼續讀下去，也許有人會嫌他過於嚕嗦，但我認為這正是他的風格和迷人之處。今天的作家最大短處就是過於簡略而不夠細膩，我不是說簡潔不好，而是簡潔得過於空洞就不是好事了。Saramago 不喜歡把事情看得太簡單，他細膩而不嚕嗦，冗長而不繁複，總之，他做得恰到好處。

五日（星期六）

這個學期 Angie 為我在台大外文系安排三場以電影和文學為主題的講座，今天是第一場。為了讓開始的場面熱絡一點，我為大家安排觀賞《追殺比爾 I》這部影片，所以今天我就從這部影片的 metafiction（後設）手法談到今天文學和電影的走向，那就是後設手法的運用。

中午劉森雨以書林名義請幾位外文系老師在台大附近一家餐館吃中飯，請來的人有中研院歐美所的李有成和紀元文，台大外文系的陳玲華和王安琪（Angie），我順便把高大哥也請了來，因為大家要商議明年預備在君悅大飯店為朱炎老師慶祝七十大壽，同時出版紀念文集做為獻壽禮物。朱老師是美國文學專家，所以這本文集要以美國文學的論文為主，這些人除了我之外都曾經是朱老師在台大外文系的學生，但我參與這件事，還是感覺與有榮焉。

晚上由我作東請 Angie 和林中明夫婦，還有高大哥和陳萬琴在銀翼餐廳吃晚飯，飯後在附近一家露天咖啡館喝咖啡，這是最愉快的時光，因為大家可以無所顧忌東南西北聊個不停，從高雄捷運弊案會否成為台灣「水門案」，把陳水扁逼下台談到真正的愛情到底存不存在。我的結論是：陳水扁這下頭大了。真正愛情存在嗎？當然存在，但有時間性，也就是說會變質。

六日（星期日）

下午在「非觀點劇場」重看 Wim Wenders 拍攝於一九八四年的《巴黎德州》一片，這次再看還是覺得感動，甚至還掉了眼淚，事隔二十年，這部片子依然没褪色，還是感人好看。Wenders 的人物一直在尋家，而這部片子的男主角也是在努力尋找一個破碎的家並期待加以重建。家庭和婚姻愛情一樣，一旦破碎就很難再重建，即使重建成功了，也難擔保不會再破碎，因為和諧的人際關係實在很不容易維持，特別是家庭倫理中夫妻關係，破鏡重圓始終是一則神話。

晚上在超商買了一本《壹週刊》，仔細研讀有關高雄捷運弊案和ＴＶＢＳ電視台撤照案的報導。高雄捷運在民進黨政府主導下會發生弊案是早在預料中的事情，如今果不出所料，終於還是掀開了。

我總覺台灣政治正在走南韓走過的路線，當反對黨還是在野時，擺著一副清廉無辜的姿態，滿口仁義道德，等到自己有一天當政時，沉淪墮落之快之厚顏無恥，真教人無法置信，民進黨政府今天正是這個德性。其實這沒什麼好奇怪，也沒什麼好訝異，對大眾而言，這會是一個教訓，然而殷鑑不遠，我們總是永遠學不到教訓，只是我們未來不知要如何來收拾這批人。

七日（星期一）

我老是經常把韋伯的《新教倫理與資本主義精神》和湯瑪斯・曼的《布頓柏魯克世家》放在一起相提並論，為什麼是這兩本書呢？一本是社會學論文，一本是寫實主義小說。首先，這兩本作品出版的年代大約相當（韋伯出版於一九〇五年，時序上比曼晚了五年），都是二十世紀初葉的思想結晶。其次，這兩本作品不約而同指向一個共同中心主題：信奉新教的中產階級的意識型態和資本主義的精神本質。最後一點，這兩本作品都開拓了我們看當今世界的視野，讓我們更明瞭我們今日的幸福和不幸之根源，從今天眼光看，都是百讀不厭的床頭經典。

新教倫理講究紀律和倫理道德，然後以合乎理性手段去謀取財富。他們講求實際而排斥浪漫，因此缺乏紀律和不務實際的藝術家風格都是他們要絕對奮力排斥的。他們同時崇尚節儉勤勞，目標是邁向財富的不斷累積和追求穩當體面的生活。

曼在《布頓柏魯克世家》一書中所刻劃的商業家族正是一個由新教倫理所規範的典型中產階級，然而，俗話說富不過三代，這個家族傳到第三代時終於破綻百出，新教倫理的規範逐漸淪於荒蕪破敗，到了第四代時藝術氣息的入侵更加速這個家族的衰亡，到最後終於不可收拾而黯然終局。曼不但寫出新教倫理對中產階級生活的正面影響，而且也寫出人生盛衰榮枯的事實。

韋伯早在一九〇五年寫這本書之時已經預言，在未來世界裡，資本主義將像一個牢籠那樣，套住這個地球上所有人類的意識型態並主導他們的行為模式和生活方式。一九五〇年代共產主義氣焰最高張時，許多人說韋伯的預言錯了，然而事過境遷，到了一九九〇年代之後以至今天，我們終究還是不得不說，韋伯畢竟還是對的。

八日（星期二）

那天大夥一起喝咖啡時，Angie 突然提到羅曼菲前陣子肺癌病危，我聽了之後心裡覺得很難過。Angie 老喜歡提三十年前楊牧在台大外文系客座時追羅曼菲的經過，記得二十五年前由於王菊金拍攝《六朝怪談》的關係而有機會認識羅曼菲和她當時的丈夫樊國維，那時直覺這是個既聰明又漂亮的女孩，這樣的女孩極少見，後來有一次她在雲門演出，送我票請我去看，那是我唯一一次看雲門表演，也是最後一次見到她，幾年前有一次在電視上看到她接受訪問，感覺她變了許多，我說不出那種感覺。

Angie 突然問：要是羅曼菲要嫁給你，條件是放棄香菸，你要不要？我說：不要。第一、時機不對；第二、我不會為任何理由（包括愛情）放棄香菸；第三、她不會嫁給我。我強調，我們用審美的姿態隔著距離欣賞她，不要靠近，不要動情，這樣的感覺很好，我希望她能度過難關，活長一點，多享受人生。

下午一到學校碰到薇薇，她說：Francis，跟你報告一個天大消息，我有車了！一九九〇年份的福斯，人家不要的，免費接收。

晚上我們開著這部一九九〇年份的 Volkswagon 和 Angie 三個人一起前往「真北平」吃涮羊肉，路上以這部車的車號買了幾張四星正彩，號碼是 6457，我們都期待能夠中獎。

九日（星期三）

晚上在電視上看到行政院長謝長廷公開批評詩人杜十三打電話恐嚇他，竟變成英雄一般被禮讚，他很不以為然。謝長廷實在很没人緣，因為有人恐嚇他，這個人竟變成了英雄，可見杜十三有勇氣做出許多人想做卻做不到的事情，這説明了有多少人心中想幹掉謝長廷（也許還包括陳水扁），試想，這是一個多麼不得人心的政權呀！也許大家應該趁此去查一查高雄的捷運弊案謝長廷有没有涉嫌，這是他任高雄市長時動工的重大工程，今天他已跳離這個是非圈，卻没有人去懷疑他的清白，民進黨這個政權從上到下，在政治倫理上，説實在已經亂七八糟到無以復加了，我真希望有勇氣，像Harold Pinter在英國發起聯名要罷免首相布萊爾那樣，也來發起聯名罷免陳水扁。

依我看，陳哲男牽涉的高雄捷運弊案這件事情，恐怕只是冰山的一角而已，不知還有什麼更不可告人的，可能還會陸續曝露出來，果真如此，那肯定會動搖國本，但我的看法是，寧可動搖國本也一定要讓一切陰暗水落石出，一切清清白白，讓貪贓枉法及這批不適任的人從檯面上消失。培根説，往天空丟一根稻草即知風向，這正好可用來説明當今台灣政治的真實處境，杜十三就是那根稻草。

十日（星期四）

晚上按摩腳底的師父說，人在三種情況下最想抽菸，一是飯後，人們不是常說「飯後一根菸，快活似神仙」嗎？二是勞累工作之後，三是在等人之時，我再補上一條：洩精之後。

Saramago在《里斯本圍城史》中說那位校對者才剛年過五十，有時太勞累坐下來會忍不住抖起膝頭，那是年老的徵兆。年老的徵兆有很多，除了抖膝之外，還有像講話會噴口水，有時會莫名其妙自言自語，經常動不動就打起瞌睡來。曾幾何時，我還以年輕人自居，走路健步如飛，虎虎生風，現在連爬三層樓的樓梯都會覺萬分不耐煩，因為感覺小腿吃力。在課堂上我會說：嘿，你們這些年輕人。這是否意謂著我已經來到老年的門檻，就要跨進去了？

晚上和女兒一起吃飯，她突然說：你喜歡我的男朋友嗎？我說：不是喜不喜歡他這個人的問題，但老實講，我不喜歡看到年輕男孩頭髮染顏色，穿耳洞戴耳環，不端莊又太不成熟了，一個人的服裝儀容和談吐舉止反映了他的心智狀況，懂嗎？我不想掃她的興，我只能點到即止。

最後她說：我覺得你一點都不喜歡他，如果你不喜歡，我就中止和他來往。

我說：喔，不，我沒這個意思，你現在還年輕，想法還不成熟，還是以學業為重，等考上大學再好好真正去談戀愛。

我講得很含蓄，不知她聽進去沒有。

十一日（星期五）

真是反常，時序早已進十一月，還是大燠熱天氣。

今天和公主約好下午五點半去接她，我說，考完期中考試應該去好好玩樂一下，昨天還特地打電話問她：約會照常進行嗎？她說：有什麼特別理由要取消嗎？公主是明理大方的女孩，這是她令人欣賞的地方。

我會特別想看《春心蕩漾》（Prime）這部影片，是因為片中兩位女主角梅莉史翠普和鄔瑪舒曼的關係，即使這部片子毫無藝術水平，似乎還是值得一看。我突然發現梅莉史翠普變臃腫了，完全一副中年女人的體態。回想二十五年前她在《克拉瑪對克拉瑪》和《法國中尉的女人》等片中清新亮麗的形象，真覺歲月實在是不饒人呀！

晚上和公主看完電影後，一起到金錢豹跳舞，凌晨一點整才回去，公主舞跳得極好，特別是探戈，而這正好是我所喜好的舞種。

我心裡直覺的想法是，和公主永遠保持純潔和諧的友情關係，不要變質成為愛情關係。前些日子，我說能和異性維持沒有慾望的愛戀關係是可能的，而且也是美好的，陳萬琴說：

屁話！沒有慾望的愛情怎能叫做愛情！

好吧，隨她怎麼說。

十二日（星期六）

下午陳萬琴打電話來，先問：是在床上嗎？是的，還在床上。她接著問：會干擾到好事嗎？我說：會，因為我正在做……學問。她說，那好，我哭了，因為John Fowles死了！七十九歲。

John Fowles死了！《蝴蝶春夢》、《法國中尉的女人》和《魔法師》的作者死了！這是一位在寫作風格上具有相當創意的小說作家，也許過於追求創意，有時不免會覺偏於匠氣。

陳萬琴堅持Fowles比Harold Pinter更有資格得諾貝爾文學獎，是嗎？我看不出來，但我覺Pinter沒那麼好，John Fowles似乎也沒那麼好。陳萬琴突然說：好想跟卡車司機來那麼一腿。我大吃一驚，從床上躍起：你怎麼啦？她說：卡車司機有一股野性，無法阻擋，令人無限著迷。

我感到一陣莫名其妙，從John Fowles的死轉到卡車司機的野性，多麼怪異的話題轉換，她說：你看，D. H. Lawrence的媽媽嫁給礦工，被吸引住的正是對方的那種放浪不羈的粗獷野性。我說：有一套，卡車司機和礦工。

十三日（星期日）

從日本A片中男女的相幹方式，可以看出日本這個民族有多麼變態，男的個個都是變態色情狂，尤其更是虐待狂，男的可以在女的陰户上面用手和各種器具盤旋幾十分鐘，這不是變態是什麼？他們以為是在下圍棋哩！當然，這樣的A片適巧滿足了男人的虐待狂心理，也反映了日本女性在床事上是多麼的像個玩物，這難道正是被虐狂的相對反應嗎？

當然，也有人說過，至少弗洛依德在《性學三論》中就這樣說過：每個男人在床上都是變態的。的確，我們不能從一個人在床上的行為去衡量他的人品和道德節操。他說的很對：性生活的活動，即使在正常情形下原本就很少受高級精神活動的駕馭。

下午接近黃昏時來到「非觀點劇場」，我坐在樓下大廳等看Costa-Gavras的名片《失蹤》時，外頭有許多選舉宣傳車來來往往，麥克風喊叫聲此起彼落。王明煌讀國一的女兒正在角落寫功課，突然把筆放下來，大聲叫道：垃圾！噪音垃圾！選舉垃圾！

我聽了大吃一驚，國中一年級學生已經可以深刻感受到，台灣的選舉活動就像一場垃圾戰：噪音垃圾，語言垃圾，選舉看板垃圾，真是無處不是垃圾！

十四日（星期一）

兩年前出版《閒暇》這本翻譯時，寫導讀的哲學教授沈清松竟把閒暇的觀念等同於休閒，真叫人吃驚，我想他混淆了。閒暇不是休閒，更不是懶散，閒暇是一種哲學觀念，是用來對抗工作至上的平庸生活的一種哲學策略。的確不錯，閒暇是一種哲學的人生態度，我們追求閒暇並非意謂不肯工作，而是寓人生思考於工作之中。販夫走卒很難真正體會思想，因為他們為生活奔忙而缺乏閒暇；中產階級有思想，卻膚淺庸俗，因為他們不懂善用閒暇，把閒暇看成是休閒。

記得電影《駭客任務完結篇》片中有一位角色說：存在並不具意義，意義是人杜撰出來的。其實，閒暇正是創造人生存在意義的媒介，是高層次文化和偉大思想的温床，換言之，閒暇是一種冷靜哲學生活的態度，是積極而具有創造性的。

十五日（星期二）

《壹周刊》是一本以報導八卦新聞而廣受歡迎的刊物，我認為他們在這方面做得很好，他們很有道德勇氣，敢於揭發和批評。

我自己也愛讀八卦新聞——政治的、社會的、經濟的、學術的，還有娛樂性的（比如緋聞）。八卦是任何社會流行體系中不可或缺的一環，好像時裝或庸俗觀念的流行，來得快去得也快，它不但有暫時性娛樂價值有時也會帶來憤世嫉俗的情緒，因為我們會假正經，愛看熱鬧，愛看別人（特別是名人）出醜受窘，然後又裝出不以為然的幸災樂禍姿態。

一個社會如果缺乏八卦，將會顯得多麼無趣，這固然反映了人類一般趣味的庸俗面，可是，大部分的人生難道不正是挺庸俗的嗎？八卦雖然損傷隱私和公正，卻是一種活潑生命力的展現，無稽可笑，卻又活潑熱鬧。

十六日（星期三）

「同性戀和文學」這會是一個很有趣的寫作題目，以前讀《魂斷威尼斯》覺得作者應該會是個思慮細膩、且情感豐富的同性戀，沒有那樣的傾向，肯定寫不出那麼豐富細膩的情感。後來證實沒錯，湯瑪斯・曼是一位令人敬畏的偉大同性戀作家。

我發現曼寫於一九三〇年中的一篇日記，這樣寫著：大兒子克勞斯越長大越帥，也越迷人，竟忍不住要愛上他了。

曼從年輕到老年，特別偏好美少年，原來《魂斷威尼斯》正是他三十六歲時真正的內心告白。

傑出的同性戀作家不計其數：湯瑪斯・曼、普魯斯特、紀德、王爾德、E・M・佛斯特、吳爾芙……近代一點的還有三島由紀夫、白先勇……我真想知道：Why？

十七日（星期四）

我必須費盡唇舌跟學生說明，這個世界上並沒有鬼存在，可是，哈姆雷特見到了鬼，不是嗎？没錯，哈姆雷特見到他爹的鬼了，因為他有精神分裂症呀！

哈姆雷特同時患有憂鬱症，他說：「我近來——但是不知道為了什麼緣故——失去了我的一切樂趣，放棄了一切平常做事的習慣，並且我的心境變得如此的枯寂，似致於這大好的土地，在我看來也只像是一塊荒涼的海角。這頂優美的天空的華蓋，你看，這璀璨高懸的星空，這鑲嵌金光之雄渾的天幕——唉，在我看來僅是一團混濁的氣氛。」

哈姆雷特因為患有精神分裂和憂鬱症，因此就帶有強烈的自殺傾向，但他的許多獨白卻也因此帶有濃厚豐富的人生哲理，比如他質疑人的存在和死亡現象：「人死後是存在，還是不存在（to be or not to be）：這是問題所在……死亡就像睡眠，如此而已。要是死亡真能像睡眠一樣，闔眼一睡，立即忘卻心頭的苦痛和肉體的萬千干擾，那真是我們要去祈求的願望哩。……要不是因為對於死後的恐懼，誰願意背著負擔，在厭倦的生活底下呻吟淌汗。死亡乃是旅客一去不復返的未曾涉足的異鄉，令人心智迷惑，使得我寧可忍受現有的苦痛，而不敢輕易去嘗試那不可知的苦痛。所以自覺意識使得我們都變成了懦夫……」這一段獨白是很精彩的，但恰巧也反映了莎士比亞愛嚕嗦的習慣。《哈姆雷特》可以說是一齣拖泥帶水而冗長乏味的劇本，其乏味程度並不亞於《李爾王》一劇。Kenneth Branagh 所拍的《哈姆雷特》影片充分暴露出這齣劇本的所有缺點：拖泥帶水，令人感覺不勝負荷。

下面有一段國王說的話可以證明這個劇本是嚕嗦的：「我並不是認為你不愛你的父親，不過我知道愛是必須經過時間的培養的，我從經驗當中也曾體會到，時間亦能消磨愛的火星，因為愛的火焰之中就隱藏著一條燈心或是蠟花，能使得火焰暗澹下來……我們想要做一件事情，在想要做的時候便應該立刻去做，因為這『想要』會變的，會有各式各樣的削減延遲，如世人的舌頭、世人的手、世態的變幻，一樣的難以捉摸，那時節這個『應該』也就像敗家子一聲嘆息，一番自怨自艾罷了……。」

哈姆雷特無意間誤殺了 Laertes 的父親，而 Laertes 是哈姆雷特的女朋友 Ophelia 的哥哥，這時候國王向 Laertes 慫恿去和哈姆雷特比劍，藉此報殺父之仇。

莎士比亞有作詩的天才，他可以在一些小節骨眼上面大作文章，有時甚至還會廢話連篇，更會使得情節的變化荒腔走板，因而《哈姆雷特》和《李爾王》在故事情節上面就欠缺說服力。

二十一日（星期一）

晚上在「非觀點」看美國好萊塢導演John Huston於一九八三年死前所拍的，James Joyce的著名短篇〈死者〉（The Dead），坦白說，這篇小說幾乎不能拍成電影，因為其中並無任何足以吸引人的具體情節，作者只描寫一場晚宴過程，漫無頭緒的有關愛爾蘭的政治和宗教的對話，最後則是一段獨白：主角發現妻子年輕時曾經有過一個如今已經死去的情人，今後該如何面對兩人的夫妻關係呢？

我認為John Huston這部片子拍得很好，不愧是好萊塢大師的美妙手筆，我特別跟大家提到James Joyce的傑出文體，雖然我個人並不喜歡這個作家，甚至是討厭的，但不能否認的是，從*Ulysses*這本小說看，Joyce稱得上是當代英語文學中最偉大的文體家，他創造了令人目眩的英文文體。我強調，英語文學史上有三位最偉大的文體大家，一個是莎士比亞，另兩個都是愛爾蘭人，寫《格列佛遊記》的Jonatan Swift和James Joyce。

法語的文體大家有：拉伯雷、蒙田、巴爾札克、斯湯達爾、福樓拜、薩德侯爵和普魯斯特。

以現代主義眼光看，普魯斯特似乎比 Joyce 更有趣也更豐富得多。如果要再加上一個偉大英語文體大家，那就是 Jane Austen。

二十二日（星期二）

毫無疑問，薩德侯爵也是一位偉大的文體大家，我們不能光從他的色情世界去評判他，我們應該小心翼翼去注意他的法文文體，正如同羅蘭・巴特所言，薩德真正吸引人的乃是他那獨樹一幟的語言所塑造而成的結構世界，這形成了有關情色象徵的偉大修辭學現象。就這一點而論，巴特特別拿他和普魯斯特相提並論。

的確不錯，薩德和普魯斯特最值得相提並論之處正是因為他們都是文字的風格大師。一位偉大作家除了必須是精彩故事的編撰者之外，他同時更必須是偉大文體的創造者，也就是說傑出的文字和修辭的創造者，薩德正是一位這樣的作家。他那源源不絕的與色情有關的故事，在他筆下寫來，即使帶有暴力和恐怖色彩，甚至不合邏輯和常理，我們讀來還是會覺逸趣橫生，深深受其吸引。他凸顯了文字運用上風格的問題，一位作家如果沒有文字風格的展現，就絕對算不上是個好作家，羅蘭・巴特説得没錯，一個作家的偉大與否，正是由此來加以判定，他因此更進一步看出，薩德在文學上和修辭學上創造了一樣極為罕見的現象：一種意義完美彰顯的寫作（une écriture parfaitement dénotée）。

二十三日（星期三）

我突然想起來，昨晚差點死在機車輪下。

我從學校門口巷內一家影印店走出來，一輛機車突然飛奔而至，說時遲那時快，我還來不及反應，當場被撞倒在地，四腳朝天，一動不動躺在地上，大約有五秒鐘感覺全身舒暢無比，腦子一片空白，我猛然自問：難道這就是死亡嗎？然後我聽到有人說：趕快打一一九。我霍然站起，拍拍身子大叫：免了，我沒怎樣。我瞪著那位像學生模樣的機車騎士說：你運氣真好，撞到的是個身強體健的人，換成是老頭的話，嘿，你今天怕要吃不完兜著走！

有許多人在探索死亡的奧秘，我今天可以大膽肯定：死亡毫無奧祕可言，死亡之後變成無機體，像石頭，知覺不復存在，簡單講，就是變成沒有，從有變成無。為什麼要強辯人死後靈魂繼續存在呢？甚至還要主張人死後繼續投胎轉世？這是什麼道理？一派胡言和怪力亂神！

有人問：如何解釋鬼魂的存在呢？

我的答覆是：這世界上沒有鬼，人要是看到了鬼，那是精神分裂現象，哈姆雷特即患有此症。

人處在精神分裂狀況時就鬼魅叢生了，還有，鬼也只存在於人的噩夢之中，一個神智清明的人是絕不會看到鬼的，而且心中也不會有鬼。

二十五日（星期五）

昨晚夢見和一肥胖女子躺在床上交媾，我壓在她身上，不斷扭動屁股，弄了好久並未感覺洩精，後來就醒了過來，醒來後一陣悵然，怎麼會作這樣的怪夢呢？

醒來之後再睡，又是另一場更摸不著頭腦的怪夢：

我和一群人（有男有女）坐著一艘密封的船來到一個很遥遠的地方（好像是北極，又好像是太空裡的一處航空站）。然後場景變到一個乾淨整潔的城市，我們坐街車來到市中心，這顯然是個陌生城市，卻像是一個有很高文明水平的未來大都會，街道上幾乎一塵不染，我聽到每個人都在說台語，心想，這可能是台灣在遠方的一個殖民地。不久，我們來到一個公園，我拿出照相機來拍照，我從景窗看著對方按快門，可是一按下快門，景窗裡的影像竟都飛了起來，我手拿相機，也跟著飛了起來，我從高空鳥瞰這個城市，這是個什麼樣的城市呢？我心想：這是個不折不扣的桃花源。

這兩個夢我始終無法解析，弗洛依德也有派不上用場的時候。

二十六日（星期六）

薩拉馬戈的《盲目》：失明不僅是眼睛看不見，同時相當於生活在一個所有希望都已不再存在的世界裡。

以眼睛為主題，充分展現了一個瘟疫現象的寓言，沒有人（包括卡繆的《瘟疫》一書）寫得比薩拉馬戈更好了。

《里斯本圍城史》也寫得極精彩，以後設小說方式寫法，最終襯托出一場現代人的平庸愛情，這是薩拉馬戈對人類生活本質所提出的真知灼見。

薩拉馬戈對人世的生活抱持相當悲觀的態度，但他在分析生活的本質時卻又非常有見地，一場眼睛的瘟疫可以反映出那麼豐富的有關人類生活的隱喻，其精彩程度甚至不亞於卡夫卡的世界。

我應該好好去探索薩拉馬戈的其他作品，我敢肯定，他是當代作家中，最值得研究探索的一位。昆德拉和他相較顯得通俗取巧，我會這樣說，薩拉馬戈在文學層次上恐怕會比他高出許多。

二十七日（星期日）

葡萄牙另一位知名作家佩索亞（Fernando Pessoa），他是薩拉馬戈的前輩，他的寫作方式和所創作的量（未真正發表的）早已成為二十世紀西方文學的一則傳奇，許多人認為他是一個奇葩，但我並不這樣認為。寫得多，瘋狂地寫個不停，並不代表就一定寫得好，幾年前在法國時，由於好奇使然，就去讀了一些他用葡萄牙文寫的已譯成法文的東西，我發現他寫的許多東西，比如散文吧，大多是廢話連篇，你根本搞不清楚他在寫些什麼。

如今手上這本《惶然錄》中譯本，號稱是他最重要的代表性作品，但這樣的作品以深度而言，既比不上奧古斯汀的《懺悔錄》，也比不上蒙田的論文集。

寫片段文字必須言簡意賅，同時意義深刻而能發人深省，但我總覺佩索亞老是嚕嗦個不停，總之，他缺乏寫作的風格，我們只能說，他的文體顯得散漫無章，他總是想到那裡就寫到那裡，他缺乏一種縝密思考而來的結構組織。

當然，若是把《惶然錄》看成是一種日記形式的隨筆體裁，那就無可厚非了，甚至行文中間還可看到一些有價值的思考性觀念。

二十八日（星期一）

《惶然錄》裡頭有一篇題名為《生活的奴隸》這樣寫道：「我希望能夠遠走高飛，逃離我的所知，逃離我的所有，逃離我的所愛。我想要出發，不是去縹緲幻境中的西印度，不是去遠離大陸的海上小島，我只是想去任何地方，不論是村莊或荒原，只要不是這裡就行。我嚮往的只是不要再見到這些，不再過這種沒完沒了的日子，我所想要做到的是，卸下我已成習慣的偽裝，成為另一個我，以此得到喘息……」

看，這是多麼浪漫的想法，佩索亞寫出了此時此刻許多人內心的想法：拋開現實惱人的一切，然後遠走高飛，到一個沒有人認識你的角落，從此展開另一嶄新生活！

誰不這樣想呢？我們多麼期盼能夠有朝一日醒來，忘掉過去所有的一切，然後從此過著沒有憂心和焦慮的另一種嶄新生活。然而，這樣的想法實在很一廂情願，很少人能夠真正做到。

逃避主義是一種不務實際的浪漫想法，不足取也。

二十九日（星期二）

秋日的黃昏一下子就沉入一片黑暗裡，還來不及想今天做了些什麼，黑夜已經籠罩了一切。

這是晚秋的夜晚，燈火剛剛點亮的球場上，還有許多學生在打球，我的夜生活正準備要開始，我關起門來，正式潛入自我最內在的孤寂世界。啊，晚秋的夜晚！

齊克果曾這麼說過：單調是生活秩序的一種屏障。可是，我們為什麼要害怕單調呢？日復一日，年復一年，我們早已成為單調生活的奴隸，而不自知，生活是一團泥沼。

《惶然錄》：「不知為什麼，我有時感覺到一種死亡的預感向自己逼近……也許，這只是一種模糊的生理失調，因為我並未在身上察覺痛感，而只是趨向於精神化的形態。或許這只是一種需要睡眠的睏乏……」

誠然，人有時在極度疲憊狀態下，在要睡不睡的當兒，最能在剎那間感受到死亡意念的侵襲。

死亡像無夢的睡眠嗎？死亡就是永遠不復存在，再也不可能甦醒過來，要是死亡像無夢的睡眠，那不是很舒服嗎？

人對死亡最大的恐懼就是：變成没有。

三十日（星期三）

距離上回第一次讀 Lolita 這本小說，算來已經十幾年，這次為了在「非觀點」上課，重新再拿出來讀，我把英文本的中譯本攤開來對照著讀，感覺真是愉快無比，Nabokov 的英文文體極迷人，充滿機智和嘲弄的風格，我敢大膽肯定，這是百分之百的文體風格之結晶。整個晚上躺在床上讀這本小說，竟無法停下來，甚至都捨不得下床去上廁所或抽一根菸。這次重讀為什麼竟然這麼起勁呢？而且感覺像是第一次讀。中文的譯本（先覺出版社，黃秀慧譯）讀來也感覺不錯，至少很忠實英文原著，但要稱讚這本小說還必得回到 Nabokov 的英文文體上面，這才是真正迷人之處。

可是同時讀 Nabokov 的訪問錄 *Strong Opinion* 一書，又會覺這個令人敬畏的作家，他的文學品味卻是那麼的偏執古怪，比如他會說 Thomas Mann 一無是處，Joseph Conrad 根本不入流，在六十年代之間，美國有資格列為一流的作家有誰，他說：Salinger 和 Updike。（如今看來這兩位作家只能算是二流）

十二月

12月分：MERRY CHRistMAS

一日（星期四）

聯合報副刊宇文正小姐囑咐我這個月的文學圖象要寫澳洲的雪梨，我開始納悶；要寫些什麼好呢？懷特？想來想去唯一認識的澳洲作家就是懷特，而事實上這是一位早已過氣了的諾貝爾文學獎得主，因為我看不出今天還有誰願意花時間去讀他的作品。

然而，記得三十年前，我還曾經努力讀過他的作品，短篇集《傷心誌》（*The Burned Ones*）和長篇小説《人之樹》（*The Tree of Man*），我特別偏好這個短篇集，帶有諷刺和哀傷的筆調，可説相當迷人。

一九七三年，懷特得到諾貝爾文學獎時，舉世為之側目，向來籍籍無名的澳洲文學頓時浮上檯面。這種情況有點類似一九七二年波爾的得獎，把二次世界戰後的德國文學拉上檯面，一九八八年馬富茲得獎把阿拉伯語文學推向世界文壇，還有一九九八年薩拉馬戈得獎引發世人對葡萄牙文學的濃烈興趣。諾貝爾文學獎向來由於政治取向和地緣考量，不斷選出一些平庸作家而引人詬病，但他們有時也會做對事情。

《人之樹》是懷特早期的作品，在形式上很類似史坦貝克筆下所描寫的美國西部鄉下的蠻荒風格，譬如《憤怒的葡萄》或《伊甸園之東》，同時又帶有描寫家庭記事的史詩格調，藉此呈現一個懷舊感傷同時早已失落了的時代。懷特的作品之所以能夠逐漸浮現世界的檯面，倒不是因為他以史詩手法見證澳洲歷史的成長，主要還是在於說明人生不可避免的孤寂和失落感，人活在時間的洪流中，在無情歲月的推移之下，只有一樣事情是確定不移的：庸碌和失落，然後是遺忘和湮滅。這正好是《人之樹》的通篇題旨，也是一般偉大文學經常所專注的主題。

《暴風眼》（*The Eye of the Storm*）是懷特另一本著名長篇，公認是他最好的一部作品。這本作品在寫作年代上和《人之樹》幾乎相隔二十年，不僅題材內容不同，在形式和文體風格上也差異極大，然而，從這本小說看來，懷特似乎越來越不相信人生的意義和存在的價值，他甚至開始厭惡起生活。

這本作品充滿綿密文字的鋪敘和對人物內在性格的刻劃，在文體上結合傳統寫實小說和現代意識流風格，反映了現代文明社會中為盲目意志所推動的生活真貌：空洞乏味和孤寂無助。

懷特死於一九九〇年，享年七十八歲，只是他死的時候不知道有否改變人生看法。《暴風眼》之後，將近二十年時間，他過著離群索居的生活，再也未寫過什麼有分量的作品，也許他真的是過氣了。

四日（星期日）

晚上高大哥在君悅大飯店的上海廳請吃晚飯，席間他講了一則有趣葷笑話：一群台灣遊客來到西班牙馬德里旅遊，導遊照例帶他們參觀鬥牛活動，等鬥牛活動結束後，大夥就近在鬥牛場旁邊一家餐廳用餐，據說該餐館每晚最搶手的招牌菜是當天被鬥死的那隻牛的LP，用清蒸方式，美味可口，又兼可壯陽。這群台灣遊客宣稱他們也要吃這道招牌菜，預訂好第二天來吃。

結果第二天他們來吃時，鍋蓋一掀開，那道招牌菜的LP特小，大家就問怎麼回事，服務生就說：真不巧，今天牛沒被鬥死，死的是鬥牛士……

這次飯局我把何懷碩也請來，因為Angie說她很想認識他。吃飯時大家談到這次選舉民進黨大敗的下場，反而凸顯國民黨新科主席馬英九的聲望。誠然，馬英九正在鋒頭上，但也是考驗他能耐的時候，他會否被此次選舉的勝利沖昏了頭。我說：會，馬英九除了長相比陳水扁不討人厭之外，我認為他的政治才能並未高明到那裡，一切都是假相，不信等著看好了。

民主政治的最大特點就是：庸材不斷冒頭。李敖說得真好：我們只能在一堆爛蘋果裡頭挑選比較不爛的。

五日（星期一）

晚上睡前躺在床上隨意翻閱昨晚在誠品書店買的《毛澤東語錄》，坦白說，書中有些地方，在語氣上會教人讀了很想笑，而這樣的東西竟能在中國存在並左右了幾億人幾十年的生活，想來真不可思議。

面對著無知盲目的群眾，《毛澤東語錄》好像一本聖經，大家跟著瞎闖亂撞，最後卻撞得滿頭包。相信今天在中國大概再不會有人去相信這類教條式的滑稽東西了，現在回頭去看這些東西，許多人會覺得像是噩夢一場。

那是一個瘋狂的時代，在這套語錄中，毛澤東建立了一種純粹煽動性的似是而非的政治語言，不講究邏輯，不考慮實際情況的可行性，只求具體的煽動效果而已。

在一個以無知的人為大多數的時代裡，幾億人果真被煽動了起來，但也為此付出極慘痛的代價。

六日（星期二）

我在課堂上向學生推薦要讀《時間簡史》這本書。

時間是什麼呢？其開端點和終結點在哪裡？

我們無法真正估量時間的本質，一去不復返的說法只能解釋時間的現象，推移和變遷也只說明了時間的定律，但時間的本質是什麼呢？我相信時間和空間一定是並存的，換句話說，沒有了時間，空間就不存在，反之亦然。

在《惶然錄》裡，作者這麼說：「有時候，我認為一切事物都是虛幻，而時間是環繞這些事物的一個框架，從而使其產生變遷。」

我同意，把一切事物看成是一場虛幻，似乎比較能夠說明時間的現象。

我們只活在此時此刻的現在，過去和未來都不在時間的掌握之中，過去早已化為烏有，而未來也是尚未存在，只有此時此刻才是真實。

科幻小說中的時間機器，設定人可以回到過去，但這種臆想很不可思議，已經超乎邏輯想像的範圍。

時間不斷推移，只帶來變遷，這似乎是我們唯一能夠理解到的時間現象，其本質永遠是一團神祕。

七日（星期三）

這一期《壹週刊》的一篇社論題目為〈阿扁這個大包袱〉，文章一開始這樣寫道：「這次選舉，民進黨輸到剩下褲子，但最大輸家是陳水扁，他連褲子都快要被脫下來了……民進黨慘敗，很多人傷心，但是阿扁慘敗，卻是人心大快。」

真沒想到陳水扁那麼不得人心，不知有多少人等著看他垮台，他會那麼令人討厭，為什麼呢？他除了長相討人厭之外，他講話的德性和行事風格也是令人討厭的關鍵。有時我們討厭一個人，實在也沒什麼特別理由，就是討厭，只是陳水扁知不知道，許多人很討厭他？

英國首相布萊爾，就我所知，有許多英國人也很討厭他，他們說他小人得志，這不也正是陳水扁的寫照嗎？陳水扁擅於欺騙和煽動沒知識的下層階級人民，而恰好只有這個階層的人才擁護他，但他忘了，台灣早已進入由中產階級所主導的社會，這批人不會有人相信他的技倆了，許多人說，他只會玩選舉技倆的老套：煽動低階的民眾。而這恰好正是以前共產黨常玩的老套，這在一個教育水平低落、民風閉塞、貧窮落後的社會或許還行得通，但在一個思想開放和知識水平業已提高的社會，似乎行不通了。

陳水扁遲早會成為過去，但別忘了他還背負著三一九槍擊案的刑責，水落石出時，大家要如何修理他呢？

九日（星期五）

晚上在牌桌上打麻將，Louisa 突然說，現在年輕人真是膚淺，年輕而不求自我提昇，長得好看，有個屁用。我說，等我有錢了，譬如中了樂透，會為她配置幾個年輕漂亮的「面首」，好讓她度過一個快樂而沒有匱乏的殘年。她想了想說：「面首」？這是什麼東西？好，不過有個條件，他必須至少讀過《追憶似水年華》第一冊。我大笑說：impossible！你最好守寡到老死！她突然大叫：嘿，自摸八筒！

十二日（星期一）

下午在爾雅上完課之後，北一女老師駱靜如帶我去一家 DVD 租售店買《天邊一朵雲》。回想今年蔡明亮這部片子在柏林影展得獎，曾轟動一陣子，戲院上映時我錯過了，但一直想看。

坦白說，這部片子很空洞，陰暗的色調掩蓋了一切，從頭到尾，我真看不出劇中人物都在幹些什麼，只記得幾次較強烈印象是不斷看到李康生光著屁股扭動個不停，躺在底下的女人不斷哼叫著，是在拍A片嗎？

我很佩服蔡明亮那麼執著自己的意念，不理會觀眾的反應，一心一意要拍攝自己想拍的電影。我覺得《天邊一朵雲》是一部乏善可陳的片子，它甚至比蔡明亮先前的片子如《河流》或《你那邊幾點》更為陰暗無光，他在拍攝一種沒有修飾的純粹電影，這極少人能做得到，可是從另一方面看，他的影像風格越來越呆滯，甚至顯得笨拙，簡單講，他的影片裝載了太沉重的意念，他想要表達什麼呢？當然，如同讀卡夫卡的小說作品，我們必須從隱喻的角度去看蔡明亮的電影，他們不約而同觸碰到了人存在意識上的痛苦，那是一個詭異的像夢魘一般的世界，似乎在說明著一種動物性的人的存在本質。

十三日（星期二）

有人不斷跟我推薦一定要看韓國導演金基德的電影，最近我終於買到《援交天使》這部片子的ＤＶＤ，可是，坦白講才看了大約二十分鐘就再也看不下去了，我期待後面會不會更好看就耐著性子把全片看完，結果，後面更難看，因為那位父親出現之後，簡直就不知所云了，只是一廂情願而已，而且那位父親才真正教人討厭。

有幾位影評人（如梁良、游惠貞）對這部片子推崇備至，真教人吃驚。難道沒有人看出這是一部平庸不過的影片嗎？首先，以少女的援交為題材，在編排情節上面就漏洞百出，一路下去，一廂情願的故事發展方式，根本就教人看得坐立不安，那位當警察的父親一路跟蹤自己的女兒和許多中年男子上床援交，最後打死其中一位……

導演到底要表達什麼？對援交的痛恨？父親對女兒的愛？

我只覺得很討厭那位父親，當然，也一併討厭這部片子。

十六日（星期五）

這次新拍的電影《金剛》可能是影史上拍得最好的一次，以前日本《金剛鬥恐龍》純屬兒童片，一九七〇年代勞倫蒂斯所製作的《大金剛》又太過正經，失去了娛樂價值，如今這部三個鐘頭長的《金剛》不但娛樂，而且又大肆發揮了嚴肅主題：愛的隱喻。

電影的最後，電影中的那位導演說：金剛不是被射殺而死，他是被美麗殺死。換句話說，金剛是為愛情而死，這是本片導演的最大嚴肅企圖：揭露愛的隱喻性。

當金剛在原居地荒島上遇見美女時，他就注定死路一條了，因為他愛上了不該愛的對象，他願意為她犧牲一切，甚至付出生命的代價，他一路追逐美女，從叢林到文明世界，最後還是失敗，但我們相信，他死得心甘情願，因為他為愛而死，這令我們想起雨果的《鐘樓怪人》，這彷彿延續了西方文學傳統中有關愛的隱喻，也就是癡情的傳統。

《金剛》一片中固然有許多娛樂兒童的情節，但我相信導演有意表達愛的隱喻性格，這種企圖是十分明顯的。

有人說，這年頭缺乏偉大的愛情故事，然而，這裡就有現成的一則：為愛而死的金剛。

十七日（星期六）

晚上重讀《李爾王》，比以前的印象更差，如托爾斯泰所說，這可能是莎士比亞最拙劣的一齣戲劇。首先，這是一齣在故事情節上非常一廂情願的劇本，一切只為把李爾王和他的小女兒推向悲劇結局，而劇中人物的行為更是荒謬怪誕，真要叫人感到啼笑皆非。

我真不理解為什麼西方人會那麼推崇這齣劇本，劇本所刻劃的倫常悲劇固然有其道理，但我並不認為有何感人肺腑之處。

然後再看看黑澤明根據這齣劇本所拍的電影《亂》，坦白講，叫人看得坐立不安，真是乏味。首先，我不知道黑澤明在拍些什麼，這部影片從表面看就顯得很華麗造作，許多戰鬥場面除了看到馬匹跑來跑去奔騰個不停之外，真不知道在搞些什麼名堂。

黑澤明拍過幾部精彩傑作如《羅生門》、《七武士》和《大鏢客》，但同時也拍過更多感傷濫情的平庸之作，如《白痴》、《生之慾》以及這部《亂》。

《亂》顯得無比空洞，只能用繁采寡情來形容這樣一部電影，而且整部片子真的就是一團亂。

十八日（星期日）

重新又拿出紀德的《偽幣製造者》來讀，我把法文本拿來和孟祥森從英文譯本翻譯的中文本對照著讀（這個譯本可不甚高明，為什麼要把 God 譯成高特，把 the Bible 譯成紙草經呢？）。小說中年輕男主角 Bernard 離家出走後說：生活中困難的地方是，必須連接不斷長時間對同樣一件事物抱持嚴肅態度（Le difficile dans la vie, cést de prendre au sérieux longtemps de suite la même chose）。這裡包括對一個人的愛，也包括所從事的謀生行業，這是一個人在生活上的困境所在。我們似乎很難對同一事物持之以恆抱著熱情態度，人的心境隨著時間和空間的更移而有所改變，今天熱烈愛一個人或熱心從事某件事情（比如學一種外語或一種樂器），明天可能完全失去了那股熱情，這可真奇妙啊！

書中另一句話：Admirable propension au dévouement chez la femme. L'homme qu'elle aime n'est, le plus souvent, pour elle, qu'une sorte de patère à quoi suspendre son amour.（女人對於奉獻的需求總是令人讚嘆，大多時候，她們只會把自己所愛的男人當成衣架，藉以掛著她們的

愛）。

十九日（星期一）

《偽幣製造者》，已經是第三次讀這本書小說，如今讀起來仍覺新鮮，只可惜中文譯本顯然是譯壞了，我必須對照著法文本讀，才能感受到紀德的文體之美。

書中的小說家 Édouard，也是作者自己的化身，有一天去拜訪一對老夫婦（以日記的第一人稱方式呈現），那位老者說：Il y a certains actes de ma vie passée que je commence seulement à comprendre qu'ils n'ont pas du tout la signification que je croyais jadis, en les faisant……（我現在才開始了解我過去生命裡一些行為的意義，而這種意義和我以前在做時所認為的意義完全不同……）

上了年紀之後看世界和看自己的眼光自然和年輕時代十分不同，所體會的意義自然也會很不一樣。那是一種智慧嗎？應該是吧，因為只有智慧才能區辨生活上不同層次的意義，愚者沒有此種區辨能力。

書中涉及到年輕主角 Bernard 對被遺棄女人 Laura 的痴戀，有一句引言：Il arrive quelquefois des accidents dans la vie, d'où il faut être un peu fou pour se bien tirer.（生活中有時會有一

些意外發生，但要應對得當，則需要一點瘋狂。）這段愛情的描寫，大約是本書最為迷人的部分了。

二十日（星期二）

《偽幣製造者》：J'ai souvent remarqué, chez des conjoints, quelle intolérable irritation entretient chez l'un la plus petite protubérance du caractère de l'autre, parce que la "vie commune" fait frotter celle-ci toujours au même entroit. Et si le frottement est réciproque la vie conjugale n'est plus qu'un enfer.

（我經常注意到，在一般婚姻生活中，如果一方有性格上什麼惱人的地方，往往會使對方感到不能忍受，甚至覺得惱恨，因為那性格上的缺點總是會不斷磨擦同一個地方。如果這種磨擦是相互的，那麼，這樣的婚姻生活除了是地獄之外，便什麼都不是了。）

這是書中一對年老夫妻生活的惡劣寫照，一對夫妻從年輕時代結合以來便不斷這樣一路互相折磨下來，卻不考慮分開，真是奇蹟啊！下面這句由老先生說出的話最能代表此一層惡劣關係：La grande affair pour elle, c'est de me contrarier.（她一輩子的最主要目標，就是要讓我氣惱。）

記得契訶夫的一個中篇〈沒有意思的故事〉，也是用相同的筆調在描寫一對老夫妻的生活，寫得真是淋漓痛快極了。

二十二日（星期四）

韓國人金基德另一部片子《春去春又來》似乎比較不那麼令人討厭，甚至還頗有幾分看頭，主要是片子展現某種很特別的影像風格。

首先這是一部帶有強烈隱喻性格的寓言電影：人如何和自己心中妖魔奮戰的故事，這不恰恰正是托爾斯泰的重要文學主題嗎？

人心中一旦孳生慾望便帶來執念，人有了追求慾望的執念，這時就煩惱叢生了。托爾斯泰一輩子在對抗的即是心中的慾望魔鬼，對他而言，慾望的魔鬼指的就是性慾望的偏執，這恐怕會是人生最難克服的關卡。鞭笞身體有效嗎？中世紀的天主教修士會這麼做，《達文西密碼》也描寫一位現代天主教修士這麼做。

《春去春又來》描寫一座與世隔絕的湖中小廟堂，以春夏秋冬四季來區隔四段不同的故事，影像風格主要奠立在對四季不同湖光景色的細膩刻劃，導演在這方面做得極為成功。但整部影片最吸引人的部分還是必得回到有關托爾斯泰的部分：對色慾的反抗所衍生的寓言故事。

我甚至覺得這是一部傑作，這見證了：人只有在不為性和物質的慾望騷擾之時，也就是心靈澄清平靜之時，才是真正幸福的。

二十三日（星期五）

今天薇薇為我在語言中心的咖啡館舉辦一場吉他演唱會，系上同事差不多都來了，學生也來了一些。沒有人相信我會彈吉他唱歌，今天我證明了。開始的時候有些生澀，後來 Kris 為我架上麥克風之後，聲音起了變化，一切就顯得很順暢了。

我必須說明，我已經三十年沒唱歌，而且這三十年來每天吸菸，我的喉嚨已經起了很大變化，真難想像一個五十三歲的男人抱著吉他唱歌，會像什麼樣子，我只覺得年輕、感覺又回到了昔日的年輕歲月，那種感覺可真不錯啊！

前後相隔三十年，這一切感覺像是一場夢，真像一場夢啊！因為這中間彷彿是一片空白，三十年時光好像一個大步就跨了過去，沒留下什麼痕跡。也許當有一天我活到八十三歲時，再回頭看這中間的三十年，不知道心裡的感觸會像什麼樣子，不管怎麼樣，總感覺越來越靠近死亡的時刻，這個時刻的來臨是不可能無限期延宕下去的呀！是的，這個時刻不知什麼時候，一定是會惠然降臨的。

二十四日（星期六）

今天是聖誕節前夕的平安夜，街上到處車水馬龍，我和林中明想去新光三越的影城看陳凱歌的新片《無極》，繞了老半天，找不到停車的地方，最後只得作罷。

晚上回到研究室，從書架上拿下昆德拉的《不朽》一書，一路馬不停蹄讀了起來。書中吸引人的地方是有關歌德的一段軼事：一八一一年九月十三日，年輕的新娘貝婷娜和她的丈夫阿爾尼姆在威瑪的歌德夫婦家已經住了三個星期。是時貝婷娜二十六歲，阿爾尼姆三十歲，歌德的妻子克莉絲蒂安四十九歲，歌德六十二歲，牙齒都掉光了。阿爾尼姆愛他年輕的妻子，克莉絲蒂安愛她年邁的著名丈夫，而貝婷娜，儘管已結了婚，還是沒有忘記不時跟歌德調情。克莉絲蒂安對這事有些冒火，一直想找機會修理她。

原來歌德年輕時曾經和貝婷娜的母親談過戀愛，後來她的母親嫁了別人，生下了她，等她長大後，知道了這段情，繼而迷上歌德。她給歌德寫了五十二封情書，信中什麼都不談，只談愛情。她在後來的自述中，大肆吹噓她和歌德之間的愛情：歌德曾把手放在她的乳房上面，久久不肯鬆手。

後來在一次場合裡，克莉絲蒂安和貝婷娜一起去看畫展，由於一言不合，當場賞了對方一個耳光。

貝婷娜和歌德的情事就此結束，但她和歌德一樣，從此成了不朽。

二十五日（星期日）

下午天色將晚時來到研究室，Angie遞給我馬奎斯新近出版的小說*Memoirs of My Melancholy Whores*英文譯本，打開第一頁：The year I turned ninety, I wanted to give myself the gift of a night of wild love with an adolescent virgin.

只有馬奎斯臨老了（七十七歲）還會這麼浪漫：設定一個九十歲的老頭想去妓院找一個青少年年紀的小妓女，還要是個處女，到妓院去找處女？天底下有比這更浪漫更一廂情願的嗎？誠然，馬奎斯向來即是個一廂情願的說故事者，只不過沒有人能像他那樣，把一樁不可信的故事說得那麼栩栩如生，不停撼動著讀者的興奮情緒，以致於教人一時忘了他的故事有多麼的荒誕不經，簡直浪漫得離了譜，不過，大多時候我認為我們還是必須從隱喻的角度去看他的小說，特別是《百年孤寂》和《愛在瘟疫蔓延時》，用隱喻角度看他的小說就顯得極精彩豐富了。

二十六日（星期一）

下午在爾雅讀書會大家討論《偽幣製造者》，有幾個要點，1. 這是二十世紀小說作品中，以後設手法寫成的先驅作品，紀德早在一九二〇年代即大膽嘗試新方法的小說寫作之實驗。2. 這是一本針對杜思妥也夫斯基《卡拉馬助夫兄弟們》和福樓拜《情感教育》所從事的parody（亦即滑稽模仿）的精緻作品。3. 這是一本以觀念為主的小說，紀德透過時態和人稱的變化來抒發他有關小說創作、家庭倫理以及愛情的概念。

我認為「後設」會是當代小說或電影創作的一條絕佳道路，因為這樣的手法不單豐富了形式的樣貌，同時也拓寬了內涵的視野，會大大提昇作品的藝術層次。在電影上比如阿莫多瓦的《悄悄告訴她》，王家衛的《花樣年華》以及塔倫提諾的《追殺比爾》皆是因為此手法的運用而大大提升了作品的趣味性和豐富性。在當代小說中，昆德拉的《生命中不能承受之輕》即是最佳的例子。

二十七日（星期二）

《不朽》裡昆德拉在描寫歌德時這麼說：人過了生命的第二個階段（也就是眼裡不時看

到死亡的那個階段），第三個階段就來了，這是最短也是最神祕的階段，我們對這個階段的瞭解很少，也不愛去談論。這個時候，我們的氣力衰竭、身心俱疲、諸事寬容。疲憊：連接生命之岸和死亡之岸的寂靜橋樑。死亡如此靠近，我們竟懶得去加以理會，一如過去，我們無視死亡的存在，我們看不見死亡，一如近在眼前太過於熟悉的事物，我們無視於死亡的存在……死亡和不朽連成一體。不朽，疲憊的老人根本不再惦記。

歌德死於一八三二年三月，享年八十三歲，昆德拉對他下的評語：歌德是一個站在歐洲歷史中央的人物。歌德：絕美的中間點、歐洲的中心。他是最偉大的德國人，同時又是反對愛國主義的歐洲人，他是個世界主義者，卻幾乎不曾離開家鄉：他那小小的威瑪。他屬於自然，同時又屬於人類歷史，在愛情上，他既放蕩又浪漫。

《不朽》和《生命中不能承受之輕》一樣，都是寫得很有見地的後設小說，前者的parody對象是歌德晚年的愛情故事，後者的Parody對象，顯然是托爾斯泰。

三十日（星期五）

晚上一夥人聚餐後，我和林中明，還有姜葳一起去看《無極》，林中明說：你知道我為什麼那麼想看《無極》這部片子嗎？我說：為什麼？他說：人總是這樣，想看大爛片的慾望總是強過想看好片的慾望，難道不是嗎？

陳凱歌必須花費那麼多的人力和財力，只為了呈現一個簡單的概念：愛的隱喻。這是一則有關愛的寓言故事，一個女人週旋在三個男人之間的愛情故事，如此而已，就這麼簡單。片中的鬼狼跟他的北方同鄉說：絕對不要動情，因為動情的時候，也就是死亡迫近的時刻。

在《魂斷威尼斯》中，當中年作家艾森巴哈第一眼看到美少年達秋的時候，便已經註定是死路一條，他後來不是死於霍亂，而是被愛情殺死。金剛第一眼看到美女時，也是註定了必死無疑，所以他後來並非死於槍砲的射殺，他死於愛情的折磨。

愛情有時會消磨人的奮發意志，安東尼和克利奧佩特拉的故事即是如此，兩人最後只好互相擁抱而死，那是他心甘情願的結局。《無極》中飾演大將軍的真田廣之所面臨的是一樣的命運，他被愛情殺死了。

林中明看完電影之後說：真失望，這部片子沒有傳聞或想像的那麼爛。

三十一日（星期六）

為了近日讀書會上課，我又重新拿出《審判》和《城堡》來讀，感覺獲益良多。第一次看Orson Welles於一九六〇年所拍《審判》一片，覺得很失望，因為拍過《大國民》的導演，在面對卡夫卡時竟然變得不知所云，事實上，卡夫卡的世界並不適於電影的表現方式。記得一九八三年時看過德國前衛導演Straub所拍《美國》一片，印象非常良好，也許卡夫卡較適合於前衛的電影手法，所謂的前衛電影手法，說穿了很簡單，就是長拍手法的運用而已。

回顧過去這一年來，為了讀書會和電影會上課的要求，我幾乎都在重讀以前讀過的文學名著和重看以前看過的經典名片。我發現這樣做很不錯，藉著重讀和重看舊作竟開發出許多以前未注意到或領悟到的嶄新觀點。其中像《百年孤寂》和《生命中不能承受之輕》這樣的當代作品，我再仔細閱讀之餘，就領略出其中的後設觀點，這是以前從未注意到的。

二〇〇五年就這樣要結束了，我心裡最實在的感觸是：謝謝老天，我還活著！

本書作者劉森堯與女兒劉慕德合影。
劉慕德也是本書十二幅內頁插畫的作者。

後記

我向來愛讀名家的日記：齊克果、托爾斯泰、卡夫卡、紀德、湯瑪斯．曼……有些名家並未真正留下日記，卻反而留下極精彩的通信紀錄，比如福樓拜、普魯斯特、杜思妥也夫斯基、弗洛依德、馬克思……也是我愛讀的另一種文學的體裁。

誠然，日記和書信都是另一種必不可忽略的文學體裁，任何一位偉大作家所遺留下來的日記和書信必然會有相當程度的文學價值，其精彩程度往往不亞於其所寫作的虛構作品，以日記而言，由於寫作風格較為咨意任性，最能反映一個作家的真實個性，我們讀的時候常常會為其平凡或甚至脆弱的一面而感到訝異。前陣子讀到羅蘭．巴特於一九八〇年死後所出版的《偶發事件》一書，即感到十分吃驚，這本書收集他死前不久所寫的一些隨筆和日記，其中頻頻透露他在同性戀情慾上的嚴重挫折，他不斷在巴黎咖啡館裡頭尋找年輕男妓來滿足情慾寄託，卻總是失敗落空，他感到萬分痛苦，這是巴特不可告人的一面，當然也是他不為人所知的隱密的另一面，恰好也正是他平凡脆弱的一面，這是我們所能讀到的最真實的私密日記，巴特在寫這些文字的時候，並未想到日後會出版發表，更不會想到他隔年會意外車禍身亡。

我認為最好的日記是揭露有原創思想的那一種，比如齊克果日記，全都是有關存在主義核心思想的紀錄，其次像托爾斯泰日記記載許多個人在道德和情慾上的掙扎，也頗有閱讀價值。至於卡夫卡日記，記載作者個人許多奇怪夢境和潛意識世界，寫來別具一格，不但展現一種特殊絕佳文體，同時也披露某種微妙心理學事實，這是卡夫卡在日記寫作風格上獨樹一幟而極耐人尋味之處，屢讀不厭。我最不喜歡讀水流帳式的日記，以前讀胡適日記就有此感覺，他的日記固然披載不少讀書和思想紀錄，但更多的是例行公事的流水帳，近讀巴金晚年日記，亦免不了此一弊病，這樣的日記就不太有閱讀價值。

我多年前曾有一段連續幾年時間不斷認真寫作日記，記載許多生活感想和讀書心得，到頭來我發現，寫日記實在是思考和寫作的至佳訓練方式，同時也是考驗恒心毅力和意志的最好方法。可惜後來不知何故竟中斷了此一優良習慣，總覺無比遺憾，直到最近，多虧隱地的鼓吹和逼迫，我又拿起寫日記的筆，多少帶有塗鴨性質，卻讓我頗有重做馮婦的感覺，那種感覺很好，我要為此特別感謝隱地，他是一位體貼厚道的長者，也是一位好朋友。

不過，我在這裡卻面臨了一個問題，那就是為了出版而寫日記可能帶來的心理上的矛盾尷尬問題：會傾向造作的寫作風格且會帶有「隱惡揚善」傾向，簡言之，會寫得不夠真實。人只有在不考慮利害關係時才可能寫出真性情好東西，文學創作如此，日記寫作更是如此。我已經努力記載了許多事實，書中所載都是我的「真實時刻」，其中不免包含許多個人的偏見和自戀，人没有偏見和自戀，那真要天打雷劈，但盼讀者能察諒。

最後我要特別感謝女兒劉慕德為我繪插圖，我把這本日記贈給她。

二〇〇六年元宵節誌於逢甲大學外文系

作者近影。

關於本書作者

劉森堯，台灣彰化人，一九五二年生。台灣東海大學外文系學士，愛爾蘭大學愛爾蘭文學碩士，法國波特爾大學比較文學博士班，現任教逢甲大學外文系。著有《電影生活》、《導演與電影》、《天光雲影共徘徊》、《母親的書》、《2005／劉森堯》，譯有《電影藝術面面觀》、《電影技巧與電影表演》、《布紐爾自傳》、《柏格曼自傳》、《童年往事》、《電影語言：電影符號學導論》、《到芬蘭車站》、《威瑪文化》和《閒暇：文化的基礎》等。

爾雅新書

427 ・黃河的孩子　朱　琦著
428 ・陽光顆粒　向　明著
429 ・身體一艘船　隱　地著
430 ・2004／亮軒　亮　軒著
431 ・昨天的雲——王鼎鈞回憶錄四部曲之一　王鼎鈞著
432 ・怒目少年——王鼎鈞回憶錄四部曲之二　王鼎鈞著
433 ・關山奪路——王鼎鈞回憶錄四部曲之三　王鼎鈞著
435 ・落葉集　李長青著
436 ・電影智慧語——西洋百部電影名句賞析　張春榮・顏荷郁譯註
437 ・東方的孩子　朱　琦著
438 ・爾雅 30・30 爾雅——紀念册　隱　地編
439 ・詩集爾雅——爾雅三十年慶詩選　隱　地編
440 ・ 2005／劉森堯　劉森堯著
441 ・書名篇 ——爾雅三十年慶文選　隱　地編
442 ・台灣現代詩自然美學—以楊牧、鄭愁予、周夢蝶爲中心　羅任玲著
443 ・北窗下　張秀亞著
444 ・新詩播種者——覃子豪詩文選　向明・劉正偉編
445 ・草的天堂——隱地四十年散文選　隱　地著
446 ・隱地二百擊　隱　地著
447 ・世紀之旅——西遊筆記　王善祥著
448 ・新詩八家論　張索時著
449 ・能停一停嗎，我說時間　丁文智著
451 ・敲門——三十爾雅光與塵　隱　地著
452 ・我畫・我愛——台北・美國・大陸　王菊楚繪著

國家圖書館出版品預行編目資料

2005/劉森堯 / 劉森堯著. --初版. --臺北市：
爾雅, 民95
面； 公分. --（爾雅叢書 ；440）

ISBN 957-639-418-X（平裝）

855 95003292

爾雅題字：王北岳　爾雅篆印：張慕漁　內頁插畫：劉慕德

封面設計：嚴君怡　封面攝影：彭碧君

2005／劉森堯（爾雅叢書之440）

作　者：劉森堯

校　對：劉森堯・駱靜如・彭碧君

發行人：柯青華

出版・發行：爾雅出版社有限公司
臺北郵政三〇—一九〇號信箱
臺北市中正區一〇〇八二
廈門街一一三巷三十三之一號一樓
電話：二三六五四〇三六　電傳：二三六五七〇四七
郵政劃撥：〇一〇四九二五—一
網址：http://elitebooks.so-buy.com

法律顧問：蕭雄淋律師
臺北市師大路八十六巷十五號一樓

印刷者：盈昌印刷有限公司
中和市新民街八十三號

二〇〇六（民九五）年三月十五日初版
行政院新聞局版臺業字第〇二六五號

定價280元（如有破損或裝訂錯誤請寄回本社更換）

ISBN 957-639-418-X

如何購買爾雅叢書

書店實施「**零庫存**」，各出版社的新書又書山書海，書店無法不保證斷貨，如果在書店找不到某一本你想購買的書，還有以下方法找得到你想要的書：

❶只要記得書名和作者，向書店訂購，許多書店會給你滿意的答覆。

❷如果書店的服務人員對你說「**書已斷版**」或「**賣完了**」你可以打電話到本社：*Tel: (02)2365-4036* 或 *2367-1021* 查詢。

❸以郵購方式函購，劃撥 *0104925-1* 爾雅出版社有限公司。

❹也可在網上購書，本社網址：***http://elitebooks.so-buy.com***。

❺如果你有信用卡，以傳真方式購買，極為方便，信用卡購書單，來電索取即傳，回傳請傳至 *Fax: 2365-7047*。

❻如果一次購買五十本以上，本社請專人送到府上，且有折扣優待。

❼本社書訊「**爾雅人雜誌**」及書目函索即寄。

爾雅出版社有限公司

信用卡購書單

1. 卡別：☐ 聯合信用卡　☐ VISA 卡　☐ MASTER 卡　☐ JCB 卡

2. 卡號：＿＿＿＿＿＿＿＿＿＿＿＿＿＿＿＿＿＿＿＿

3. 發卡銀行：＿＿＿＿＿＿＿＿＿＿＿＿＿＿＿＿＿＿

4. 信用卡有效期限：＿＿＿年＿＿＿月止　簽名條末三碼＿＿＿＿

5. 持卡人簽名：＿＿＿＿＿＿＿＿＿＿（與信用卡簽名一致）

6. 身分證字號：＿＿＿＿＿＿＿＿＿＿

7. 發票統一編號：＿＿＿＿＿＿＿＿＿

8. 收書人姓名：＿＿＿＿＿＿＿＿＿＿

9. 聯絡電話：（日）＿＿＿＿＿＿＿＿　讀友編號：＿＿＿＿＿＿

10. 寄書地址：☐☐☐

＿＿＿＿＿＿＿＿＿＿＿＿＿＿＿＿＿＿＿＿＿＿＿＿＿＿

11. 購書日期：＿＿＿年＿＿＿月＿＿＿日，共計＿＿＿＿＿＿元

12. 訂購書名：　　（如欲掛號，請加 20 元郵資）

請填妥後傳真 (02) 23657047 或逕寄本社即可。